Zu diesem Buch

In den sechs hier erstmalig gesammelten Meistererzählungen Henry Millers erweist sich der Autor mit seiner Schilderung unbürgerlicher Schicksale und grotesker Situationen erneut als Erzähler von hinreißendem Temperament und als ein Verfechter ungehemmter Daseinsfreude.

Der am 26. Dezember 1891 in New York geborene deutschstämmige, viel umstrittene Außenseiter der modernen amerikanischen Literatur Henry Miller wuchs in den Großstadtstraßen Brooklyns auf. 1931 hatte er sein vielumstrittenes, erstes größeres Werk «Wendekreis des Krebses» (rororo Nr. 4361) abgeschlossen, ohne Hoffnung, dieses alle moralischen und formalen Maßstäbe zertrümmernde Werk jemals gedruckt zu sehen. Henry Miller starb am 7. Juli 1980 in Pacific Palisades/Cal.

Von Henry Miller erschienen als rororo-Taschenbücher außerdem: «Der Koloß von Maroussi» (Nr. 758), «Big Sur und die Orangen des Hieronymus Bosch» (Nr. 849), «Nexus» (Nr. 1242), «Plexus» (Nr. 1285), «Schwarzer Frühling» (Nr. 1610), «Mein Leben und meine Welt» (Nr. 1745), «Der klimatisierte Alptraum» (Nr. 1851), «Insomnia oder Die schönen Torheiten des Alters» (Nr. 4087), «Das Lächeln am Fuße der Leiter» (mit Illustrationen von Joan Miró; Nr. 4163), «Von der Unmoral der Moral» (Nr. 4396), «Wendekreis des Steinbocks» (Nr. 4510), «Sexus» (Nr. 4612), «Die Welt des Sexus» (Nr. 4991), «Stille Tage in Clichy» (Nr. 5161), «Opus Pistorum» (Nr. 5820), «Jugendfreunde» (Nr. 12587), «Frühling in Paris. Briefe an einen Freund» (Nr. 12954), «Joey. Ein Porträt von Alfred Perlès sowie einige Episoden im Zusammenhang mit dem anderen Geschlecht» (Nr. 13296), «Mein Fahrrad und andere Freunde» (Nr. 13297), «Meine Jugend hat spät begonnen» (Nr. 13338), «Liebesbriefe an Hoki Tokuda Miller» (Nr. 13780), «Der Engel ist mein Wasserzeichen. Sämtliche Erzählungen» (Rowohlt 1983) und «Tief im Blut die Lockung des Paradieses. Lesebuch» (Rowohlt 1991).

In «rowohlts monographien» erschien als Band 61 eine Darstellung Henry Millers mit Selbstzeugnissen und Bilddokumenten von Walter Schmiele, die eine ausführliche Bibliographie enthält.

Henry Miller

Lachen, Liebe, Nächte

Sechs Erzählungen

Rowohlt

Titel der amerikanischen Originalausgabe
«Nights of Love and Laughter»
Übertragen ins Deutsche von Kurt Wagenseil

33. Auflage April 2010

Veröffentlicht im Rowohlt Taschenbuch Verlag GmbH,
Hamburg, Juli 1957
Copyright © 1939, 1941, 1947, 1955
by New Directions Publishing Corporation
Copyright © 1941 by Henry Miller
Alle deutschen Rechte vorbehalten
vom Rowohlt Taschenbuch Verlag GmbH, Reinbek bei Hamburg
Umschlaggestaltung Barbara Hanke
Satz Garamond (Linotronic 500)
Gesamtherstellung CPI – Clausen & Bosse, Leck
Printed in Germany
ISBN 978 3 499 10227 1

Der versoffene Veteran

Unlängst sah ich in Tulsa einen Kurzfilm mit dem Titel *Der glücklichste Mensch auf Erden*. Er war im Stil O'Henrys, aber sein tieferer Sinn war niederschmetternd. Wie ein solcher Streifen im Herzen der Ölfelder gezeigt werden konnte, geht über meinen Verstand. Jedenfalls erinnerte er mich an einen Menschen, dem ich vor einigen Wochen in New Orleans begegnet war. Auch er versuchte vorzugeben, der glücklichste aller Sterblichen zu sein.

Es war gegen Mitternacht, und mein Freund Rattner und ich kehrten nach einem Streifzug durch das französische Viertel zu unserem Hotel zurück Als wir am Hotel St. Charles vorüberkamen, schloß sich uns ein Mann ohne Hut oder Mantel an und begann von der Brille zu reden, die er kurz zuvor an der Bar verloren habe.

«Es ist scheußlich, ohne Brille zu sein», sagte er, «besonders wenn man gerade über die Stränge geschlagen hat. Ich beneide euch Jungens. Ein blöder Betrunkener hat mir gerade dort drinnen meine Brille heruntergestoßen und ist darauf getreten. Soeben habe ich ein Telegramm an meinen Augenarzt in Denver aufgegeben – vermutlich werde ich ein paar Tage warten müssen, bis sie ankommt. Ich habe ein wüstes Besäufnis hinter mir: es muß eine Woche oder noch länger gedauert haben. Ich weiß nicht mal, was für einen Tag wir haben oder was in der Welt passiert ist, seitdem ich aus den Pantinen gekippt bin. Ich bin nur auf die Straße gegangen, um ein wenig frische Luft zu schöpfen – und um einen Happen zu essen. Ich esse nie etwas, wenn ich auf Tour bin – der Alkohol hält mich in Gang. Es läßt sich natürlich nichts dagegen machen, ich bin ein chronischer Alkoholiker.

Unheilbar. Ich weiß genau über dieses Thema Bescheid, denn ich habe Medizin studiert, bevor ich mich der Juristerei zuwandte. Alle möglichen Heilmittel habe ich schon ausprobiert, alle wissenschaftlichen Abhandlungen darüber gelesen... Sehen Sie her –» dabei griff er in seine Brusttasche und zog eine Menge Papiere zugleich mit einer dicken Brieftasche hervor, die auf den Boden fiel – «sehen Sie sich das an, hier habe ich einen Artikel über das Thema, den ich selbst geschrieben habe. Komisch, was? Er wurde unlängst veröffentlicht in...» (er nannte eine bekannte Zeitschrift mit einer riesigen Auflageziffer).

Ich beugte mich hinunter, um die Brieftasche und die Visitenkarten aufzuheben, die herausgeflattert und in den Rinnstein gefallen waren. Er hielt das lockere Bündel von Briefen und Schriftstücken in der einen Hand und gestikulierte beredt mit der anderen. Es schien ihm völlig gleichgültig, ob er etwas von seinen Papieren oder sogar vom Inhalt der Brieftasche verlor. Er wetterte gegen die Unwissenheit und Dummheit der Ärzte. Sie seien eine Bande von Quacksalbern, von Räubern, Verbrechern und so weiter.

Es war kalt und regnerisch, und wir, in Mäntel gehüllt, drängten ihn weiterzugehen.

«Oh, machen Sie sich darüber keine Sorgen», meinte er, wobei er das Gesicht zu einem gutmütigen Lächeln verzog. «Ich erkälte mich nie. Ich muß meinen Hut und meinen Mantel in der Bar gelassen haben. Die Luft tut gut», und er machte seine Jacke weit auf, als wolle er den unangenehmen, schneidenden Nachtwind durch seine dünne Bekleidung dringen lassen. Er fuhr sich mit den Fingern durch sein Büschel gelockten blonden Haars und wischte sich die Mundwinkel mit einem unsauberen Taschentuch ab. Er war ein Mann von fester Statur mit einem ziemlich wetterharten Gesicht, ein Mensch, der offenbar ein Leben im Freien führte. Das auffallendste an ihm war sein Lächeln – das wärmste, offenste, einnehmendste Lächeln, das ich je auf dem Gesicht eines Menschen gesehen habe. Seine Gesten waren unstet und zitterig, was in Anbetracht seines Nervenzustands nur natürlich war. Er war voller Lebhaftigkeit und Energie, wie ein Mensch, der gerade eine Spritze in den Arm bekommen hat. Er sprach auch gewandt, außerordentlich gewandt sogar, so als hätte er ebensogut Journalist sein können wie Arzt oder Rechtsanwalt. Und offensichtlich war er nicht darauf aus, einen Pump anzulegen.

Als wir ungefähr einen Häuserblock weit gegangen waren, blieb er vor einem billigen Speiselokal stehen und lud uns ein, mit ihm hineinzugehen und etwas zu essen oder zu trinken. Wir sagten ihm, daß wir auf dem Heimweg seien, müde wären und ins Bett gehen wollten.

«Aber doch nur für ein paar Augenblicke», drängte er. «Ich will nur rasch einen Bissen essen.»

Noch einmal versuchten wir abzulehnen. Aber er bestand darauf, ergriff uns am Arm und führte uns zu der Tür des Cafés. Ich wiederholte, ich müßte nach Hause gehen, schlug aber Rattner vor, wenn er Lust habe, solle er bleiben. Ich versuchte, mich von seinem Griff zu befreien.

«Hören Sie», sagte er und setzte plötzlich eine ernste Miene auf, «Sie müssen mir diesen kleinen Gefallen tun. Ich muß mit Ihnen sprechen. Ich könnte sonst etwas Verzweifeltes tun, wenn Sie mich im Stich lassen. Ich bitte Sie darum als um eine menschliche Gefälligkeit – Sie würden sich doch nicht weigern, einem Menschen ein wenig Zeit zu opfern, nicht wahr, wenn Sie wüßten, daß es für ihn so viel bedeutet?»

Daraufhin gaben wir natürlich ohne ein weiteres Wort nach. ‹Jetzt haben wir den Salat›, dachte ich bei mir und war ein wenig ärgerlich auf mich selbst, daß ich mich von einem sentimentalen Trunkenbold hatte übertölpeln lassen.

«Was wollen Sie nehmen?» fragte er und bestellte für sich eine Platte Schinken mit Bohnen, die er, bevor er sie auch nur an den Tisch gebracht hatte, mit Tomaten-Ketchup und Pfefferschotensauce buchstäblich überschüttete. Als er im Begriff war, die Platte vom Büfett wegzunehmen, wandte er sich an die Bedienung und verlangte noch eine weitere Platte Schinken mit Bohnen. «Ich kann drei oder vier davon hintereinander essen», erklärte er, «wenn ich anfange, nüchtern zu werden.» Wir hatten für uns Kaffee bestellt. Rattner wollte gerade die Bons an sich nehmen, als unser Freund nach ihnen griff und sie in die Tasche steckte. «Das geht mich an», sagte er, «ich habe Sie hier eingeladen.»

Wir versuchten Einspruch zu erheben, aber er brachte uns dadurch zum Schweigen, daß er zwischen riesigen Bissen, die er mit schwarzem Kaffee hinunterspülte, erklärte, Geld sei eines der Dinge, an die er keinen Gedanken verschwende.

«Ich weiß nicht, wieviel ich jetzt bei mir habe», setzte er hinzu. «Jedenfalls genug für das da. Ich habe gestern meinen Wagen einem Händler zum Verkauf gegeben. Ich fuhr von Idaho hierher mit einigen alten Bekannten vom Gericht – sie waren auf einer Tagung gewesen. Früher war ich in der gesetzgebenden Körperschaft», und er nannte einen Staat im Westen, in dem er Dienst getan hatte. «Ich kann kostenlos mit der Bahn zurückreisen», erklärte er. «Ich habe einen Ausweis. Ich war einmal jemand Er unterbrach sich, um zum Büfett zu gehen und noch eine Portion zu holen.

Während er sich wieder setzte und die Bohnen mit Tomaten- und Pfefferschotensauce übergoß, griff er mit der linken Hand in seine Brusttasche und leerte ihren ganzen Inhalt auf den Tisch. «Sie sind ein Künstler, nicht wahr?» sagte er zu Rattner. «Und Sie ein Schriftsteller, das kann ich sehen», damit sah er mich an. «Sie brauchen es mir nicht zu sagen, ich habe Sie beide sofort richtig eingeschätzt.» Während er sprach, wühlte er in den Papieren, wobei er noch immer energisch sein Essen in sich hineinschaufelte und offenbar einige Artikel suchte, die er geschrieben hatte und uns zeigen wollte. «Ich schreibe selbst ein wenig», sagte er, «so oft ich ein bißchen Extrageld brauche. Sie verstehen, sobald ich mein Gehalt bekomme, fange ich an zu bummeln. Und wenn ich wieder zur Besinnung komme, setze ich mich hin und schreibe einen Quatsch für -» und hier nannte er einige der führenden Zeitschriften mit großer Auflage. «Auf diese Weise kann ich immer, wenn ich will, ein paar hundert Dollar verdienen. Es ist nichts dabei. Ich behaupte natürlich nicht, daß es Literatur ist. Aber wer will schon Literatur? Wo zum Teufel habe ich diese Geschichte, die ich über einen psychopathischen Fall geschrieben habe... ich wollte Ihnen nur eben zeigen, daß ich Bescheid weiß, worüber ich spreche. Sie verstehen...» Er brach plötzlich ab und streifte uns mit einem schiefen, gewundenen Lächeln, als wäre es hoffnungslos, auch nur versuchen zu wollen, all das in Worte zu kleiden. Er hatte seine Gabel voll Bohnen gehäuft, die er gerade hinunterschlingen wollte. Wie ein Automat ließ er die Gabel sinken, so daß die Bohnen sich über alle seine beschmutzten Briefe und Schriftstücke ergossen, beugte sich über den Tisch und verblüffte mich dadurch, daß er mich am Arm ergriff und meine Hand auf seinen Schädel legte, um sie kräftig hin und her zu reiben. «Fühlen Sie das?» fragte er, mit einem seltsamen Leuchten im Auge. «Ganz wie ein Waschbrett, was?» Ich zog, so rasch ich konnte, meine Hand zurück. Das Befühlen dieser gewellten Gehirnplatte verursachte mir eine Gänsehaut. «Das ist nur eine meiner Errungenschaften», sagte er. Und damit krempelte er die Ärmel auf und zeigte uns eine zackige Wunde, die in großem Bogen vom Handgelenk bis zum Ellenbogen lief. Dann zog er sein Hosenbein hoch. Weitere schreckliche Wunden. Als wäre das noch nicht genug, stand er rasch auf, zog seine Jacke aus und öffnete so, als wäre niemand außer uns drei im Lokal, sein Hemd und stellte sogar noch häßlichere Narben zur Schau. Während er seine Jacke anzog, blickte er herausfordernd um sich und stimmte in klaren, weittragenden Tönen mit bitterem Hohn die Hymne an: «Amerika, ich liebe dich!» Nur eben die Anfangsstrophe. Dann setzte er sich ebenso unvermittelt, wie er aufgestanden war, wieder hin und aß ruhig den Schinken mit Bohnen zu Ende. Ich dachte, es würde eine Empörung in dem Lokal geben, aber nein, die Leute aßen und redeten ganz wie zuvor weiter, nur waren wir jetzt der Mittelpunkt der allgemeinen Aufmerksamkeit geworden. Der Mann an der Kasse schien ziemlich nervös und völlig unentschlossen, was er tun sollte. Ich fragte mich, was wohl als nächstes kommen würde.

Ich erwartete so halbwegs, daß unser Freund die Stimme erheben und eine melodramatische Szene machen würde. Abgesehen davon, daß er ein wenig gereizter und beredter geworden war, unterschied sich sein Benehmen nicht merklich gegen früher. Sein Ton hatte sich aber geändert. Er sprach jetzt in abgerissenen Sätzen, die von den lästerlichsten Flüchen unterbrochen und von erschreckend anzusehenden Grimassen begleitet waren. Der Dämon in ihm schien hervorzukommen. Oder vielmehr das verletzte Wesen, das über alle menschliche Dulderkraft hinaus verwundet und gedemütigt worden war.

«Mister Roosevelt!» sagte er mit von Zorn und Verachtung erfüllter Stimme. «Ich habe ihn gerade am Radio gehört. Bringt uns auf Draht, um wieder Englands Kämpfe auszufechten, was? Wehrdienstpflicht. Diesmal ohne mich!» und er zuckte mit dem Daumen böse nach hinten. «Dreimal auf dem Schlachtfeld mit Orden ausgezeichnet. Bei den Argonnen… Château Thierry… der Somme dabeigewesen… dann Gehirnerschütterung… vierzehn Monate im Lazarett vor Paris… zehn Monate auf dieser Seite des großen Teiches. Mörder aus uns zu machen und uns dann bitten, schön stillzuhalten und wieder an die Arbeit zu gehen… Warten Sie mal, ich will Ihnen ein Gedicht vorlesen, das ich unlängst nachts über unseren *Führer* verfaßte.» Er kramte unter den auf dem Tisch herumliegenden Papieren. Er stand auf, um sich noch eine Tasse Kaffee zu holen, und während er, die Tasse in der Hand, dastand und daran nippte, begann er laut das anstößige Schmähgedicht auf den Präsidenten vorzutragen. Jetzt wird sicherlich, dachte ich, jemand Anstoß nehmen, und es wird eine Schlägerei geben. Ich sah Rattner an, der an Roosevelt glaubt und bei der letzten Wahl 1200 Meilen weit gereist war, um für ihn zu stimmen. Rattner sagte nichts. Vermutlich hielt er es für zwecklos, einem Menschen Vorstellungen zu machen, dessen Verstand offensichtlich durch Granatsplitter gelitten hatte. Dennoch mußte ich die Situation zumindest für etwas ungewöhnlich halten. Mir fiel wieder ein Satz ein, den ich in Georgia gehört hatte. Er kam aus dem Munde einer Frau, die gerade *Lincoln in Illinois* gesehen hatte: «Was versuchen sie zu tun – einen Helden aus diesem Mann Lincoln zu machen?» Ja, etwas ausgesprochen Vor-Bürgerkriegsmäßiges lag in der Atmosphäre. Ein mit einer großen Stimmenzahl wieder ins Amt gewählter Präsident – und doch war sein Name für Millionen Anathema. Vielleicht ein zweiter Woodrow Wilson? Unser Freund wollte ihm nicht einmal diesen Rang einräumen. Er hatte sich wieder gesetzt und machte sich jetzt mit etwas ruhigerer Stimme über die Politiker, die Mitglieder des Richterkollegiums, die Generale und Admirale, die Generalquartiermeister, das Rote Kreuz, die Heilsarmee und die Christliche Vereinigung Junger Männer lustig. Es war ein zersetzendes Gespött, gespickt mit persönlichen Erlebnissen, grotesken Begegnungen, ausgefallenen Streichen, wie nur ein von Kampfnarben gezeichneter, alter Kriegsteilnehmer den Mut haben konnte, sie zu erzählen.

«Und so», platzte er heraus, «wollte man mich mit meiner Uniform und meinen Orden wie einen Affen paradieren lassen. Man hatte eine Blaskapelle aufgestellt, und der Major hatte alles Nötige veranlaßt, um uns einen glorreichen Empfang zu bereiten. Die Stadt gehört euch, Jungens, und all das Geschwätz. *Unsere Helden!* Mein Gott, es ist wahrhaftig zum Kotzen, wenn ich daran denke. Ich riß die Orden von meiner Uniform und warf sie fort. Ich verbrannte die verdammte Uniform im Kaminfeuer. Dann holte ich mir eine Flasche Whisky und schloß mich in meinem Zimmer ein. Ich trank und weinte – ganz für mich allein. Draußen spielte die Kapelle, und die Leute schrien hysterisch Hurra. In mir war alles dunkel. Alles, woran ich bisher geglaubt hatte, war dahin. Alle meine Illusionen waren vernichtet. Die Leute brachen mir das Herz – ja, das taten sie. Sie ließen mir auch nicht eine Spur von Trost. Außer natürlich das Saufen. Zwar versuchten sie anfänglich, mir auch das wegzunehmen. Sie wollten, daß ich mich schäme und es aufgäbe. *Ich mich schämen*, herrjeh! Ich, der Hunderte von Menschen mit dem Bajonett getötet, der wie ein Tier gelebt und jedes Gefühl für Menschenwürde verloren hatte. Es gibt nichts, mit dem man *mich* beschämen oder erschrecken oder irreführen oder bestechen oder täuschen könnte. Ich kenne sie in- und auswendig, die schmutzigen Brüder. Sie haben mich hungern lassen, mich geschlagen und hinter Gitter gesperrt. Das macht mir nichts aus. Ich kann alles ertragen – Hunger, Kälte, Durst, Läuse, Ungeziefer, Krankheit, Schläge, Beleidigungen, Demütigungen, Betrug, Diebstahl, Schmähung, Verleumdung und Verrat… Ich bin mit Haut und Haaren durch den Wolf gedreht worden… man hat alles mit mir angestellt… und doch kann man mich nicht zermalmen, mir nicht den Mund verschließen, mich nicht dahin bringen zu sagen, alles sei in bester Ordnung. Ich will nichts mit diesem ehrbaren, gottesfürchtigen Volk zu tun haben. Es erregt mir Übelkeit. Lieber lebte ich unter Tieren – oder Kannibalen.»

Er fand ein Notenblatt unter seinen Papieren und Schriftstücken. «Da ist ein Lied, das ich vor drei Jahren verfaßt habe. Es ist sentimental, tut aber niemandem Schaden an. Nur wenn ich betrunken bin, kann ich komponieren. Der Alkohol löscht den Kummer aus. Ich habe noch ein Herz, und sogar ein großes. Meine Welt ist eine Welt der Erinnerungen. Erinnern Sie sich noch an das da?» Er begann eine bekannte Melodie zu summen. «Stammt das von Ihnen?» fragte ich überrascht. «Ja, das stammt von mir – und noch manches andere –» und er begann die Titel seiner Schlager herunterzuleiern.

Ich begann mich gerade zu fragen, ob alle diese Behauptungen wahr seien – Rechtsanwalt, Arzt, Mitglied der gesetzgebenden Körperschaft, , Berufsschriftsteller, Schlagerkomponist –, als er anfing, von seinen Erfindungen zu sprechen. Anscheinend hatte er sich dreimal ein Vermögen erworben, bevor er völlig herunterkam. Es schien mir ein wenig dick aufgetragen – selbst für mich, der ich ein gutgläubiger Mensch bin –, als eine von ihm so nebenbei hingeworfene Bemerkung über einen Freund von ihm, einen berühmten Architekten im Mittleren Westen, jetzt eine überraschende Beantwortung durch Rattner fand. «Er war mit mir in der Armee», bemerkte Rattner ruhig. «Nun», sagte unser Freund, «er heiratete meine Schwester.» Damit begann zwischen den beiden ein lebhafter Erinnerungsaustausch, der bei mir nicht den leisesten Zweifel zurückließ, daß unser Freund, wenigstens was den Architekten betraf, die Wahrheit sprach.

Von dem Architekten zum Bau eines großen Hauses irgendwo im Herzen von Texas war nur ein Schritt. Mit dem letzten Rest des von ihm erworbenen Vermögens hatte er eine Ranch gekauft, geheiratet und sich ein phantastisches Haus mitten in der Wildnis gebaut. Die Trinkerei gab er langsam auf. Er war heftig verliebt in seine Frau und wollte eine Familie gründen. Nun, um auf den Kern der Sache zu kommen, ein Freund von ihm überredete ihn dazu, mit ihm auf Minensuche in Alaska sein Glück zu suchen. Er ließ seine Frau zurück, da er fürchtete, das Klima wäre zu

unwirtlich für sie. Er war ungefähr ein Jahr fort. Bei seiner Rückkehr – er war ohne vorherige Benachrichtigung zurückgekom-
men, im Glauben, ihr eine freudige Überraschung zu bereiten –
fand er sie im Bett mit seinem besten Freund. Mit einer Peitsche
trieb er die beiden mitten in der Nacht bei einem heftigen Schnee-
sturm aus dem Haus, ohne ihnen auch nur die Möglichkeit zu
lassen, ihre Kleider anzuziehen. Dann holte er natürlich die
Flasche hervor, und nachdem er ein paar Gläser getrunken hatte,
machte er sich daran, die Einrichtung zu zerschlagen. Aber das
Haus war so groß, daß er dieses Treibens bald überdrüssig
wurde. Es gab nur eine Möglichkeit, das gründlich zu besorgen:
nämlich ein Streichholz zu Hilfe zu nehmen – was er denn auch
tat. Dann stieg er in seinen Wagen und fuhr fort, ohne sich die
Mühe zu machen, auch nur einen Handkoffer zu packen. Ein
paar Tage später nahm er in einem anderen Staat die Zeitung zur
Hand und erfuhr, daß man seinen Freund erfroren aufgefunden
hatte. Über die Frau stand nichts darin. Tatsächlich erfuhr er nie,
was von diesem Tag an aus ihr geworden war. Bald nach diesem
Vorfall geriet er in einer Bar mit einem Mann in Streit und schlug
ihm mit einer zerbrochenen Flasche den Schädel ein. Das trug
ihm achtzehn Monate Zwangsarbeit ein, und während dieser
Zeit studierte er die Zustände im Gefängnis und schlug dem
Gouverneur des Staates einige Reformen vor, die angenommen
und in die Praxis umgesetzt wurden.

«Ich war sehr beliebt», setzte er hinzu. «Ich habe keine
schlechte Stimme und verstehe mich ein wenig darauf, die Leute
zu unterhalten. Ich hielt sie bei guter Laune, solange ich dort im
Gefängnis war. Später saß ich noch einmal. Es macht mir aber
nichts aus. Ich kann mich so gut wie allen Umständen anpassen.
Gewöhnlich gibt es im Gefängnis ein Klavier, ein Billard und
Bücher – und wenn man sich auch nichts zu trinken beschaffen
kann, so kann man sich doch immer das eine oder andere Betäu-
bungsmittel besorgen. Ich schalte vor und zurück. Was macht es
schon aus? Der Mensch will schließlich nur die Gegenwart vergessen...»

«Ja, aber können Sie wirklich vergessen?» warf Rattner ein.

«*Ich* kann's! Man gebe mir nur ein Klavier, einen Schoppen

Whisky und eine gemütliche kleine Kneipe, und ich kann so glücklich sein, wie man sich's nur wünschen kann. Sehen Sie, ich brauche nicht all das Drum und Dran, das ihr Jungens nötig habt. Alles was ich bei mir trage, ist eine Zahnbürste. Wenn ich eine Rasur brauche, lasse ich mich rasieren. Will ich die Wäsche wechseln, dann kaufe ich mir neue. Wenn ich hungrig bin, esse ich. Bin ich müde, dann schlafe ich. Es bedeutet für mich keinen großen Unterschied, ob ich in einem Bett schlafe oder auf dem Fußboden. Wenn ich eine Geschichte schreiben will, gehe ich in eine Zeitungsexpedition und leihe mir eine Schreibmaschine. Wenn ich nach Boston fahren will, brauche ich nur meinen Ausweis vorzuzeigen. Jeder Ort ist für mich ein Zuhause, ein trautes Heim, solange ich ein Lokal zum Trinken finden kann und einem freundlichen Zechkumpanen begegne. Ich zahle keine Steuern und keine Miete. Ich habe keinen Chef und keine Verpflichtungen. Ich beteilige mich nicht an der Wahl und kümmere mich nicht darum, wer Präsident oder Vizepräsident wird. Ich will kein Geld verdienen und strebe nicht nach Ruhm oder Erfolg. Was könnt ihr mir anbieten, das ich nicht schon habe, wie? Ich bin ein freier Mensch – seid *ihr* das? Und ich bin glücklich. Glücklich, weil ich mich nicht darum kümmere, was morgen sein wird. Ich will nur jeden Tag meinen Schoppen Whisky – eine Flasche voll Vergessen, das ist alles. Meine Gesundheit? Ich mache mir ihretwegen keine Sorgen. Ich bin so stark und gesund wie jeder andere. Wenn mir etwas fehlt, so weiß ich das jedenfalls nicht. Ich kann ohne weiteres hundert Jahre alt werden, während ihr Jungens euch vermutlich Sorgen macht, ob ihr die Sechzig erreicht. Für mich gibt es nur einen Tag: *das Heute*. Wenn mir gut zumute ist, schreibe ich ein Gedicht und werfe es am nächsten Tag weg. Ich versuche nicht, literarische Preise zu gewinnen – ich drücke mich nur auf meine eigene giftige Art aus...»

Daraufhin kam er auf seine literarischen Fähigkeiten zu sprechen. Seine Eitelkeit kannte keine Grenzen mehr. Als er schließlich darauf bestand, ich sollte einen Blick in die Geschichte werfen, die er für eine beliebte Zeitschrift geschrieben hatte, hielt ich es für angebracht, ihm Einhalt zu gebieten. Viel lieber als von dem Literaten wollte ich von dem Desperado und dem Trunkenbold hören.

«Hören Sie zu», sagte ich, ohne ein Blatt vor den Mund zu nehmen, «Sie geben doch zu, daß alles das ein Schmarren ist, nicht wahr? Ehrlich gesagt, ich lese nie Schmarren. Wozu wollen Sie mir das Zeug zeigen – ich zweifle nicht, daß Sie ebenso schlecht schreiben können wie alle anderen – dazu braucht man kein Genie zu sein. Mich interessiert nur gute Literatur. Ich bewundere den Genius, nicht den Erfolg. Wenn Sie jetzt etwas haben, auf das Sie stolz sind, so ist das etwas anderes. Ich würde gerne etwas lesen, das Sie selbst für gut halten.»

Er musterte mich von Kopf bis Fuß mit einem langen Blick. Einige Augenblicke lang sah er mich so schweigend und forschend an. «Ich will Ihnen etwas sagen», erklärte er schließlich, «es gibt nur etwas, das ich geschrieben habe und das ich für gut halte – doch das habe ich nie zu Papier gebracht. Aber ich habe es hier drinnen», und er klopfte sich mit dem Zeigefinger an die Stirne. «Wenn Sie es hören wollen, trage ich es Ihnen vor. Es ist ein langes Gedicht, das ich einmal geschrieben habe, als ich in Manila war. Sie haben sicher schon vom Kastell Morro gehört? Schön, gerade vor den Mauern vom Kastell Morro überkam mich die Inspiration. Ich halte es für eine große Dichtung. Ich weiß, daß sie das ist! Ich möchte sie nicht gedruckt sehen. Möchte kein Geld dafür nehmen. Hören Sie...»

Ohne sich zu unterbrechen, um sich zu räuspern oder einen Schluck zu trinken, legte er mit diesem Gedicht über einen Sonnenuntergang in Manila los. Er deklamierte es in raschem Tempo mit einer klaren, wohlklingenden Stimme. Es war, als schieße man Wasserfälle in einem leichten Kanu hinunter. Rings um uns war jedes Gespräch verstummt. Einige Leute standen auf und traten näher heran, um ihn besser hören zu können. Das Gedicht schien weder einen Anfang noch ein Ende zu haben. Wie gesagt, es hatte mit der Schnelligkeit einer Flut begonnen und ging weiter und immer weiter, Bild um Bild, ein Crescendo ums andere, wurde lauter und dann leiser in tönenden Kadenzen. Leider erinnere ich mich an keine einzige Zeile mehr. Ich erinnere mich nur noch an das Gefühl, das ich hatte, auf den Wogen eines großen

Stromes durch das Herz einer tropischen Zone getragen zu werden, in der ständig farbenprächtige exotische Vögel hin und her flatterten, an den Glanz naßgrüner Blätter, das Sich-Verneigen und Wiederaufrichten vom Wind bewegter Gräser, das betörende Mitternachtsblau des Himmels, die wie funkelnde Edelsteine leuchtenden Sterne, den Gesang, Gott weiß wovon, trunkener Vögel. Ein Fieber lief durch jede Strophe, das Fieber keines Kranken, sondern eines begeisterten, rasenden Menschen, der plötzlich seine wahre Stimme gefunden hatte und sie im Dunkeln erprobte. Es war eine unmittelbar aus dem Herzen kommende Stimme, eine straffe, vibrierende Blutsäule, die in rhapsodischen, donnernden Wellen ans Ohr schlug. Das Ende war eher ein Verklingen als ein Aufhören, ein Diminuendo, das den trommelnden Rhythmus zu einem Flüstern herabsinken ließ, das weit über die tatsächliche Stille hinaus anhielt, in die es sich schließlich auflöste. Die Stimme war verstummt, aber das Gedicht hallte noch in den Gehirnzellen nach.

Er brach die eingetretene Stille, indem er bescheiden auf die ungewöhnliche Leichtigkeit hinwies, mit der er sich an alles, worauf sein Blick fiel, erinnern konnte. «Ich erinnere mich noch an alles, was ich in der Schule gelesen habe», sagte er, «von Longfellow und Wordsworth bis Ronsard und François Villon. *Villon*, das ist ein Mann nach meinem Herzen», und er deklamierte einen bekannten Vers mit einer Aussprache, die verriet, daß er mehr als nur eine aus dem Lehrbuch erworbene Kenntnis der französischen Sprache besaß. «Die größten Dichter waren die Chinesen», setzte er hinzu. «Sie ließen die kleinen Dinge die Größe des Weltalls offenbaren. Sie waren an erster Stelle Philosophen und dann erst Dichter. Sie *lebten* ihre Dichtung. Wir haben keinen Stoff für ein Gedicht, außer Tod und Verzweiflung. Man kann kein Gedicht über ein Automobil oder eine Telefonzelle schreiben. Zuerst einmal muß das Herz intakt sein. Man muß an etwas glauben können. Die Werte, die man uns als Kinder zu achten gelehrt hat, sind alle vernichtet. Wir sind keine Menschen mehr – wir sind nur noch Automaten. Sogar das Töten bringt uns keine Befriedigung. Der letzte Krieg tötete unsere Impulse. Wir sind nicht mehr empfänglich, wir reagieren nur noch.

Wir sind die verlorene Schar der besiegten Erzengel. Wir taumeln im Chaos, und unsere Führer, blinder als Fledermäuse, schreien wie die Esel. Sie möchten doch Mr. Roosevelt nicht als großen Führer bezeichnen? Nicht, wenn Sie den Lauf der Geschichte kennen. Ein Führer muß von einer großen Vision inspiriert sein. Er muß sein Volk mit mächtigen Schwingen aus dem Dreck herausheben. Muß die Menschen herausreißen aus der Stumpfheit, in der sie wie Siebenschläfer und Faultiere vegetieren. Die Sache der Freiheit und Menschlichkeit wird nicht dadurch gefördert, daß man arme, schwache Träumer zum Schlachthaus führt. Was will denn dieser Aufpeitscher überhaupt? Hat der Herrgott ihn zum Retter der Zivilisation bestellt? Als ich dort drüben für die Demokratie kämpfte, war ich fast noch ein Kind. Ich hatte keinen großen Ehrgeiz, auch nicht den Wunsch, jemanden zu töten. Ich wurde in dem Glauben erzogen, daß Blutvergießen ein Verbrechen gegen Gott und die Menschen ist. Nun ja, ich tat, was von mir verlangt wurde – wie ein guter Soldat. Ich legte jeden Hundesohn um, der mich umzulegen versuchte. Was blieb mir anderes übrig? Natürlich drehte es sich nicht immer um Töten. Dann und wann hatte ich auch schöne Zeiten – es war eine Art von Genuß, wie ich sie niemals erwartet hatte. Tatsächlich war nichts so, wie ich es mir vorgestellt hatte, ehe ich hinüberging. Sie wissen ja, was diese Kerle aus einem machen. Großer Gott, die eigene Mutter würde einen nicht wiedererkennen, wenn sie sehen würde, woran man sein Vergnügen findet – oder wie man durch den Dreck kriecht und einem Menschen das Bajonett in den Leib stößt, der einem nie etwas zuleide getan hat. Ich versichere Ihnen, ich wurde so gemein und abstoßend, daß ich mich selbst nicht mehr kannte. Ich war nur noch eine Nummer, die aufleuchtete wie auf einem Schaltbrett, wenn der Befehl kam, dies oder jenes oder sonstwas zu tun. Man konnte mich nicht mehr Mensch nennen – in mir war kein verdammter Rest von Gefühl mehr. Aber ich war kein Tier, denn wäre ich ein Tier gewesen, so hätte ich mehr Vernunft gehabt, als mich in eine solche Schweinerei einzumischen. Tiere töten einander nur, wenn sie Hunger haben. Wir töten, weil wir vor unserem eigenen Schatten Angst haben und uns scheuen, zugeben zu müssen – falls wir nur einen Funken gesunden Menschenverstand hätten –, daß unsere glorreichen Grundsätze falsch sind. Heute habe ich keine Grundsätze mehr: ich bin ein Verfemter. Ich habe nur noch ein Bestreben: Jeden Tag genug Alkohol hinter die Binde zu gießen, um zu vergessen, wie die Welt aussieht. Ich habe dieses Verfahren nie gutgeheißen. Sie können mir nicht einreden, daß ich alle diese Deutschen umbrachte, um dieser ruchlosen Schweinerei zum Sieg zu verhelfen. Nein, mein Lieber, ich weigere mich, etwas damit zu tun zu haben. Ich wasche meine Hände in Unschuld. Trete aus diesem Verein aus. Wenn ich dadurch ein schlechter Bürger werde, nun gut, dann bin ich eben ein schlechter Bürger. Wenn schon. Glauben Sie, wenn ich wie ein tollwütiger Hund umherlaufen und um eine Keule oder ein Gewehr bitten würde, um noch einmal mit dem Töten zu beginnen – glauben Sie wirklich, daß mich das zu einem guten Bürger machen würde, gut genug, meine ich, um für die Demokratie zu stimmen? Vermutlich könnte ich, wenn ich das täte, den Leuten bequem aus der Hand fressen, was? Ich will aber niemandem aus der Hand fressen. Ich will in Ruhe gelassen werden. Meinen Träumen nachhängen, an das glauben, was ich einmal glaubte – nämlich, daß das Leben gut und schön ist und die Menschen in Frieden und Wohlergehen miteinander leben können. Kein Hurensohn dieser Erde kann mir weismachen, man müsse zuerst eine Million oder zehn Millionen Menschen kaltblütig umbringen, um das Leben besser zu machen. Nein, mein Herr, diese Kerle haben kein Herz. Ich weiß, daß die Deutschen nicht schlechter sind als wir, und ich weiß bei Gott aus Erfahrung, daß zumindest einige von ihnen verdammt viel besser sind als die Franzosen oder die Engländer.

Dieser Schullehrer, den wir zum Präsidenten machten, glaubte wohl, alles recht ins Gleis gebracht zu haben, nicht wahr? Können Sie sich ihn vorstellen, wie er in Versailles gleich einem alten Ziegenbock auf dem Fußboden herumkriecht, um mit einem Blaustift imaginäre Grenzen zu ziehen? Was ist der Sinn, neue Grenzen aufzurichten, können Sie mir das sagen? Wozu überhaupt Zölle und Besteuerungen, Schilderhäuser und Bunker? Warum gibt England nicht einige seiner unrechtmäßigen Besitzungen auf? Wenn die armen Leute in England sich nicht die Lebensnotdurft verdienen können, solange ihre Regierung das größte Weltreich besitzt, das es je gegeben hat, wie sollen sie dann ihren Lebensunterhalt verdienen, wenn das Empire in Stücke fällt? Warum wandern sie nicht aus nach Kanada, Afrika oder Australien?

Noch andere Dinge verstehe ich nicht. Wir behaupten immer, alles sei in bester Ordnung, wir hätten die beste Regierung unter der Sonne. Woher wissen wir das – haben wir die anderen ausprobiert? Läuft hier alles so wundervoll, daß wir den Gedanken an eine Änderung nicht ertragen könnten? Angenommen, ich glaubte ehrlich an den Faschismus oder den Kommunismus, an die Polygamie oder den Mohammedanismus, an den Pazifismus oder sonst eines der Dinge, die jetzt tabu in diesem Lande sind? Was würde mit mir geschehen, wenn ich meine Klappe aufmachen würde, he? Warum wagt ihr nicht einmal, gegen das Impfen zu protestieren, obschon genügend Beweise vorhanden sind, daß es mehr Schaden als Nutzen anrichtet? Wo ist diese Freiheit und Unabhängigkeit, deren wir uns rühmen? Man ist nur frei, wenn man bei seinem Nachbarn in gutem Geruch steht, und selbst dann läßt man einem verteufelt wenig Spielraum. Ist man aber ganz abgebrannt und arbeitslos, dann ist eure Freiheit keinen Pfifferling wert. Und wenn man dazu noch alt ist, dann bedeutet sie das nackte Elend. Die Menschen sind viel gütiger zu Tieren, Blumen und Geisteskranken. Die Zivilisation ist ein Segen für die Untüchtigen und Degenerierten – die anderen zerbricht oder demoralisiert sie. Was die Bequemlichkeiten des Lebens betrifft, so bin ich im Gefängnis besser dran als draußen. Im einen Falle nimmt man einem die Freiheit, im anderen die Mannhaftigkeit. Wenn man mitmacht, kann man Autos, Stadthäuser, Mätressen, Gänseleberpastete und den ganzen dazugehörigen Plunder haben. Aber wer will schon mitmachen? Lohnt es die Mühe? Haben Sie jemals einen Millionär gesehen, der glücklich war oder seine Selbstachtung bewahrte? Sind Sie jemals in Washington gewesen und haben unsere Gesetzesbrecher – Verzeihung, ich meine Gesetzgeber – bei einer Sitzung gesehen? Das müssen Sie gesehen haben! Wenn man ihnen gestreifte Sträflingskittel anzöge und sie mit Pickel und Schaufel hinter Gitter steckte, könnte kein Mensch auf der Welt etwas anderes sagen, als daß sie hier am rechten Platz seien. Oder nehmen Sie dieses Verbrecheralbum von Vizepräsidenten. Erst unlängst stand ich vor einem Drugstore und studierte ihre Physiognomien. Noch nie hat es eine gemeinere, ausgekochtere, häßlichere und fanatischere Kollektion menschlicher Gesichter zu einer Gruppe vereint gegeben. Und das ist das Menschenmaterial, aus dem man den Präsidenten wählt, wenn es zu einem Mord kommt. Ja, zu einem Mord... Ich saß am Tag nach der Wahl in einem Restaurant – es war in Maine –, und der Mann neben mir versuchte mit einem anderen eine Wette abzuschließen, daß Roosevelt nicht seine ganze Amtszeit überleben würde. Er bot fünf zu eins – aber niemand wollte dagegen wetten. Am meisten betroffen war ich über die Kellnerin, auf die niemand geachtet hatte und die plötzlich in ruhigem Ton bemerkte, daß ‹bei uns wohl wieder mal ein Mord fällig sei›. Morde scheinen eine häßliche Sache, wenn es sich um den Präsidenten der Vereinigten Staaten handelt, aber ständig wird viel gemordet, und niemand scheint sich groß darüber aufzuregen. Dort wo ich aufgewachsen bin, pflegten wir einen Neger totzupeitschen, nur eben um einem Besucher zu zeigen, wie's gemacht wird. Es geschieht noch immer, aber vermutlich nicht mehr so öffentlich. Wir wollen die Dinge besser machen, indem wir sie heimlich tun.

Wir essen das, was man uns zuteilt... Freilich habe ich keinen Geschmackssinn mehr, durch all den Alkohol, den ich in mich hineingieße. Aber für einen Menschen, der noch einige Geschmacksnerven hat, muß es höllisch schwer sein, das Spülwasser hinunterzubringen, das man einem in öffentlichen Lokalen vorsetzt. Sie entdecken jetzt, daß die Vitamine fehlen. Was tun sie also? Ändern sie die Kost, wechseln sie den Küchenchef? Nein, sie geben einem das gleiche ausgelaugte Zeug, nur fügen sie die nötigen Vitamine hinzu. Das nennt sich Zivilisation – immer eselsdumm an die Dinge herangehen. Ich versichere Ihnen, ich bin jetzt so gottverdammt zivilisiert, daß ich es vorziehe, mein Gift direkt zu nehmen. Hätte ich ein sogenanntes ‹normales Leben› geführt, so läge ich mit fünfzig ohnehin auf dem Misthaufen. Ich bin jetzt achtundvierzig und kerngesund, indem ich immer genau das Gegenteil von dem tue, was einem empfohlen wird. Würden Sie nur vierzehn Tage so leben wie ich, lägen Sie bereits im Krankenhaus. Was kommt also dabei heraus, wollen Sie mir das sagen? Würde ich nicht trinken, dann hätte ich ein anderes Laster – wäre vielleicht ein Kinderdieb oder ein verfeinerter Jack-der-Bauchaufschlitzer – wer weiß? Und wenn ich keine Laster hätte, wäre ich nur eben ein armer Streber, ein Schmarotzer wie tausend andere – und was hätte ich damit erreicht? Sie glauben doch nicht, daß es mir eine Befriedigung gewähren würde, im Geschirr zu sterben, wie man so sagt? Nein, bestimmt nicht! Lieber stürbe ich in der Trinkerheilanstalt unter den Hoffnungslosen und Verkommenen. Wenigstens werde ich, wenn es dazu kommt, die Befriedigung haben, daß ich nur einen Herrn und Meister hatte – nämlich die Whiskybuddel. Sie haben tausend Meister, falsche, heimtückische, die Sie sogar im Schlaf quälen. Ich habe nur einen, und um die Wahrheit zu sagen, ist er für mich mehr ein Freund als ein Zuchtmeister. Er bringt mich oft in schlimme Lagen, aber er belügt mich nie. Nie spricht er von ‹Freiheit, Unabhängigkeit und Gleichheit› oder dergleichen Quatsch. Er sagt einfach: ‹Ich mache dich so sternhagelbesoffen, daß du nicht mehr weißt, wer du bist›, und das ist alles, wonach ich verlange. Wenn nun Mr. Roosevelt oder ein anderer Politiker ein mir gegebenes Versprechen halten könnte, so hätte ich ein wenig Respekt vor ihm. Aber wer hat jemals von einem Diplomaten oder Politiker gehört, der sein Wort gehalten hat? Es ist, als erwarte man von einem Millionär, er solle sein Vermögen den Männern und Frauen geben, denen er es abgegaunert hat. So was gibt es einfach nicht.»

Ohne Unterbrechung fuhr er in dieser Tonart fort – lange Monologe über die Tücke, Grausamkeit und Ungerechtigkeit von Mensch zu Mensch. In Wirklichkeit ein im Herzen großartiger Junge, mit guten Naturanlagen und all den Attributen eines Weltbürgers, nur daß er auf seinem Lebensweg aus der gesellschaftlichen Bahn geschleudert worden war und nie wieder in sie zurückkehren konnte. Ich ersah aus den Fragen, die Rattner manchmal einwarf, daß er Hoffnungen für den Menschen hatte.

Um zwei Uhr morgens war er so optimistisch zu glauben, mit ein wenig Ausdauer könnte in dieses rauhe Herz der Same der Hoffnung gelegt werden. Mir schien dies, so sehr mir der Mann gefiel, ein ebenso hoffnungsloses Beginnen, als wollte man versuchen, die dürren Landstriche von Arizona oder Dakota fruchtbar zu machen. Das einzige, was die menschliche Gesellschaft mit solchen Menschen tun kann, aber nie tut, ist, gütig und duldsam gegen sie zu sein. Ganz so wie die Erde in ihren endlosen Versuchen gelegentlich in eine Sackgasse gerät und gleichsam aufgibt, so verhält es sich auch mit den Menschen. Der Wunsch, die Seele abzutöten – denn darauf kommt es hinaus –, ist eine Erscheinung, die einen ungewöhnlichen Reiz für mich hat. Manchmal verleiht das einem Menschen eine Größe, die den edlen Anstrengungen jener Menschen gleichzukommen scheint, die wir als höhergeartet betrachten. Denn auch der verneinenden Haltung haften, wenn sie ehrlich und kompromißlos ist, die Eigenschaften des Heroischen an. Schwächlinge sind unfähig, sich auf diese Weise zu vergeuden. Der Schwächling bricht nur zusammen, während der andere, der aufrichtigere Charakter, gut Freund mit dem Schicksal ist und ihm in die Hand arbeitet, es gleichsam antreibt und seiner gleichzeitig spottet. Den Untergang heraufbeschwören heißt sich dem Chaos aussetzen, das in Bewegung zu setzen die blinden Kräfte des Weltalls immer bereit sind, sobald der Wille eines Menschen gebrochen ist. Der Schicksalsmensch ist das genaue Gegenteil: in ihm haben wir ein Beispiel der wunderbaren Natur des Menschen, insofern als diese gleichen blinden Kräfte gezügelt, gebändigt und auf die Erfüllung des eigenen mikroskopisch kleinen menschlichen Zieles ausgerichtet scheinen. Aber um so oder so zu handeln, muß man sich vollständig von dem üblichen, rückschrittlichen Menschenmuster loslösen. Sogar sich zur Selbstvernichtung zu entscheiden, verlangt so etwas wie eine kosmische Betrachtungsweise. Ein Mensch muß eine endgültige Anschauung von der Natur der Welt haben, um sie verwerfen zu können. Es ist weit leichter, Selbstmord zu begehen, als die Seele zu töten. Es bleibt der Zweifel, den nicht einmal der entschlossenste Selbstvernichter aufheben kann: daß die Verwirklichung undurchführbar ist. Könnte sie durch einen Willensakt erreicht werden, so bräuchte man nicht den Untergang heraufzubeschwören. Aber gerade weil der Wille nicht mehr funktioniert, ergibt sich der hoffnungslose Mensch den waltenden Kräften. Kurzum, er muß auf die eine Tat verzichten, die ihn von seinen Qualen befreien würde. Unser Freund hatte sich durch die Whiskyflasche befreit. Aber nur bis zu einem gewissen Punkt kann der Whisky helfen. Wenn es einem gelänge, alle lähmenden und hemmenden Kräfte des Universums zu bannen, so bliebe doch noch eine Grenze, die nur der Mensch selbst überschreiten und überwinden kann. Den Leib kann man töten, aber die Seele ist unvergänglich. Ein Mensch wie unser Freund hätte es tausendmal fertiggebracht, sich zu töten, wenn er dadurch die geringste Hoffnung auf eine Lösung des Problems gehabt hätte. Aber er hatte die Wahl getroffen, rückfällig zu werden, kalt und stumpf wie der Mond dazuliegen, jeden fruchtbaren Impuls abzutöten und dadurch, daß er den Tod nachahmte, ihn schließlich im Innersten seines Wesens herbeizuführen.

Wenn er redete, so schrie das Herz aus ihm. Man habe ihm das Herz gebrochen, so sagte er, aber es war nicht wahr. Das Herz kann nicht gebrochen werden Es kann verwundet werden und das ganze Weltall als einen einzigen großen, sich in Schmerzen windenden Ort der Qual erscheinen lassen. Aber das Herz kennt keine Grenzen in seiner Fähigkeit, Leid und Qual zu ertragen. Sonst wäre die Menschheit längst zugrunde gegangen. Solange das Herz das Blut pulsieren läßt, pulsiert das Leben. Und das Leben kann auf so völlig miteinander unvereinbaren Stufen gelebt werden, daß es in manchen Fällen so gut wie erloschen aussieht. Es gibt ebenso heftige Kontraste in der Lebensführung der Menschen wie im Leben der Fisch-, Mineral- und Pflanzenwelt. Wenn wir das Wort ‹menschliche Gesellschaft› gebrauchen, sprechen wir von etwas, das sich einer Definition entzieht. Niemand kann das Denken und Handeln eines Menschen mit einem Wort oder Satz umreißen. Die Konstellationen, in denen sich die Menschen bewegen, sind im Gegensatz zu denen der Sterne alles andere als festgelegt. Eine Geschichte, wie ich sie hier erzähle, kann für einige Menschen von Interesse und Bedeutung, für andere jedoch ohne jeden Reiz oder Wert sein, Was würde Shakespeare für einen Patagonier bedeuten, angenommen, man könnte ihn die Worte lesen lehren? Was können die «Verschiedenheiten religiösen Erlebens» einem Hopi-Indianer besagen? Ein Mensch lebt sein Dasein im Glauben, die Welt sei so oder so beschaffen, einfach weil er nie aus dem Gleise herausgerissen wurde, in dem er umherkriecht wie ein Wurm. Für den zivilisierten Menschen ist der Krieg nicht immer die größte unglückliche Erschütterung seines bequemen Alltagseinerleis. Manche Menschen – und ich fürchte, ihre Zahl ist größer, als die meisten von uns glauben – halten ihn für eine erregende, wenn auch nicht durchweg angenehme Unterbrechung der Mühsal und der Plackerei des gewöhnlichen Lebens. Die ständige Gegenwart des Todes ist für sie eine Würze, sie belebt ihre in der Regel apathischen Gehirnzellen. Andere, wie unser Freund, sagen sich in ihrer Auflehnung gegen mutwilliges Töten und in der bitteren Erkenntnis ihrer Unfähigkeit, dem jemals ein Ende zu setzen, von der Gesellschaft los und berauben sich unter Umständen sogar der Möglichkeit, in einem fernen und günstigeren Augenblick der menschlichen Geschichte wieder auf die Erde zurückzukehren. Sie wollen nichts mehr mit dem Menschen zu schaffen haben, wollen den Versuch im Keim ersticken. Und natürlich sind sie darin ebenso machtlos wie in ihren Bemühungen, den Krieg unmöglich zu machen. Aber sie sind eine faszinierende Menschengattung und letzten Endes wertvoll für die Menschheit, wenn auch nur aus dem Grunde, daß sie in diesen Zeiten der Dunkelheit, da wir kopfüber der Vernichtung entgegenzustürzen scheinen, die Rolle von Signallichtern übernehmen. Der Bediener des Schaltbrettes bleibt unsichtbar, und auf ihn setzen wir unser Vertrauen, aber solange wir auf den Schienen bleiben, sind die lichtwerfenden Signale ein flüchtiger Trost. Wir hoffen, daß uns der Lokomotivführer wohlbehalten an unseren Bestimmungsort bringt. Wir sitzen mit verschränkten Armen da und legen unsere Sicherheit in andere Hände. Doch selbst der beste Lokomotivführer kann uns nur über eine vorgezeichnete Strecke bringen. Unser Abenteuer liegt auf nicht festgelegten Gebieten – mit Mut, Verstand und Glauben als unseren einzigen Führern. Unsere einzige Pflicht ist es, unser Vertrauen in unsere eigenen Kräfte zu setzen. Kein Mensch ist so groß oder klug, als daß einer von uns ihm sein Schicksal überlassen dürfte. Die einzige Art, in der uns jemand führen kann, besteht darin, in uns den Glauben an unsere eigene Führung wiederherzustellen. Die größten Männer haben immer diesen Gedanken bestätigt. Aber verwirrt und irregeführt werden wir von *den* Menschen, die uns die Dinge versprechen, die niemand einem anderen ehrlich versprechen kann: nämlich Sicherheit, Geborgenheit, Friede etc. Und am trügerischsten sind die Versprechen aller derjenigen, die uns einander umzubringen heißen, um das erdichtete Ziel zu erreichen.

Wie unser Freund erwachen Tausende, ja, vielleicht Millionen von Menschen auf dem Schlachtfeld zu der Erkenntnis ihres Irrtums. Aber dann ist es zu spät. Denn dann fallen die Menschen, die sie jetzt nicht mehr umbringen wollen, ihrerseits über sie her und sind bereit, ihnen die Kehle durchzuschneiden. Dann heißt es töten oder getötet werden, und es bedeutet wenig Unterschied, ob man mit oder ohne Erkenntnis der Wahrheit tötet. Das Morden geht weiter bis zu dem Tag, an dem das Heulen der Sirenen den Waffenstillstand ankündigt. Wenn der Frieden kommt, senkt er sich herab auf eine Welt, die zu erschöpft ist, um anders als mit einem dumpfen Gefühl der Erleichterung zu reagieren. Die Männer am Ruder, denen die Schrecken des Kampfes erspart geblieben sind, spielen jetzt ihre schmachvolle Rolle, in der Habgier und Haß miteinander um die Herrschaft ringen. Die Menschen aber, welche die ganze Wucht der Auseinandersetzung getragen haben, sind zu müde und angeekelt, um eine Teilnahme an der Neuordnung der Welt zu verlangen. Sie wollen nur in Ruhe gelassen werden, um den Luxus der Annehmlichkeit des kleinlichen Alltagsdaseins zu genießen, das einmal so langweilig und schal erschien. Wie ganz anders wäre die neue Ordnung, wenn wir den Veteranen statt den Politiker zu Rate ziehen könnten! Aber die Logik besteht darin, daß wir unschuldige Millionen einander abschlachten lassen, und wenn das Opfer vollbracht ist, eine kleine Schar bigotter, ehrgeiziger Männer, die nie erfahren haben, was leiden heißt, zur Neugestaltung unseres Lebens ermächtigen. Welche Aussicht hat ein alleinstehender

Mensch, seinem Nichteinverstandensein Gehör zu verschaffen, wenn er zur Unterstützung seines Protests nichts in die Waagschale zu werfen hat als seine Wunden? Wer fragt nach Wunden, wenn der Krieg zu Ende ist? Schafft sie uns aus den Augen, alle diese Verwundeten, Verstümmelten und Kriegsbeschädigten! Geht wieder an die Arbeit, nehmt das Leben auf, wie ihr es verlassen habt, diejenigen von euch, die noch stark und arbeitsfähig sind! Den Toten werden Denkmäler errichtet. Die Verstümmelten erhalten Renten. Laßt uns weitermachen – Geschäfte wie üblich und keine schwächliche Gefühlsduselei gegenüber den Schrecken des Krieges. Wenn der nächste Krieg kommt, werden sie uns bereit finden! Und so weiter...

Solche Überlegungen stellte ich an, während unser Freund und Rattner Anekdoten über ihre Erlebnisse in Frankreich austauschten. Ich sehnte mich ins Bett. Im Gegensatz dazu wurde unser Freund offensichtlich immer wacher. Ich wußte, daß er bei der kleinsten Ermutigung uns bis zum Morgengrauen mit seinen Geschichten traktieren würde. Je mehr er von seinen Schicksalsschlägen erzählte, desto heiterer schien er merkwürdigerweise zu werden. Als wir ihn schließlich zum Verlassen des Lokals überreden konnten, war er einfach strahlender Laune. Draußen auf der Straße begann er sich seiner wunderbaren körperlichen Verfassung zu rühmen – Leber, Nieren, Darm, Lunge, alles in prächtigem Zustand, Sehvermögen über dem Durchschnitt. Offenbar hatte er seine zerbrochene Brille vergessen – oder vielleicht war das nur eine Erfindung gewesen, um das Eis zu brechen.

Wir mußten ein paar Häuserblocks weit gehen, bevor wir unser Hotel erreichten. Er sagte, er wolle uns begleiten, da er nun selbst bald Schluß machen würde. In nächster Nähe gab es einige Logierhäuser, wo man, wie er glaubte, für fünfunddreißig Cent übernachten könne, und dort wolle er für ein paar Stunden schlafen. Alle paar Schritte blieb er plötzlich stehen und pflanzte sich vor uns auf, um sich über irgendeinen Vorfall auszulassen, den er offenbar als wichtig für uns ansah. Oder war es ein unbewußter Wunsch, uns aufzuhalten, in unsere bequemen warmen Betten zu schlüpfen? Mehr als einmal reichten wir ihm, als wir uns endlich dem Hotel näherten, die Hand zum Abschied, nur um sie wieder sinken zu lassen und geduldig mit einem Fuß in der Gosse und dem anderen auf dem Randstein dazustehen und ihn bis zu Ende anzuhören.

Schließlich fragte ich mich, ob er das nötige Kleingeld hätte, um sich ein Nachtlager zu verschaffen. Gerade als ich mich danach erkundigen wollte, kam mir Rattner, dessen Gedanken sich offenbar in gleicher Richtung bewegten, damit zuvor. Hatte er auch das Geld für ein Zimmer? Doch, er sei dessen ziemlich sicher, er habe in dem Restaurant sein Kleingeld gezählt. Ja, er sei fast sicher, daß er genug habe – und wenn nicht, so würde er uns bitten, das Nötige zuzulegen. Jedenfalls sei das nicht wichtig. Von was sprach er doch gleich? Ach, richtig, von Nevada… von den verrückten, gespenstischen Städten, in denen er gelebt hatte… der Bar mit den vielen Bierflaschen an den Wänden, und dem mechanischen Klavier aus Klondike, das er eines Nachts in die Wüste hinausgerollt hatte, nur um zu hören, wie es in dieser großen, leeren Weite klingen würde. Ja, die einzigen Menschen, die wert waren, daß man sich mit ihnen unterhielt, waren die Stammkunden, die ewig um die Bar hockten. Sie lebten alle in der Vergangenheit, so wie er. Eines Tages würde er alles das zu Papier bringen. «Warum sich diese Mühe machen?» warf ich ein. «Vielleicht haben Sie recht», erwiderte er und fuhr sich mit seinen nikotinbefleckten Fingern durch sein dichtes gelocktes Haar. «Jetzt muß ich Sie um eine Zigarette bitten», setzte er hinzu, «meine habe ich alle aufgeraucht.» Während wir ihm die Zigarette anzündeten, begann er mit einer anderen Geschichte. «Hören Sie zu», schnitt ich ihm das Wort ab, «machen Sie's kurz, bitte, ich bin todmüde.» Wir bewegten uns im Schneckentempo über die Straße auf die Hoteltür zu. Als er seine Geschichte zu Ende gebracht hatte, legte ich die Hand auf den Türgriff, um hineinzugehen. Wir wollten uns gerade noch einmal die Hände schütteln, als ihm plötzlich einfiel, sein Kleingeld zu zählen. «Vermutlich werde ich drei Cent von Ihnen borgen müssen», meinte er. «Sie können ein paar Dollar haben, wenn Sie wollen», sagten wir beide nahezu gleichzeitig. Nein, das wollte er nicht – es könnte ihn veranlassen, wieder von vorne mit der Trinkerei anzufangen. Er wollte jetzt nicht wieder damit beginnen, sondern zuerst einmal ein wenig ausruhen.

Es war nichts anderes zu machen, als ihm die drei Cent und unsere restlichen Zigaretten zu geben. Es war Rattner peinlich, ihm drei Kupfermünzen zu überreichen. «Warum nehmen Sie nicht wenigstens einen halben Dollar?» wollte er wissen. «Sie könnten ihn morgen zum Frühstück brauchen.»

«Wenn Sie mir einen halben Dollar geben», erwiderte unser Freund, «kaufe ich vermutlich ein paar Kerzen und stelle sie vor dem Denkmal von Robert E. Lee weiter oben in dieser Straße auf. Heute war sein Geburtstag, wissen Sie. Die Leute haben ihn schon vergessen. Alles schnarcht jetzt. Ich mag Lee in gewisser Weise. Ich verehre sein Andenken. Er war mehr als nur ein großer General – er war ein Mensch von großem Feingefühl und Verständnis. Ich glaube, ich werde doch wirklich hinpilgern, ehe ich mich ins Bett lege. Eine solche Verrücktheit kann nur ein Mensch wie ich begehen. Schlafen ist nicht wichtig. Ich will zu dem Denkmal gehen und ein wenig mit ihm plaudern. Laßt die Welt schlafen! Sie sehen, es steht mir frei, zu tun und zu lassen, wozu ich Lust habe. Ich bin wirklich besser dran als ein Millionär...»

«Dann können wir also nichts mehr für Sie tun?» unterbrach ich ihn. «Sie haben alles, was Sie brauchen, Sie sind gesund, sind glücklich...»

Kaum hatte ich das Wort ‹glücklich› ausgesprochen, als sein Gesicht sich plötzlich veränderte. Er packte mich mit stählernem Griff an beiden Armen, drehte mich herum, und indem er mir in die Augen starrte mit einem Blick, den ich nie vergessen werde, stieß er hervor: «*Glücklich?* Hören Sie zu, Sie sind Schriftsteller – Sie sollten es besser wissen. Sie wissen, daß ich lüge wie gedruckt. *Glücklich?* Was denn, Mann Gottes, Sie sehen den unglücklichsten Menschen auf Erden vor sich.» Er schwieg einen Augenblick, um eine Träne wegzuwischen. Er hielt mich noch immer mit beiden Händen fest, offenbar eisern entschlossen, daß ich ihn bis zum Schluß anhören sollte. «Ich bin heute nacht nicht zufällig zu Ihnen gestoßen», setzte er hinzu. «Ich sah Sie kommen und bildete mir ein Urteil über Sie beide. Ich wußte, daß Sie Künstler sind, darum habe ich mich an Sie herangemacht. Ich suche mir immer die Leute aus, mit denen ich sprechen will. Ich habe meine Brille nicht an der Bar verloren, auch nicht meinen Wagen dem Händler zum Verkauf gegeben. Aber alles andere, was ich Ihnen erzählt habe, ist wahr. Ich walze nur eben von einem Lokal zum anderen. Ich bin erst vor ein paar Wochen aus dem Kittchen entlassen worden. Sie behalten mich noch im Auge – jemand hat mich durch die ganze Stadt beschattet. Ich halte sie in Bewegung. Wenn ich jetzt meinen Rundgang wieder aufnähme und zufällig auf einer Bank einschliefe, so hätten sie mich, wo sie mich haben wollen. Aber dazu bin ich zu wachsam. Ich will nur gemütlich herumbummeln und, wenn ich genug davon habe, schlafen gehen. Der Barmann wird mich am Morgen dann schon wieder auf die Füße stellen... Hören Sie zu, ich weiß nicht, in welcher Art Sie schreiben, aber wenn Sie einen Wink von mir annehmen wollen, so heißt er: lernen, was leiden heißt. Kein Schriftsteller taugt etwas, wenn er nicht einmal gelitten hat...»

Hier wollte Rattner ein Wort für mich einlegen, ich gab ihm aber ein Zeichen zu schweigen. Es war seltsam für mich zu hören, daß ein Mensch in mich drang, ich sollte leiden. Ich war immer der Meinung gewesen, mehr als mein Teil Leid abbekommen zu haben. Offenbar war das meinem Gesicht nicht anzusehen. Oder aber der Bursche war so von seinem eigenen Leid beansprucht, daß er die Anzeichen bei einem anderen nicht erkennen konnte oder wollte. Also ließ ich ihn weiter drauflos reden. Ich hörte bis zum Ende zu, ohne auch nur den Versuch zu machen, ihn ein einziges Mal zu unterbrechen. Als er geendet hatte, streckte ich zum letztenmal die Hand aus, um ihm Lebewohl zu sagen. Er nahm meine Hand in seine beiden Hände und drückte sie herzlich. «Ich habe Sie halbtot geredet, nicht wahr?» meinte er, wobei dieses seltsame verzückte Lächeln sein Gesicht erhellte. «Ich heiße...» Es klang wie Allison oder Albertson. Er begann nach seiner Brieftasche zu suchen. «Ich möchte Ihnen gerne eine Adresse geben, wohin Sie mir eine Zeile schreiben können.» Er suchte nach etwas, um darauf zu schreiben, schien aber keine Karte oder ein leeres Blatt Papier unter dem Wust von Schriftstücken finden zu können, die er in seiner dicken Brieftasche mit sich herumtrug. «Schön, geben Sie mir die Ihrige», sagte er schließlich. «Das tut's auch. Ich werde Ihnen einmal schreiben.»

Rattner notierte ihm seinen Namen und seine Adresse auf. Er nahm die Karte und legte sie sorgfältig in seine Brieftasche. Er wartete darauf, daß auch ich ihm meine Adresse aufschreiben sollte.

«Ich habe keine Adresse», sagte ich. «Außerdem haben wir einander nichts mehr zu sagen. Ich glaube nicht, daß wir uns jemals wieder begegnen werden. Sie sind entschlossen, sich zu vernichten, und ich kann Sie nicht aufhalten, sowenig wie jemand anders. Wozu sich vormachen, wir wollten einander schreiben? Morgen werde ich ganz woanders sein, und Sie auch. Ich kann nur sagen, ich wünsche Ihnen Glück.» Damit ging ich durch die Drehtür und in die Hotelhalle. Rattner verabschiedete sich noch von ihm.

Während ich dastand und auf den Liftboy wartete, winkte er freundlich mit der Hand. Ich winkte zurück. Dann stand er einen Augenblick da, wippte auf den Absätzen und war offenbar unentschlossen, ob er zu dem Denkmal gehen oder kehrtmachen und sich nach einer Bleibe für den Rest der Nacht umsehen sollte. Gerade als der Liftboy den Aufzug in Bewegung setzte, gab er uns ein Zeichen zu warten. Ich signalisierte zurück, es sei zu spät. «Fahren Sie weiter nach oben», sagte ich zu dem Aufzugführer. Während wir nach oben glitten, stand unser Freund draußen vor der Hoteltür und blickte mit leerem Ausdruck zu uns hinauf. Ich hatte nicht das Gefühl, daß wir eine Gemeinheit begingen, ihn so stehenzulassen. Ich blickte Rattner an, da ich wissen wollte, was er empfand. Er reagierte mit einem Schulterzucken. «Was soll man mit einem solchen Mann anfangen?» meinte er. «Er läßt sich ja doch nicht helfen.» Als wir in unser Zimmer traten und das Licht anschalteten, fügte er hinzu: «Da hast du ihm einen Schlag versetzt, als du sagtest, er sei glücklich. Weißt du, was ich dachte, daß er tun würde? Ich glaubte, er würde dich schlagen. Hast du bemerkt, wie sich sein Gesicht plötzlich veränderte? Und als du dich weigertest, ihm deinen Namen und deine Adresse zu geben, machte ihn das beinahe fertig. Ich brachte das nicht über mich. Ich mache dir keinen Vorwurf – ich frage mich nur, *warum* du das getan hast. Du hättest ihn doch ebensogut sanft abwimmeln können.»

Ich wollte gerade lächeln, aber so viele Gedanken kamen mir auf einmal in den Sinn, daß ich es vergaß und statt dessen die Stirn runzelte.

«Mißversteh mich nicht», sagte Rattner, der meinen Ausdruck falsch auslegte. «Ich finde, du warst verdammt geduldig mit ihm. Du hast den ganzen Abend kaum ein Wort gesprochen.»

«Nein, das ist es nicht», erwiderte ich, «ich denke nicht an mich. Sondern an alle die Burschen wie er, denen ich in einer kurzen Zeitspanne meines Lebens begegnet bin. Habe ich dir jemals von meinen Erlebnissen bei der Telegraphen-Gesellschaft erzählt? Zum Teufel, es ist schon spät, und ich weiß, daß du todmüde bist. Ich auch. Aber ich will dir nur eben ein paar Dinge erzählen. Ich versuche nicht, mich zu verteidigen, wohlgemerkt. Ich bin schuldig, wenn du so willst. Vielleicht hätte ich etwas tun oder etwas sagen sollen – wie oder was weiß ich selbst nicht. Vielleicht habe ich ihn abfahren lassen. Und was schlimmer ist, vermutlich habe ich ihn tief verletzt. Aber ich stellte mir vor, daß ihm das gut täte, wenn du verstehst, was ich meine. Ich habe ihm kein böses Wort gegeben oder ihn kritisiert, oder ihn gedrängt, sein Leben zu ändern, stimmt's nicht? Nein, so etwas tue ich nie. Wenn ein Mensch absolut vor die Hunde gehen will, so helfe ich ihm – gebe ihm, wenn nötig, noch einen kleinen Schubs. Wenn er wieder auf den Füßen stehen will, helfe ich ihm auch dazu. Ich tue, was er will. Meiner Ansicht nach soll man einen Menschen tun lassen, wozu er Lust hat, ob es gut oder schlecht ist, denn schließlich enden wir alle am gleichen Ort. Aber was ich sagen möchte, ist folgendes – ich habe so viele schreckliche Geschichten angehört, so viele Burschen wie diesen Allison oder Albertson kennengelernt, daß in mir kaum mehr eine Spur von Mitgefühl übriggeblieben ist. Es ist schrecklich, so etwas zu sagen, aber es ist wahr. Versteh mich recht – im Lauf eines einzigen Tages habe ich manchmal mindestens ein halbes Dutzend Männer vor mir zusammenbrechen und weinen sehen, die mich gebeten haben, etwas für sie, ihre Frauen und Kinder zu tun. In den letzten vier Jahren hatte ich kaum jemals mehr als vier oder fünf

Stunden Nachtschlaf, größenteils deshalb, weil ich Menschen helfen wollte, die sich nicht selbst helfen konnten. Was ich an Geld verdiente, gab ich fort. Wenn ich einem Menschen nicht selbst eine Stellung verschaffen konnte, ging ich zu meinen Freunden und bat sie, ihm die Arbeit, die er brauchte, zu geben. Ich nahm diese Menschen mit nach Hause und gab ihnen zu essen. Ich brachte sie auf dem Fußboden unter, wenn die Betten belegt waren. Von allen Seiten bekam ich Krach, weil ich mich zu sehr einsetzte und meine Frau und mein Kind vernachlässigte. Mein Chef hielt mich für einen Narren, und statt mich für meine Bemühungen zu loben, beschimpfte er mich dauernd in wüster Weise. Ich war immer zwischen zwei Feuern, von oben und von unten. Schließlich erkannte ich, daß es, soviel ich auch tat, doch nur ein Tropfen auf einen heißen Stein war. Ich behaupte nicht, daß ich gleichgültig oder verhärtet wurde. Nein, aber ich erkannte, daß es einer Revolution bedürfte, um eine merkliche Änderung der Verhältnisse herbeizuführen. Und wenn ich Revolution sage, so meine ich eine wirkliche Umwälzung, etwas Radikaleres und Gründlicheres als zum Beispiel die russische Revolution. Ich glaube das noch immer, bin aber nicht der Ansicht, daß das auf politischem oder wirtschaftlichem Wege herbeigeführt werden kann. Regierungen können das nicht erreichen. Nur Menschen, von denen jeder in seiner eigenen stillen Weise daran arbeitet. Es muß eine Revolution des Herzens sein. Unsere Einstellung zum Leben muß sich grundlegend wandeln. Wir müssen uns auf eine andere Ebene erheben – eine Ebene, von der aus wir die ganze Erde mit einem Blick umfassen können. Es muß uns ein Bild des ganzen Erdballs vorschweben, samt allen seinen Bewohnern, bis herunter zum niedrigsten und primitivsten Menschen.

Um auf unseren Freund zurückzukommen... ich war nicht ungut gegen ihn, nicht wahr? Du weißt doch genau, daß ich nie einem Menschen Hilfe versagt habe, wenn er mich darum bat. Aber er wollte keine Hilfe. Er wollte Mitgefühl. Er wollte nur, daß wir versuchen sollten, ihm die Vollendung seiner Selbstzerstörung auszureden. Und wenn er uns mit seinen herzzerbrechenden Geschichten weich gemacht hatte, wollte er sich das

Vergnügen machen, nein zu sagen und uns hochtrabend zu verlassen. Das hat für ihn einen besonderen Reiz. Sozusagen eine ruhige Art der Rache für seine Unfähigkeit, sich selbst von seinen Kümmernissen zu heilen. Ich stelle mir vor, daß es einem Menschen gar nichts hilft, ihn in dieser Richtung zu ermutigen. Wenn eine Frau hysterisch wird, weiß man, daß man sie am besten tüchtig und fest auf die Backe haut. Das gleiche gilt von diesen armen Teufeln: man muß ihnen beibringen, daß sie nicht die einzigen auf der Welt sind, die leiden. Sie machen ein Laster aus ihrem Leiden. Ein Analytiker könnte ihn vielleicht kurieren – und doch auch wieder nicht. Und in jedem Fall... wie brächte man ihn zu dem Analytiker hin? Wäre ich nicht so müde gewesen und hätte ich mehr Geld gehabt, so hätte ich es auf eine andere Art und Weise mit ihm versucht. Ich hätte ihm Alkohol gekauft – nicht nur eine Flasche, sondern eine Kiste, ja, zwei oder drei Kisten Whisky, wenn ich es mir leisten könnte. Ich habe das einmal an einem Freund von mir ausprobiert – auch einem unverbesserlichen Trinker. Weißt du, er war so verdammt wütend, als er all diesen Sprit sah, daß er nie auch nur eine einzige Flasche aufmachte. Man habe ihn beleidigt, gab er vor. Das regte mich nicht im geringsten auf. Ich war seiner Possen recht überdrüssig geworden. In nüchternem Zustand war er ein Prachtkerl, aber betrunken einfach unmöglich. Nun, danach goß ich jedesmal, wenn er zu mir kam, sobald er vorschlug, ein Gläschen zu trinken, sofort ein halbes Dutzend Gläser für ihn voll. Während er darüber debattierte, ob er es anrühren sollte oder nicht, entschuldigte ich mich und ging hinunter, um noch mehr Alkohol zu kaufen. Es funktionierte – wenigstens in seinem Fall. Es kostete mich freilich seine Freundschaft, aber er hörte dadurch auf, mir gegenüber den Trunkenbold zu spielen. Man hat ähnliche Dinge in gewissen mir bekannten Gefängnissen versucht. Man zwingt dort einen Menschen nicht zur Arbeit, wenn er nicht will. Im Gegenteil, man gibt ihm eine bequeme Zelle, reichlich zu essen, Zigarren, Zigaretten, Wein oder Bier je nach seinem Geschmack, einen Mann zu seiner Bedienung, alles was er will – außer seiner Freiheit. Nach ein paar Tagen bittet der Bursche gewöhnlich, arbeiten zu dürfen. Der Mensch hält es einfach nicht aus, zu viel

Gutes zu haben. Man gebe einem Menschen alles, was er will und noch mehr – und in neun von zehn Fällen wird er von seinen Gelüsten kuriert sein. Es ist so verdammt einfach – nur merkwürdig, daß wir uns solche Ideen nicht zunutze machen.»

Als ich ins Bett gekrochen war und das Licht ausgedreht hatte, merkte ich, daß ich hellwach war. Sehr oft, wenn ich jemandem einen ganzen Abend lang zugehört und mich in eine Empfangsstation verwandelt habe, liege ich wach und wiederhole mir seine Geschichte noch einmal von Anfang bis zum Ende. Es freut mich zu sehen, wie genau ich die zahllosen Episoden zurückzuverfolgen vermag, die ein Mensch im Verlauf von ein paar Stunden erzählen kann, besonders wenn man ihm freien Lauf läßt. Ich denke fast immer an solche Unterhaltungen wie an einen großen Baum mit Ästen, Zweigen, Blättern und Knospen, auch mit Wurzeln, die ihren Halt in dem gewöhnlichen Boden menschlichen Erlebens haben und jede Geschichte, mag sie noch so phantastisch und unglaubwürdig sein, ganz glaubhaft werden lassen, vorausgesetzt, daß man dem Betreffenden die von ihm gewünschte Zeit und Aufmerksamkeit schenkt. Das Wundervollste – um weiter bei dem Bilde zu bleiben – sind die Knospen: sie sind die kleinen Episoden, die uns ein Mensch oft wie Samenkörner in unser Denken pflanzt und die später, wenn die Erinnerung an ihn fast verblaßt ist, plötzlich aufblühen. Manche Menschen sind besonders geschickt in der Behandlung dieser Knospen. Sie scheinen tatsächlich die Gabe zu besitzen, sie auf unseren eigenen Erzählerbaum zu pfropfen, so daß wir uns, wenn sie aufblühen, einbilden, sie seien unsere eigene Erfindung, obschon wir nie aufhören, uns zu wundern, daß das eigene kleine Gehirn eine *so* erstaunliche Frucht hervorgebracht haben konnte.

Wie gesagt, ich ließ mir alles das durch den Kopf gehen und kicherte in mich hinein bei dem Gedanken, wie klug ich war, gewisse ausgesprochene Unwahrscheinlichkeiten, Verdrehungen und Weglassungen entdeckt zu haben, die einem, solange man gespannt zuhört, selten auffallen. Gerade rief ich mir wieder ins Gedächtnis zurück, wie er einige kleine Erdichtungen zugegeben hatte, um zu unterstreichen, daß sein übriges Seemannsgarn reine Wolle war. Da mußte ich laut kichern. Rattner wälzte sich im Bett, er konnte offenbar ebensowenig einschlafen wie ich.

«Bist du noch wach?» fragte ich leise.

Er ließ einen Grunzlaut hören.

«Hör mal», sagte ich, «eins möchte ich dich fragen: Glaubst du, daß er die Wahrheit über sich erzählte?»

Rattner, der vermutlich zu müde war, um auf analytische Feinheiten einzugehen, begann sich zu räuspern. Im großen ganzen glaubte er, daß uns der Bursche die Wahrheit erzählt habe.

«*Warum* glaubtest du ihm denn nicht?» wollte er wissen.

«Du erinnerst dich», sagte ich, «wie ernst er wurde, als ich ihm auf den Zahn fühlte? In diesem Augenblick zweifelte ich an ihm. In diesem Augenblick erzählte er uns die größte Lüge von allen – als er sagte, alles übrige *sei* wahr. Ich glaube nicht, daß auch nur ein Wort davon wahr war, nicht einmal die Geschichte, daß er deinen Freund kennt. Du erinnerst dich, wie rasch er ihn an seine Schwester verheiratete? Das war reine Stegreiferfindung. Ich ließ es mir gerade noch einmal alles durch den Kopf gehen. Und ich erinnere mich sehr deutlich, wie er jedesmal, wenn ihr über eueren Freund, den Architekten, spracht, sein Sprüchlein dann aufsagte, nachdem du einige Angaben gemacht hattest. Er bekam ständig von dir seine Anhaltspunkte. Er ist sehr wendig und jedenfalls geistig sehr rege, das will ich gerne zugeben, aber ich glaube nichts von dem, was er uns erzählt hat, außer vielleicht, daß er bei der Armee war und böse zugerichtet wurde. Sogar das kann natürlich geschwindelt sein. Hast du jemals einen trepanierten Schädel befühlt? Das hat freilich den Anschein einer stichhaltigen Tatsache, und doch könnte ich, ohne genau sagen zu können warum, sogar dem, was mir meine Finger sagten, mißtrauen. Wenn jemand ein erfindungsreiches Gehirn hat wie er, kann er einem alles erzählen – und es klingt überzeugend. Weißt du, für mich macht das seine Geschichte nicht weniger wirklich. Ob alle diese Dinge geschehen sind oder nicht, sie sind trotzdem wahr. Vor einer Minute, als ich noch einmal darüber nachgrübelte, ertappte ich mich dabei, wie ich gewisse Geschehnisse und gewisse von ihm gemachte Bemerkungen verzerrte, um aus der Geschichte eine noch bessere zu machen. Nicht um sie vertrauenerweckender, sondern um sie echter zu machen, wenn du den Unterschied siehst. Ich hatte mir genau ausgedacht, wie ich sie erzählen würde, wenn ich mich je daranmachen sollte...»

Rattner begann Einspruch zu erheben, ich sei mit meinem Urteil zu rasch bei der Hand, was nur dazu führte, daß ich mich an das wunderbare Gedicht erinnerte, das er uns vorgetragen hatte.

«Paß auf», fing ich wieder an, «was würdest du denken, wenn ich dir sagen würde, daß das von ihm mit solchem Schwung vorgetragene Gedicht von jemand anderem war? Würde dich das nicht erschüttern?»

«Du meinst, du hast es wiedererkannt – es schon früher einmal gehört?»

«Nein, das möchte ich nicht behaupten, aber ich bin verdammt sicher, daß er es nicht verfaßt hat. Warum redete er sofort danach von seinem ungewöhnlichen Gedächtnis – fiel dir das nicht als merkwürdig auf? Er hätte über tausenderlei Dinge sprechen können, aber nein, ausgerechnet darüber mußte er reden. Außerdem deklamierte er es zu gut. Dichter sind gewöhnlich nicht so geschickt darin, ihre eigenen Sachen vorzutragen. Sehr wenige Dichter erinnern sich an ihre Verse, besonders wenn es sich um lange handelt wie bei seinem Gedicht. Um ein Gedicht mit solchem Gefühl vorzutragen, muß ein Mensch es sehr bewundern – aber hat ein Dichter ein Gedicht erst geschrieben, so vergißt er es. Jedenfalls würde er es Hinz und Kunz, dem nächstbesten, dem er begegnet, nicht laut vordeklamieren. Ein schlechter Dichter könnte das tun, aber dieses Gedicht war von keinem schlechten Dichter geschrieben. Und überdies konnte ein solches Gedicht nicht von einem Menschen verfaßt worden sein, der so zungenfertig damit prahlte, immer dann billiges Zeug für die Zeitschriften zu produzieren, wenn er sich gerade gern einen Groschen verdienen wollte. Nein, er wußte dieses Gedicht auswendig, weil es genau das war, was er gerne selbst geschrieben hätte, aber nicht schreiben konnte. Dessen bin ich sicher.»

«Es ist etwas dran an dem, was du da sagst», meinte Rattner schläfrig. Er seufzte und drehte sich zur Seite, das Gesicht zur Wand. Im Nu hatte er sich wieder herumgedreht und kerzengerade aufgesetzt.

«Was ist los», fragte ich, «ist dir etwas eingefallen?»

«Mein Freund, wie heißt er doch gleich... du weißt, der Architekt, der mein Kriegskamerad war. *Wer* hat seinen Namen zuerst erwähnt – doch *er,* nicht wahr? Nun, wie konnte er dann lügen?»

«Das ist leicht», erklärte ich. «Der Name deines Freundes ist Millionen Menschen bekannt. Er wählte ihn gerade darum, weil es ein wohlbekannter Name war. Er dachte, dadurch bekäme seine Geschichte mehr Farbe. Es war, als er von seinen Erinnerungen sprach, erinnerst du dich? Er machte einfach einen Versuch aufs Geratewohl – und stieß zufällig auf deinen Freund.»

«Er schien eine Menge von ihm zu wissen», versetzte Rattner, noch immer nicht überzeugt.

«Weißt nicht auch du eine Menge Dinge von Menschen, deren Bekanntschaft du nie gemacht hast? Nun ja, wenn ein Mensch irgendeine Art von Berühmtheit ist, wissen wir oft mehr von ihm als er selber. Außerdem kann dieser Bursche ihn einmal zufällig an einer Bar getroffen haben. Mir klang das verdächtig, daß er ihn kurzerhand mit seiner Schwester verheiratete.»

«Ja, er ging da ein großes Risiko ein», gab Rattner zu, «wußte er doch, daß ich ein so intimer Freund von ihm war.»

«Aber du hattest ihm bereits gesagt, daß ihr einander seit euerer Militärzeit nicht mehr gesehen hattet, vergiß das nicht. Hätte er ihm nicht nur eine Frau, sondern noch dazu ein halbes Dutzend Kinder angedichtet, du hättest ihn nicht überführen können. Jedenfalls ist das etwas, was wir nachprüfen können. Ich wollte, du würdest deinem Freund schreiben und dich erkundigen, ob er diesen Burschen kennt oder nicht.»

«Da kannst du sicher sein, daß ich das tun werde», erwiderte Rattner, stieg sofort aus seinem Bett und suchte sein Notizbuch. «Du hast mich jetzt ganz aus dem Häuschen damit gebracht. Ich kann wirklich nicht begreifen, daß du einen solchen Verdacht haben und ihm dabei so zuhören konntest, wie du es getan hast.

Du hast ihn angeschaut. als verkündete er dir das Evangelium. Ich wußte nicht, daß du ein solcher Schauspieler bist.»

«Das bin ich nicht», beeilte ich mich einzuwenden. «Als er uns erzählte, glaubte ich wirklich jedes Wort. Oder vielmehr, um genauer zu sein, ich überlegte mir immer wieder, ob das, was er sagte, wirklich so war oder nicht. Wenn eine Geschichte gut ist, höre ich zu, und wenn sie sich nachher als Lüge herausstellt, dann um so besser – eine gute Lüge gefällt mir ebensosehr wie die Wahrheit. Eine Geschichte bleibt eine Geschichte, ob sie nun auf einer Tatsache beruht oder auf Phantasie.»

«Nun möchte ich dich gerne etwas fragen», warf Rattner ein. «Warum war er so böse auf Roosevelt?»

«Ich glaube nicht, daß er halb so empört war, wie er vorgab», antwortete ich prompt. «Ich glaube, daß er den Namen Roosevelt nur deshalb hereinbrachte, damit wir uns dieses gemeine Gedicht, das er zusammengebraut hatte, anhören sollten. Wie dir hoffentlich aufgefallen ist, ließen die beiden Gedichte sich nicht miteinander vergleichen. Das über Roosevelt hat *er* geschrieben, dessen bin ich sicher. Nur jemand, der dauernd in Bars herumlungert, konnte einen so erfinderischen Unsinn zusammenbrauen. Vermutlich hat er gar nichts gegen Roosevelt. Er wollte nur, daß wir das Gedicht bewundern sollten, und als es dann keinen Anklang bei uns fand, sattelte er um und brachte Roosevelt in Verbindung mit Woodrow Wilson, dem bösen Geist, der ihn in die Hölle geschickt hatte.»

«Als er über den Krieg sprach, machte er wahrhaftig ein unheimliches Gesicht», meinte Rattner. «Ich glaube ihm aufs Wort, wenn er sagte, er habe zahlreiche Menschen umgebracht. Ich möchte ihm nicht im Dunkeln begegnen, wenn er schlechter Laune ist.»

«Ja, darin stimme ich mit dir überein», überlegte ich. «Ich glaube, er war deshalb so erbittert über das Töten, weil er selbst ein Totschläger war... beinahe hätte ich gesagt ein Totschläger von Naturveranlagung, aber ich nehme das zurück. Ich glaube aber, daß das Schützengrabenerlebnis häufig den Totschläger im Menschen an die Oberfläche kommen läßt. Wir sind alle Totschläger, nur haben die meisten von uns nie die Gelegenheit, den

Keim zu pflegen. Die schlimmsten Totschläger freilich sind die Daheimgebliebenen. Dem Soldaten bietet sich eine Möglichkeit, seinen Gefühlen Luft zu schaffen, aber der Zuhausebleibende hat kein Ventil für seine Leidenschaften. Man sollte die Zeitungsschreiber gleich zu Anfang umbringen, das ist meine Meinung. Sie proklamieren ja das Töten. Hitler ist ein reiner, edelmütiger Idealist im Vergleich zu diesen Burschen. Ich meine nicht die Berichterstatter, sondern die Redakteure und die Bonzen, die den Redakteuren befehlen, das Gift zu schreiben, das sie verbreiten.»

«Weißt du», sagte Rattner mit leiser, nachdenklicher Stimme, «es gab nur einen Menschen, den ich gerne umgebracht hätte, als ich beim Barras war – nämlich den diensthabenden Feldwebel unserer Kompanie.»

«Wem sagst du das!» gab ich ihm zur Antwort. «Ich habe dieselbe Geschichte schon tausendmal gehört. Und jedesmal ist es ein Offizier. Niemand mit einer Spur von Selbstachtung will Feldwebel sein. Sie haben alle Minderwertigkeitskomplexe. Viele von ihnen werden hinterrücks erschossen, sagt man mir.»

«Manchmal schlimmer als das», sagte Rattner. «Ich kann mir niemanden vorstellen, der mehr gehaßt wurde als dieser Bursche, von dem ich dir eben erzählte, und zwar nicht nur von uns, sondern auch von seinen Vorgesetzten. Die Offiziere konnten ihn nicht ausstehen. Laß mich dir von ihm fertig erzählen... Als schließlich der Krieg zu Ende war und wir entlassen wurden, machten alle Jagd auf ihn. Ich kannte einige Kameraden, die den ganzen Weg von Texas und Kalifornien nach New York kamen, um ihn ausfindig zu machen und ihm eine Abreibung zu verabreichen. Und wenn ich von Abreibung spreche, so meine ich nicht nur eine Tracht Prügel, sondern sie wollten ihn windelweich schlagen. Ich weiß nicht, ob sie wahr ist oder nicht, aber später hörte ich eine Geschichte, er sei so oft und so fürchterlich verhauen worden, daß er schließlich einen anderen Namen annahm und in einen anderen Staat verzog. Du kannst dir vorstellen, was Wie-heißt-er-doch-gleich mit einem solchen Burschen angestellt hätte, nicht wahr? Ich glaube nicht, daß er lang Umstände gemacht hätte, sich die Hände zu beschmutzen. Ich glaube, er hätte ihn über den Haufen geschossen oder ihm eine Flasche über den Schädel geschlagen. Und wenn er dazu tüchtig hätte ausholen müssen, so hätte er vermutlich dabei nicht mit der Wimper gezuckt. Hast du bemerkt, wie glatt er über die Geschichte, als er einem Freund mit einer zerbrochenen Flasche den Schädel einschlug, hinweggegangen ist? Er erzählte es so, als wäre es eine Harmlosigkeit gewesen – es schien mir wahr zu sein. Wäre es eine Lüge gewesen, so hätte er mehr daraus gemacht. Aber er erzählte es so, als wäre er weder stolz darauf noch schäme er sich seiner Tat. Er erzählte uns einfach die Tatsache, das ist alles.»

Ich lag mit weit offenen Augen auf dem Rücken, als Rattner zu sprechen aufgehört hatte, und starrte zur Decke. Gewisse Sätze, die unser Freund fallengelassen hatte, kehrten mir beharrlich ins Gedächtnis zurück und ließen mir keine Ruhe. Die Kollektion von Vizepräsidenten der Vereinigten Staaten, die er so treffend beschrieben hatte, war ein höchst hartnäckiges Bild. Ich versuchte mein möglichstes, mich zu erinnern, in welcher Stadt auch ich diese Kollektion im Schaufenster eines Drugstores gesehen hatte. Höchst wahrscheinlich in Chattanooga. Und doch konnte es andererseits nicht in Chattanooga gewesen sein, denn in der gleichen Auslage war eine große Photographie von Lincoln gewesen. Ich erinnerte mich, wie mein Blick zwischen der Schurkengalerie von Vizepräsidenten und dem Bildnis von Lincolns Frau hin- und hergewandert war. Lincoln tat mir in diesem Augenblick schrecklich leid, nicht weil er ermordet worden war, sondern weil er an diese verrückte Schlampe von Frau gefesselt gewesen war, die ihn fast um den Verstand gebracht hatte. Ja, wie die Frau aus Georgia sagte, wir versuchten, einen *Helden* aus ihm zu machen. Und doch hatte er trotz allem Guten, das er zu tun versucht hatte, viel Unglück gestiftet. Er brachte das Land beinahe an den Rand des Abgrunds. Was andererseits Lee betrifft, so war über seine Seelengröße die Meinung des ganzen Landes ungeteilt. Mit der Zeit sind die Sympathien des Nordens immer mehr auf seiner Seite... *Das Morden* – das war's, was ich nicht zu ergründen vermochte. Was war damit erreicht worden? Ich fragte mich, ob unser Freund wirklich hingegangen war und mit dem Geist des von ihm verehrten Mannes Verbindung aufgenommen hatte. Und was dann? Dann war er in ein billiges Nachtquartier gegangen und hatte bis zum Morgengrauen mit den Bettwanzen gekämpft – war es so? Und am nächsten und übernächsten Tag? Legionen solcher Menschen treiben sich herum. Und ich, der ich stolz auf meinen Scharfsinn war, geriet in helle Aufregung, weil ich ein paar schwache Punkte in seiner Geschichte entdeckte. Eine Revolution des Herzens! Ein schöner Satz, gewiß, aber unterdes liege ich bequem zwischen sauberen warmen Decken. Ich liege da und bringe Verbesserungen an seiner Geschichte an, damit sie, wenn ich sie zu Papier bringe, echter klingt als die echte Story. Ich versuche mir vorzumachen, daß die Geschichte, wenn ich sie wirklich gut nacherzähle, die Menschen vielleicht gütiger und duldsamer gegen solche armen Teufel stimmen wird. Unsinn! Alles Unsinn! Es gibt Menschen, die ohne Einschränkung, ohne zu fragen, geben und vergeben, und es gibt andere, die immer tausend Gründe finden, um ihre Hilfe zu versagen. Diese rücken nie in die Klasse von jenen auf. Niemals. Die Kluft zwischen ihnen ist so weit wie die Hölle. Man wird als gütiger, nachsichtiger, verzeihender, duldsamer und barmherziger Mensch geboren. Man wird es nicht durch Religion und Erziehung. Man nehme das Jahr 56927 A. D. an, und noch immer wird es die zwei Arten von Menschen geben. Und zwischen den beiden wird immer eine Schattenwelt sein – eine Welt von vergeblich herumstrampelnden, in Qual durch die Straßen wandelnden, gespenstischen Wesen, während die Welt schläft...

Es war noch gar nicht so lange her, daß ich selbst in dieser Schattenwelt wandelte. Mitten in der Nacht ging ich umher und bettelte um ein paar Kupfermünzen, damit ich meinen leeren Magen füllen könnte. Und eines Nachts bei Regen begegnete ich plötzlich einem Mann mit Abendmantel und Zylinder und bettelte ihn mit tonloser, trostloser Stimme in meiner gewohnten Art um ein paar Cents an. Und ohne stehenzubleiben, ohne mich auch nur anzusehen, greift der Mann aus der Oper in seine Westentasche, zieht eine Handvoll Kleingeld heraus und wirft es mir hin. Das Geld rollt über den ganzen Gehsteig und in die

Gosse. Plötzlich straffte ich mich, steif und gespannt vor Wut. Plötzlich war ich vollständig aus meinem Dämmerzustand erwacht, schnaubte wie ein Stier und war bereit, mich auf ihn zu stürzen. Ich schüttelte die Faust und schrie in die Richtung, die der Mann eingeschlagen hatte, aber nichts von ihm war zu sehen oder zu hören. Er war ebenso geheimnisvoll verschwunden, wie er aufgetaucht war. Einen Augenblick stand ich da und war unentschlossen, was ich tun sollte – ob ich ihm nachlaufen und meinem Ärger Luft machen oder ruhig den Münzenregen, den er nach mir geschleudert hatte, auflesen sollte. Gleich darauf lachte ich nervös. Ihm nachlaufen, ihn ausschimpfen, ihn zum Duell fordern? Nun, er würde mich nicht einmal wiedererkennen! Ich war eine Null für ihn, nur eben eine Stimme im Dunkeln, die um ein Almosen bat. Ich richtete mich kerzengerade auf und holte tief Atem. Ich blickte ruhig und überlegend um mich. Die Straße war leer, nicht einmal das Rollen eines Wagens war zu hören. Ich fühlte mich stark und von meinen Fehlern gereinigt, als hätte ich soeben verdiente Schläge erhalten. «Du Saukerl», sagte ich laut und blickte in die Richtung meines unsichtbaren Wohltäters, «ich danke dir dafür! Du weißt nicht, was du für mich getan hast. Ja, mein Herr, ich möchte Ihnen aus tiefstem Herzen danken. Ich bin geheilt.» Und leise lachend, zitternd vor Dankbarkeit, ließ ich mich im Regen auf Hände und Knie nieder und begann, die nassen Münzen zusammenzurechen. Die in die Gosse gerollten waren mit Schmutz bedeckt. Ich wusch sie sorgfältig in einer kleinen Regenpfütze unweit eines Hochbahnmastes. Dann zählte ich sie langsam und genießerisch. Alles in allem sechsunddreißig Cent. Ein hübsches Sümmchen. Der Keller, in dem wir hausten, war nahebei. Ich brachte die glänzenden sauberen Münzen nach Hause zu meiner Frau und zeigte sie ihr triumphierend. Sie sah mich an, als ob ich den Verstand verloren hätte.

«Warum hast du sie gewaschen?» fragte sie nervös.

«Weil sie in die Gosse gefallen waren», antwortete ich. «Ein Engel mit einem Zylinder auf dem Kopf hatte sie dort für mich gelassen. Er hatte es zu eilig, um sie für mich aufzulesen.»

«Weißt du auch genau, daß bei dir alles in Ordnung ist?» wollte meine Frau wissen und sah mich ängstlich an.

«Ich habe mich in meinem ganzen Leben nie besser gefühlt», erwiderte ich. «Ich wurde gedemütigt, geschlagen, durch den Dreck geschleift und im Blut des Lammes gewaschen. Ich bin hungrig, du auch? Komm, wir wollen etwas essen.»

Und so brachen wir um 3 Uhr 10 an einem Ostermorgen Arm in Arm aus unserem Verlies aus und bestellten in dem kleinen Restaurant mit den fettigen Löffeln in der Myrtle Avenue Ecke Fulton Street zwei Steaks und Kaffee. Nie in meinem Leben war ich so hellwach, und nachdem ich zum heiligen Antonius ein kurzes Gebet gesprochen hatte, legte ich ein Gelübde ab, hellwach zu bleiben und wenn möglich die ganze Welt aufzuwecken, wonach ich mit einem Amen schloß und mir den Mund mit einer Papierserviette abwischte.

Via Dieppe – Newhaven

Es kam daher, daß ich den Wunsch hegte, einmal wieder – wenigstens vorübergehend – unter englisch sprechenden Menschen zu sein. Ich hatte durchaus nichts gegen die Franzosen, im Gegenteil. Endlich hatte ich mir so etwas wie ein kleines Heim in Clichy eingerichtet, und alles wäre gut und schön gewesen, wenn die Sache mit meiner Frau nicht gerade wieder ein kritisches Stadium erreicht hätte. Sie wohnte in Montparnasse und ich mit meinem Freund Fred, der sich die Wohnung gemietet hatte, in Clichy, gerade außerhalb der Porte. Wir hatten beschlossen, uns zu trennen. Sie wollte nach Amerika zurückkehren, sobald das Geld für die Überfahrt eintreffen würde.

Soweit war alles in Ordnung. Ich hatte ihr Lebewohl gesagt und glaubte, es sei alles erledigt. Aber als ich dann eines Tages zu meinem Delikatessenhändler kam, teilte mir die alte Frau mit, soeben sei meine Frau mit einem jungen Mann dort gewesen und habe eine ganze Menge auf meine Rechnung gekauft. Die alte Frau schien ein bißchen verlegen und auch etwas beunruhigt. Ich sagte ihr, es sei in Ordnung. Und es war auch in Ordnung, denn ich wußte ja, daß meine Frau kein Geld besaß, und schließlich hat ja die Ehefrau, wie jeder andere Mensch auch, ein Recht zu essen. Was den jungen Mann anbelangt, so war auch das in Ordnung: wahrscheinlich war es einer von jenen Jünglingen, dem sie leid tat und der sie einige Zeit bei sich wohnen ließ. Es war eigentlich alles in Ordnung, mit Ausnahme der Tatsache, daß sie sich noch in Paris aufhielt, und ich hätte nur gern gewußt, wann in Gottes Namen sie sich endlich aufmachen würde.

Wieder waren einige Tage vergangen, als sie an einem Spätnachmittag vorbeikam, um mit uns zu Abend zu essen. Warum auch nicht? Soviel Essen konnten wir immer zusammenbringen, während es bei dem Volk auf dem Montparnasse kaum etwas zu essen gab. Nach der Mahlzeit wurde sie hysterisch: sie behauptete, schon seit sie mich verlassen hatte, an Durchfall zu leiden, und dies sei meine Schuld, denn ich hätte sie zu vergiften versucht. Ohne ein Wort mit ihr zu sprechen, brachte ich sie zur Metro-Station an der Porte. Ich war derartig ärgerlich, so verdammt ärgerlich, daß ich kein Wort herausbringen konnte. Auch sie war verärgert, weil ich es abgelehnt hatte, mich mit ihr über diese Sache zu unterhalten. Als ich nach Hause ging, dachte ich, das war nun das Letzte. Jetzt konnte sie nicht mehr zurück. Ich hatte sie ja vergiftet. Wenn sie also dieser Meinung war – nun gut! Damit sollte der Fall ausgestanden sein.

Wenige Tage darauf erhielt ich einen Brief von ihr, in dem sie mich um etwas Geld bat, um ihre Miete bezahlen zu können. Sie schien also doch nicht mit dem Jüngling zusammen zu wohnen, sondern in einem billigen Hotel hinter dem Bahnhof Montparnasse. Gleich konnte ich ihr das Geld auch nicht geben, denn ich hatte selbst keines, und so ließ ich einige Tage verstreichen, bis ich zu ihrem Hotel ging und die Rechnung erledigte. Während ich zu ihrem Hotel unterwegs war, traf ein Rohrpostbrief für mich ein, der besagte, sie müßte das Geld unbedingt haben. Sonst würde man sie hinauswerfen. Hätte ich etwas Geld gehabt, dann hätte ich ihr diese Demütigungen erspart, aber ich besaß keines.

Das glaubte sie mir aber nicht. Und selbst wenn es der Fall wäre, sagte sie, hätte ich mir doch etwas leihen können. Worauf sich nichts erwidern ließ. Aber ich habe es noch nie vermocht, mir größere Beträge zu verschaffen; mein Leben lang war ich daran gewöhnt, mir kleine Beträge zu leihen, Kükenfutter sozusagen, und war immer heilfroh, wenn mir das glückte. Sie schien sich dessen nicht mehr zu erinnern. Man konnte es ihr nicht übelnehmen, daß sie bitter und in ihrem Stolz gekränkt war. Und um der Gerechtigkeit willen muß ich auch sagen, daß sie bestimmt Geld beschafft hätte, wenn die Situation umgekehrt gewesen wäre. Immer hatte sie es verstanden, für mich Geld lockerzumachen, aber nie für sich selbst. Das muß ich zugeben.

Mich hatte die ganze Sache ziemlich mitgenommen. Ich kam mir miserabel vor. Und je schlechter ich mich fühlte, um so weniger konnte ich tun. Ich machte sogar den Vorschlag, sie sollte zurückkommen und bei uns wohnen, bis das Geld, das sie für die Überfahrt erwartete, eintreffen würde. Aber davon wollte sie natürlich nichts wissen. Ja, war es denn so natürlich? Ich war derartig bestürzt, elend und verwirrt, daß ich nicht mehr zu sagen vermochte, was natürlich war und was nicht. Geld. Geld. In meinem ganzen Leben spielte die Geldfrage eine Rolle. Nie würde ich das Problem zu meistern wissen; es war hoffnungslos.

Erst irrte ich umher wie eine Maus in der Falle, dann aber kam mir der glänzende Einfall, mich selbst aus dem Staube zu machen. Den Problemen aus dem Wege zu gehen war die einfachste Methode. Ich weiß nicht, wie ich plötzlich darauf kam, aber ich entschloß mich, nach London zu fahren. Selbst wenn man mir ein Château in der Touraine versprochen hätte, ich hätte es ausgeschlagen. Aus irgendeinem unerfindlichen Grund hatte ich mich gerade für London und keinen anderen Ort entschieden. Mir selbst gegenüber begründete ich es damit, daß sie mich nie in London vermuten würde. Sie wußte, wie sehr mir diese Stadt zuwider war. Aber bald entdeckte ich, daß der wahre Grund der Wunsch war, wieder einmal unter englisch sprechenden Menschen zu sein. Bei meinem damaligen Gemütszustand schien mir das wie ein Gottesgeschenk. Englisch zu sprechen und zu hören schien mir die wahre Entspannung. Der Himmel weiß, daß es eine, wenn auch milde Folter ist gezwungen zu sein, in einer fremden Sprache zu sprechen, oder auch nur zuzuhören, weil man vor ihr, selbst wenn man es wollte, seine Ohren nicht verschließen kann. Ich hatte durchaus nichts gegen die Franzosen, auch nichts gegen ihre Sprache. Bis meine Frau wieder aufgetaucht war, hatte ich in einem paradiesischen Zustand gelebt. Aber plötzlich war mir alles vergällt. Ich fluchte plötzlich auf die Franzosen, und besonders auch auf ihre Sprache, was mir vernünftigerweise nie im Traum eingefallen wäre. Ich wußte, es war mein eigener Fehler, aber dadurch wurde es nicht besser – eher schlimmer. Also, dann eben London. Ein kleiner Urlaub, und vielleicht ist sie fort, bis ich zurückgekehrt bin. Das war es.

Ich machte genügend Geld für ein Visum und eine Rückfahrkarte flüssig. Für den Fall, daß ich vielleicht ein zweites oder sogar drittes Mal nach England fahren würde, sollte sich meine Einstellung über die Engländer ändern, erwarb ich ein Jahresvisum. Weihnachten näherte sich, und ich malte mir aus, wie schön es während der Feiertage in London sein würde. Vielleicht würde ich doch einem anderen London als dem mir bisher bekannten begegnen, einem Dickensschen London, von dem die Besucher immer träumen. Das Visum und die Fahrkarte hatte ich in der Tasche und auch genügend Geld, um mich dort etwa eine Woche aufhalten zu können. Ich war von meiner Reise ganz begeistert.

Als ich nach Hause kam, war es fast Zeit zum Abendessen. Ich ging in die Küche und fand dort meine Frau mit Fred beim Abendbrot. Sie lachten und scherzten, als ich eintrat. Ich wußte, Fred würde ihr nichts über meine Londoner Reise sagen, setzte mich ebenfalls an den Tisch und lachte und scherzte auch ein bißchen. Es war eine vergnügliche Mahlzeit, das muß ich zugeben, und alles wäre herrlich gewesen, wenn Fred nicht nach dem Essen zur Redaktion gemußt hätte. Ich war vor einigen Wochen entlassen worden, aber er hatte noch seine Tätigkeit, obwohl er jeden Tag mit dem gleichen Schicksal rechnete. Der Grund, weshalb ich, obwohl Amerikaner, entlassen worden war, lag darin, daß ich kein Recht hatte, an einer amerikanischen Zeitung als

Korrektor zu arbeiten. Nach französischer Auffassung konnte dieser Posten ebensogut von einem Franzosen, der mit der englischen Sprache vertraut war, ausgefüllt werden. Diese Tatsache hatte mich doch etwas mitgenommen und war vielleicht der Grund, weshalb sich in den vergangenen Wochen meine Einstellung den Franzosen gegenüber verschlechtert hatte. Das war jedoch überwunden und verschmerzt. Ich war wieder ein freier Mensch, und bald würde ich in London nur englisch sprechen, den ganzen Tag lang und, wenn ich Lust hatte, bis tief in die Nacht hinein. Auch würde mein Buch bald erscheinen, und damit würde sich vielleicht alles ändern. Es war jedenfalls alles nicht so hoffnungslos, wie es noch vor ein paar Tagen erschien. Als ich mir vorstellte, wie geschickt ich allem aus dem Wege gehen würde, wurde ich etwas leichtsinnig, und in einem Augenblick des Überschwanges lief ich hinaus und holte eine Flasche Chartreuse, denn ich wußte, daß sie ihn allem anderen vorzog. Das war ein unverzeihlicher Fehler. Durch den Chartreuse wurde sie erst angeheitert, dann hysterisch und schließlich vorwurfsvoll. Da saßen wir nun beide am Tisch und sprachen über eine Menge Dinge, die wohl besser nicht hätten wieder aufgerührt werden sollen. Endlich war ich so schuldbewußt und zärtlich, daß ich mit meinem ganzen Plan herausplatzte – meiner Londoner Reise, dem Geld, das ich mir geliehen hatte, und so weiter. Ich kramte das ganze Geld heraus und legte es vor ihr auf den Tisch. Da lag es nun – ich weiß nicht, wie viele Pfund und Shillinge, alles in schönem englischem Geld. Ich sagte ihr, es täte mir leid, und zum Teufel mit der ganzen Reise, und morgen würde ich mir die Fahrkarten zurückerstatten lassen und ihr das Geld dann auch noch geben.

Und wieder muß ich ihr Gerechtigkeit widerfahren lassen. Sie wollte das Geld wirklich nicht nehmen. Ich konnte sehen, wie sie zögerte, aber schließlich nahm sie es doch widerstrebend an sich und stopfte es in ihre Handtasche. Als sie ging, vergaß sie sogar noch die Handtasche, und ich mußte ihr die Treppe hinunter nachrennen und sie ihr geben. Als sie die Tasche nahm, sagte sie nochmals Lebewohl, und dieses Mal hatte ich das Gefühl, als sei es das letzte Lebewohl. Als sie es sagte, stand sie auf der Treppe und sah mit einem seltsam kummervollen Lächeln zu mir hinauf. Hätte ich sie auch nur im geringsten dazu ermutigt, ich weiß, daß sie dann das Geld aus dem Fenster geworfen hätte und für immer in meine Arme zurückgekehrt wäre. Ich sah ihr mit einem langen Blick nach und ging dann langsam zur Tür zurück, die ich schloß. Ich setzte mich wieder an den Küchentisch und saß dort ein paar Minuten vor den leeren Gläsern. Dann brach ich in Tränen aus und schluchzte wie ein Kind.

Um ungefähr drei Uhr morgens kehrte Fred von der Arbeit zurück. Er bemerkte sofort, daß etwas nicht in Ordnung war. Ich erzählte ihm, was sich ereignet hatte, dann setzten wir uns hin und aßen, und nach dem Essen tranken wir etwas guten algerischen Wein und dann etwas Chartreuse und schließlich noch Cognac. Nach Freds Meinung war es eine verdammte Schweinerei und ich ein Idiot, das ganze Geld herausgekramt zu haben. Ich gab ihm recht, aber trotz alledem bereute ich es nicht.

«Was ist nun mit London? Willst du mir etwa sagen, daß du nun nicht nach London fährst?» fragte er.

«Nein», antwortete ich. «Den Plan habe ich aufgegeben. Und vor allem, selbst wenn ich es wollte, wäre ich jetzt dazu nicht in der Lage. Woher soll denn das Geld dafür kommen?»

Geldmangel schien Fred nicht als ernstliches Hindernis anzuerkennen. Er glaubte, in seinem Büro ein paar hundert Francs flüssigmachen zu können, und am Gehaltstag, der ja in einigen Tagen war, würde er mir Geld telegrafisch überweisen können. Bis zum Morgengrauen besprachen wir die Sache; natürlich tranken wir auch etwas dabei. Als ich mich endlich aufs Ohr legte, hörte ich die Glocken von Westminster und Schlittengeläute. Ich sah eine herrliche Schneedecke über das schmutzige London gebreitet, und jeder wünschte mir von Herzen «Fröhliche Weihnachten» – natürlich auf englisch.

Gegen Mitternacht fuhr ich über den Kanal. Es war eine scheußliche Nacht, und zitternd vor Kälte blieben wir drinnen. Ich besaß eine Hundert-Franc-Note und etwas Kleingeld – mehr nicht. Wir hatten es so verabredet, daß ich Fred meine Adresse telegrafieren würde. Ich saß an dem langen Tisch im Rauchsalon und lauschte den Gesprächen, die um mich herum geführt wurden. Mein Hauptgedanke war, wie ich es anstellen sollte, daß die hundert Francs so lange reichten wie irgend möglich, denn je mehr ich darüber nachdachte, um so unwahrscheinlicher erschien es mir, daß es Fred so schnell gelingen würde, Geld flüssigzumachen Auch die Gesprächsfetzen, die ich aufschnappte, hatten mit Geld zu tun. Geld. Geld. Das gleiche Problem immer und überall. Wie es schien, hatte England gerade seine Schulden an Amerika abgetragen, allerdings ganz gegen seinen Willen. Wie man um mich herum konstatierte, hatte England sein Wort gehalten. Immer nachdrücklicher wurde dies betont, so daß mir von der vermaledeiten Ehrlichkeit die Kehle wie zugeschnürt schien.

Ich hatte mir vorgenommen, den Hundert-Franc-Schein nicht eher zu wechseln, als bis es unumgänglich nötig wäre, aber als ich diese albernen Gespräche in meiner Umgebung mit anhörte, daß England sein Wort gehalten hätte, und da ich mich als Amerikaner erkannt wußte, wurde ich schließlich so nervös, daß ich ein Bier und ein Schinkenbrot bestellte. Dadurch kam ich in direkte Berührung mit dem Steward. Er wollte wissen, was ich von der Sache hielt. Ich merkte, er war der Auffassung, daß unser Verhalten England gegenüber geradezu verbrecherisch war. Ich fühlte mich verletzt, daß er mich für eine Situation für verantwortlich hielt, nur weil ich zufällig in Amerika geboren war. Ich antwortete ihm, ich verstünde von der ganzen Sache nichts, hätte nichts damit zu tun, und es sei mir im übrigen völlig gleichgültig, ob England seine Schulden bezahle oder nicht. Diese Antwort war nicht ganz nach seinem Geschmack. Ein Mann sollte an den Angelegenheiten seines Landes Anteil nehmen, selbst wenn sich das Land im Unrecht befindet – das war seine Ansicht. Ich sagte ihm, Amerika und die Amerikaner kümmerten mich den Teufel. Nicht ein Fünkchen Patriotismus hätte ich in mir. In diesem Augenblick blieb ein Mann, der die ganze Zeit auf und ab gegangen war, an meinem Tisch stehen und hörte mir zu. Ich hatte das Gefühl, als handle es sich um einen Spion oder Detektiv. Ich schwieg augenblicklich und wandte mich dem jungen Mann neben mir zu, der ebenfalls ein Bier und ein belegtes Brot bestellt hatte.

Scheinbar hatte er mir mit Interesse zugehört. Er wollte gern mehr von mir wissen, woher ich kam, und was ich in England wollte. Ich sagte ihm, ich befände mich auf einer kurzen Urlaubsreise und fragte ihn dann rundheraus, ob er mir ein preiswertes Hotel empfehlen könne. Er sagte, er wäre recht lange von England fort gewesen und kenne London überhaupt nicht gut. Er hätte in den letzten Jahren in Australien gelebt. In diesem Augenblick kam gerade der Steward, und der junge Mann fragte ihn, ob ihm ein kleines, gutes, billiges Hotel in London bekannt sei. Der Steward rief den Kellner herbei und stellte an ihn die gleiche Frage, und gerade als er den Kellner fragte, kam der Mann, der wie ein Spion aussah, wieder vorbei und blieb wieder stehen, um zuzuhören. Ich war mir sofort klar, einen Fehler begangen zu haben, denn das ganze Thema wurde mit viel zu großer Ernsthaftigkeit behandelt. Derartige Fragen sollte man nicht an Stewards oder Kellner richten. Ich merkte, daß man mich voller Verdacht musterte, daß sie wie mit Röntgenstrahlen in meine Brieftasche sahen. Ich trank das Bier in einem Zug hinunter, und um zu beweisen, daß ich mir über Geld keine Sorgen zu machen brauchte, bestellte ich ein neues. Dann wandte ich mich an den jungen Mann neben mir und fragte ihn, ob ich ihm auch eins bestellen dürfe. Als der Steward uns dieses vorsetzte, befanden wir uns beide schon tief in Australien. Er erwähnte etwas von einem Hotel, aber ich bedeutete ihm sogleich, nicht mehr davon zu reden. Es war nur eine Frage gewesen, fügte ich hinzu. Das schien ihn zu verblüffen. Einige Sekunden stand er da, als wüßte er nicht, was er davon halten sollte, und dann plötzlich, wie durch einen freundlichen Impuls dazu getrieben, platzte er mit dem Anerbieten heraus, mich in seinem Haus in Newhaven aufzunehmen, sollte es mir recht sein, die Nacht dort zu verbringen. Ich dankte ihm herzlich und sagte ihm, er solle sich über mich keine Gedanken mehr machen, ich würde trotz alledem nach London gehen. Es sei im übrigen gar nicht so wichtig. In dem Augenblick, als ich das sagte, wußte ich, daß ich wieder einen Fehler begangen hatte, denn entgegen meiner Absicht hatte ich die ganze Sache doch zu einer wichtigen Angelegenheit für alle gemacht.

Es war immer noch etwas Zeit, und so hörte ich dem jungen Engländer zu, der in Australien Seltsames erlebt hatte. Er schilderte mir sein Leben als Schafhirte, wie er – ich weiß nicht wie viele – Tausende von Schafen pro Tag kastriert hatte. Es mußte schnelle Arbeit geleistet werden. Derartig schnell, daß zum Zwecke der Zeitersparnis die Hoden mit den Zähnen gepackt werden mußten, dann wurden sie durch einen schnellen Schnitt mit dem Messer abgetrennt und ausgespuckt.

«Es muß ja ein merkwürdiger Geschmack im Mund gewesen sein», sagte ich.

«So schlecht, wie Sie denken, war er nicht», antwortete er ruhig. «Mit der Zeit gewöhnt man sich daran. Nein, es war gar nicht einmal solch ein schlechter Geschmack... Die Vorstellung ist schlimmer als die Sache selbst. Aber trotzdem hätte ich, als ich meine Heimat in England verließ, nie gedacht, ich würde jemals auf solche Art und Weise meinen Lebensunterhalt verdienen, indem ich solche Dinger ausspuckte. Wenn es sein muß, kann sich ein Mensch an fast alles gewöhnen.»

Den gleichen Gedanken hatte ich. Ich dachte an die Zeit zurück, als ich an einem Orangenhain in Chula Vista die Dschungel abbrannte. Zehn Stunden am Tag rannte ich in der tollsten Hitze von einem Feuer zum andern, während mir die Fliegen wie toll zusetzten. Und wofür? Um zu beweisen, daß ich ein Mann war, der sich zu behaupten wußte – so nehme ich wenigstens an. Ein anderes Mal arbeitete ich als Totengräber: um unter Beweis zu stellen, daß ich vor nichts zurückschrecke. Der Totengräber! Mit einem Band Nietzsche unter dem Arm und mit dem Versuch, den letzten Teil vom *Faust* beim Hingehen und Zurückkehren von der Arbeit auswendig herzusagen. Der Dampfer hielt an. Noch ein Schluck Bier, um den Geschmack der Schafhoden hinunterzuspülen, und ein ansehnliches Trinkgeld für den Kellner, um ihm zu beweisen, daß auch Amerikaner zuweilen ihre Schulden bezahlen. In der Aufregung stellte ich fest, daß ich ganz allein bin und hinter einem breitschultrigen Engländer mit karierter Mütze und schwerem Ulster stehe. In jedem anderen Land würde er lächerlich erscheinen, mit solcher karierten Mütze an Land zu gehen, aber da es sein eigenes Land ist, kann er tun, was ihm gefällt, und – was noch wichtiger ist und weshalb ich ihn fast bewundere – er erscheint dadurch so groß und unabhängig. Langsam komme ich zu der Überzeugung, daß es sich doch nicht um eine so schlechte Rasse handelt.

Auf Deck ist es dunkel; es nieselt. Als ich das letzte Mal nach England kam und die Themse hinauffuhr, war es genau so dunkel und regnerisch. Die Gesichter erschienen aschgrau, die Uniformen schwarz und die Häuser trostlos und schmutzig. Ich erinnere mich, morgens auf der High Holborn Street begegneten mir allmorgendlich die respektabelsten, bedauernswertesten, verkommensten Armen, die je von Gott erschaffen wurden. Graue, verwaschene, ausgemergelte Geschöpfe mit Derby-Hut, Cutaway und jenem lächerlichen Gehabe von Ehrwürdigkeit, das nur Engländer aufzubringen vermögen. Jetzt dringt auch die Sprache etwas deutlicher an mein Ohr, und ich muß gestehen, sie gefällt mir ganz und gar nicht: sie hört sich so ölig, schmierig, servil und salbungsvoll an. Nach den Akzenten kann man sie genau in Klassen einteilen. Der Mann mit der karierten Mütze und dem Ulster ist plötzlich zu einem angeberischen Niemand geworden. Ich höre dauernd Sir sagen. Darf ich dies nehmen, Sir? Wohin, Sir? Ja, Sir. Nein, Sir. Es kommt einem zum Halse heraus, dieses ewige Ja, Sir, Nein, Sir. Zum Teufel mit dem Sir, brubbele ich in mich hinein.

Im Einwanderungsbüro. Ich warte, bis ich an die Reihe komme. Wie immer sind die Reichen zuerst dran. Schritt für Schritt rücken wir nach. Die, deren Formalitäten erledigt sind, gehen durch die Gepäckkontrolle. Schwerbeladene Gepäckträger laufen hin und her. Jetzt sind nur noch zwei vor mir. Ich habe meinen Paß, meine Fahrkarte und meine Gepäckkarte in der Hand. Jetzt stehe ich unmittelbar vor dem Einwanderungsoffizier und reiche ihm meinen Paß. Er sieht auf den großen weißen Bogen neben sich, findet meinen Namen und hakt ihn ab.

«Wie lange gedenken Sie in England zu bleiben, Mr. Miller?» fragt er und hält meinen Paß so in der Hand, als wolle er ihn mir jeden Augenblick zurückgeben.

«Ein oder zwei Wochen», antworte ich.

«Sie fahren nach London, nicht wahr?»

«Ja.»

«In welchem Hotel werden Sie absteigen, Mr. Miller?»

Hierüber muß ich lächeln. «Nun, das kann ich noch nicht sagen», erwidere ich, noch immer lächelnd. «Vielleicht könnten Sie mir ein Hotel empfehlen?»

«Haben Sie in London Bekannte, Mr. Miller?»

«Nein.»

«Weshalb gehen Sie dann nach London, wenn ich fragen darf?»

«Ich wollte dort einen kurzen Urlaub verleben.» Immer noch lächelnd.

«Ich nehme doch an, daß Sie für Ihren Aufenthalt in England genügend Geld bei sich haben?»

«Ich glaube ja», sage ich, noch immer unbekümmert, noch immer lächelnd. Dabei denke ich, welche Unverfrorenheit es doch ist, einen mit solchen Fragen ins Bockshorn jagen zu wollen.

«Würden Sie mir mal Ihr Geld zeigen, Mr. Miller?»

«Gewiß.» Dabei griff ich in meine Hosentasche und holte den Rest der Hundert-Franc-Note hervor. Die Leute neben mir lachten. Auch ich versuchte zu lachen, aber es gelang mir nicht recht. Mein Fragesteller läßt ein kleines schwaches Lachen vernehmen, und indem er mir gerade in die Augen sieht, fragt er mit aller Ironie, deren er fähig ist: «Sehr lange wollen Sie sich wohl mit dieser Summe in London nicht aufhalten, Mr. Miller, nicht wahr?»

An jeden Satz heftet er dieses Mr. Miller! Langsam wird mir der verdammte Kerl zuwider. Und was schlimmer ist, allmählich wird mir auch unbehaglich zumute.

«Nun hören Sie doch mal zu», sage ich, noch immer freundlich und nach außen hin unbekümmert. «Allerdings werde ich meine Ferien mit diesem Betrag nicht bestreiten. Sobald ich ein Hotel gefunden habe, lasse ich mir telegrafisch Geld nachkommen. Ich mußte Paris sehr eilig verlassen und...»

Er unterbricht mich. Ob ich ihm den Namen meiner Bank in Paris geben könne, will er wissen.

«Ein Bankkonto besitze ich nicht», muß ich ihm antworten.

Natürlich sehe ich sofort ein, daß dies einen sehr schlechten Eindruck macht. Ich spüre direkt die Feindseligkeit, die mir von allen Seiten entgegenschlägt. Die Menschen, die noch bislang ihre Taschen in der Hand trugen, setzten sie jetzt nieder, als machten sie sich auf längeres Warten gefaßt. Den Paß, den er bisher wie ein kleines Testament in der Hand gehalten hatte, legt er jetzt vor sich auf den Tisch und hält ihn dort, wie einen Schuldbeweis, mit den Fingerspitzen fest.

«Woher sollen Sie denn das Geld bekommen, Mr. Miller?» fragt er noch sanfter als bisher.

«Nun, von meinem Freund, mit dem ich in Paris zusammenwohne.»

«Hat *er* denn ein Bankkonto?»

«Nein, aber er hat eine Stellung. Er ist an der *Chicago Tribune* tätig.»

«Und Sie glauben, er würde Ihnen das Geld für Ihren Urlaub schicken?»

«Ich glaube es nicht nur, ich weiß es», antworte ich eisig. «Ich erzähle Ihnen hier keine Märchen. Ich sagte Ihnen ja bereits, daß ich überstürzt fortfuhr. Ich verabredete mit ihm, daß er mir das Geld sofort schicken würde, wenn ich in London ankomme. Im übrigen handelt es sich nicht um sein Geld, sondern um das meinige.»

«Sie haben es vorgezogen, ihm Ihr Geld anzuvertrauen, anstatt es auf die Bank zu bringen. Ist es so, Mr. Miller?»

Langsam verlor ich die Fassung. «Erstens ist es kein großer Betrag, und im übrigen verstehe ich dies alles hier überhaupt nicht. Wenn Sie mir nicht glauben, dann bleibe ich eben hier, und Sie können ein Telegramm schicken und die Sache selbst feststellen.»

«Einen Augenblick, Mr. Miller. Sie sagten, Sie wohnen beide zusammen... wohnen Sie in einem Hotel oder in einer Wohnung»?

«In einer Wohnung.»

«Geht die Wohnung auf Ihren Namen?»

«Nein, auf seinen – das heißt, sie gehört uns beiden, aber da er Franzose ist, geht sie auf seinen. Es ist einfacher.»

«Und er bewahrt Ihr Geld für Sie auf?»

«Nein, für gewöhnlich nicht. Sehen Sie, ich verließ Paris doch unter etwas ungewöhnlichen Umständen. Ich...»

«Einen Augenblick, Mr. Miller», und er bedeutet mir, einen Schritt aus der Reihe herauszutreten. Gleichzeitig ruft er einen seiner Mitarbeiter und überreicht ihm meinen Paß. Dieser nimmt den Paß und verschwindet damit hinter einem etwas entfernten Vorhang. Ich stehe da und beobachte, wie die anderen abgefertigt werden.

Wie in einem Dämmerzustand höre ich ihn die Worte sagen: «Sie können inzwischen Ihr Gepäck kontrollieren lassen.» Ich gehe zum Schuppen und öffne mein Gepäck. Der Zug wartet auf uns. Es sieht aus, als wenn ein Rudel Eskimohunde an ihrem Geschirr zerren. Die Lokomotive dampft und zischt. Schließlich gehe ich zurück und nehme meinen Platz wieder meinem Fragesteller gegenüber ein. Die paar letzten Passagiere werden durch die Kontrolle gedrängt.

Jetzt tritt der lange, dünne Mann von hinter dem Vorhang mit meinem Paß wieder auf mich zu. Schon im voraus scheint er davon überzeugt zu sein, daß ich ein Missetäter bin.

«Sie sind Amerikaner, Mr. Miller»?

«So scheint es», antworte ich. Daß dieser Kerl erbarmungslos ist, ahne ich schon jetzt. Nicht ein Funken Humor steckt in ihm.

«Wie lange sind Sie schon in Frankreich?»

«Zwei oder drei Jahre, glaube ich. Sie können das ja selbst aus dem Datum dort ersehen... Wieso? Was hat denn das damit zu tun?»

«Sie beabsichtigten, einige Monate in England zu verbringen, nicht wahr?»

«Nein, keineswegs. Ich hatte vor, eine Woche oder zehn Tage dort zuzubringen – länger nicht. Aber nun...»

«Um eine Woche zu bleiben, verschafften Sie sich also ein Jahresvisum.»

«Falls es Sie interessiert – ein Rückreisebillett habe ich ebenfalls gekauft.»

«Solch ein Rückreisebillett kann man jederzeit fortwerfen», sagt er mit niederträchtig verzogenem Mund.

«Natürlich könnte man das, wenn man ein Idiot ist. Ich verstehe nicht ganz, worauf Sie hinauswollen. Und im übrigen ist mir diese ganze Geschichte über. Heute Nacht bleibe ich in Newhaven, und mit dem nächsten Dampfer fahre ich wieder zurück. Es muß ja nicht sein, daß ich meinen Urlaub in England verbringe.»

«Nicht so eilig, Mr. Miller. Ich bin der Meinung, man sollte sich etwas mehr mit der Angelegenheit befassen.»

Als er dies sagte, hörte ich das Abfahrtssignal. Die Passagiere befanden sich alle im Zug, und er war im Begriff abzufahren. Ich dachte an meinen Koffer, den ich nach London aufgegeben hatte. Fast meine sämtlichen Manuskripte waren darin, auch meine Schreibmaschine. Eine schöne Bescherung, dachte ich. Und alles nur, weil ich das ganze Geld auf die Theke geworfen hatte.

Der kleine Dicke mit der unerschütterlich sanften Maske gesellte sich jetzt zu uns. Er schien eine besondere Sensation zu wittern.

Als ich den Zug aus dem Bahnhof rollen hörte, ergab ich mich in mein Schicksal, die Inquisition. Ich dachte, jetzt, da sie mich am Wickel haben, möchte ich doch mal wissen, wie lange dieser ganze Zeck dauern wird. Zuerst verlangte ich jedoch meinen Paß zurück. Sollten sie mich noch ein bißchen pisacken wollen, meinetwegen. Zu dieser nachtschlafenden Stunde konnte man ja doch nichts weiter unternehmen, und ehe ich mich erst nach Newhaven aufmache, dachte ich, sollen sie hier ruhig weitermachen.

Zu meiner Überraschung lehnte es der lange Dünne ab, mir meinen Paß wieder auszuhändigen. Das versetzte mich in Wut. Ich verlangte Auskunft darüber, ob ein amerikanischer Konsul zu erreichen wäre. «Hören Sie mal», sagte ich, «Sie mögen denken, was Sie wollen, aber der Paß ist mein Eigentum, und ich verlange ihn zurück.»

«Kein Grund, sich zu ereifern, Mr. Miller. Ehe Sie entlassen werden, erhalten Sie Ihren Paß zurück. Aber erst muß ich noch einige Fragen an Sie stellen... Ich sehe, Sie sind verheiratet. Wohnt Ihre Frau bei Ihnen – und Ihrem Freund? Oder ist sie in Amerika?»

«Ich wüßte nicht, wieso Sie das etwas angeht», sagte ich. «Aber da Sie das Thema nun einmal aufgeworfen haben, werde ich Ihnen mal etwas erzählen. Der Grund, weshalb ich hier mit so wenig Geld eintraf, war der, daß ich meiner Frau mein Reisegeld vor der Abreise gab. Wir trennen uns, und in einigen Tagen geht sie nach Amerika zurück. Ich gab ihr das Geld, weil sie keines hatte.»

«Wenn ich fragen darf – wieviel Geld gaben Sie ihr denn?»

«Da Sie ohnehin so verdammt viele Fragen stellen, zu denen Sie kein Recht haben, weshalb sollten Sie nicht auch diese Frage an mich richten. Wenn Sie es wissen wollen, sechzig Pfund waren es, die sie von mir erhielt. Ich will mal nachsehen. Vielleicht habe ich noch die Quittung vom Geldumwechseln in meiner Brieftasche...» Ich machte eine Bewegung, als wollte ich an meine Brieftasche und den Zettel suchen.

«War es nicht recht töricht, Ihrer Frau das ganze Geld zu geben und mittellos nach England zu kommen?»

Mit einem mitleidigen Lächeln sah ich ihn an. «Mein lieber Mann, ich habe Ihnen ja zu erklären versucht, daß ich nicht als Bettler nach England komme. Wenn Sie mich nach London hätten fahren lassen, so daß ich das Geld telegrafisch hätte anfordern können, dann wäre alles in Ordnung gewesen. Vermutlich ist es Zeitvergeudung, Ihnen dies zu sagen, aber versuchen Sie doch mal, mich zu verstehen. Ich bin Schriftsteller, ich handle impulsiv. Bankkonten habe ich nicht, auch treffe ich meine Dispositionen nicht auf Jahre im voraus. Wenn ich etwas tun möchte, dann tue ich es. Aus irgendeinem unerfindlichen Grund scheinen Sie zu denken, daß ich nach England gekommen bin, um... offen gesagt, es ist mir nicht klar, was Sie eigentlich denken. Ich kam nur nach England, um wieder einmal die englische Sprache sprechen zu hören, falls Sie dies glauben sollten – und zum Teil auch, um meiner Frau zu entgehen. Können Sie dafür Verständnis aufbringen?»

«Warum nicht», sagte der lange Dünne. «Sie wollen Ihrer Frau ausrücken, die dann der öffentlichen Wohlfahrt anheimfällt. Woher wollen Sie wissen, daß sie Ihnen nicht nach England nachkommt? Und wie wollen Sie, der Sie selbst kein Geld haben, für Ihre Frau in England sorgen?»

Mir war, als spräche ich zu einer Wand. Hatte es denn Sinn, die ganze Geschichte von neuem auseinanderzusetzen? «Hören Sie mal», sagte ich, «mir persönlich ist es gänzlich einerlei, was aus ihr wird. Wenn sie auf die öffentliche Wohlfahrt angewiesen ist, so ist das ihre eigene Sache, nicht die meinige.»

«Sie sagten, Sie seien an der *Chicago Tribune* tätig?»

«Ich habe nichts dergleichen behauptet. Ich sagte, mein Freund, der Mann, der mir das Geld schicken sollte, sei an der *Chicago Tribune* tätig.»

«Sie haben also nie an dieser Zeitung gearbeitet?»

«Ja, auch ich arbeitete an ihr, aber jetzt nicht mehr. Vor einigen Wochen wurde ich entlassen.»

Sofort hakte er ein. «Aha, dann haben Sie also doch für die Zeitung in Paris gearbeitet?»

«Habe ich Ihnen das nicht eben gesagt? Warum? Wieso fragen Sie eigentlich?»

«Mr. Miller, könnte ich Ihre Carte d'Identité mal sehen... ich nehme doch an, daß Sie eine Carte d'Identité besitzen, sofern Sie in Paris leben, wie Sie behaupten.»

Ich suchte danach. Die beiden sahen sich an.

«Sie haben die Karte eines Nicht-Arbeitenden – und doch waren Sie an der *Chicago Tribune* als Korrektor tätig. Wie erklären Sie das, Mr. Miller?»

«Ich fürchte, das kann ich Ihnen nicht erklären. Es ist wohl zwecklos, Ihnen auseinanderzusetzen, daß ich amerikanischer Bürger bin, daß die *Chicago Tribune* eine amerikanische Zeitung ist, und daß deshalb...»

«Entschuldigen Sie, aber weshalb wurden Sie denn entlassen?»

«Das wollte ich Ihnen gerade sagen. Sehen Sie, die französischen Behörden, die Leute am grünen Tisch, haben die gleiche Einstellung wie Sie. Vielleicht hätte ich bei der *Tribune* bleiben können, wäre ich nicht außerdem noch ein schlechter Korrektor gewesen. Das letztere ist der wahre Grund, wenn Sie es genau wissen wollen.»

«Sie scheinen darauf noch stolz zu sein.»

«Allerdings. Es ist immerhin ein Zeichen von Intelligenz.»

«Und da Sie nun keine Stellung mehr bei der *Chicago Tribune* hatten, gedachten Sie, einen kleinen Urlaub in England zu verbringen. Zu diesem Zweck beschafften Sie sich ein Jahresvisum und eine Rückfahrkarte.»

«Ferner, um Englisch zu hören und meiner Frau zu entgehen», fügte ich hinzu.

Jetzt sprach der Mann mit dem runden Gesicht. Der Lange schien die ganze Sache fallenlassen zu wollen.

«Sie sind Schriftsteller, Mister Miller?»

«Ja.»

«Sie meinen, Sie schreiben Bücher und Geschichten?»

«Ja.»

«Schreiben Sie für amerikanische Magazine?»

«Ja.»

«Für welche – können Sie mir einige nennen?»

«Gewiß. *The American Mercury, Harper's, Atlantic Monthly, Scribner's, The Virginia Quarterly, The Yale Review*...»

«Einen Augenblick, bitte.» Er ging an den Tisch zurück, bückte sich und holte ein großes, dickes Buch hervor. «*American Mercury... American Mercury...*» murmelte er beim Umschlagen der Seiten vor sich hin. «Henry V. Miller, nicht wahr? Henry V. Miller... Henry V. Miller... War es in diesem oder im vergangenen Jahr, Mr. Miller?»

«Es mag sogar drei Jahre her sein, daß ich für den *Mercury* schrieb», sagte ich sanft.

Scheinbar hatte er kein Nachschlagewerk zur Hand, das so weit zurückreichte. Könnte ich ihm nicht eine Zeitschrift nennen, für die ich in diesem oder im vergangenen Jahr geschrieben hätte? Ich verneinte. In den letzten beiden Jahren hatte ich mich zu sehr mit meinem Buch befaßt.

Ob das Buch erschienen sei? Wie der Name des amerikanischen Verlegers wäre?

Ich sagte, es sei von einem Engländer herausgegeben worden.

Welches denn der Name des Verlages sei?

«Der Obelisk-Verlag.»

Er kratzte sich den Kopf. «Ein englischer Verlag?» Er schien

kein Unternehmen dieses Namens zu kennen. Er rief seinen Tra-
banten, der hinter den Vorhang verschwunden war. «Haben Sie
schon mal etwas von einem Obelisk-Verlag gehört?» brüllte er.

Jetzt hielt ich den Augenblick für gekommen, um ihm zu erklären, daß mein englischer Verleger sein Domizil in Paris hat.
Das schien ihn in Wut zu versetzen. Ein englischer Verlag in
Paris! Geradezu eine Naturwidrigkeit. Nun, welches waren
denn die Titel der Bücher?

«Es handelt sich nur um eines», sagte ich. «Es heißt *Der Wendekreis des Krebses*».

Bei diesem Titel schien er einen Anfall zu bekommen. Ich
wußte überhaupt nicht, was plötzlich mit ihm geschehen war.
Schließlich schien er die Fassung zum Teil wiedererlangt zu haben, und mit der geschmeidigsten und sarkastischsten Stimme,
die man sich vorstellen konnte, sagte er: «Nun, also, Mr. Miller,
Sie wollen mir doch nicht etwa weismachen, daß Sie medizinische Bücher verfassen?»

Jetzt war die Reihe an mir, verblüfft zu sein. Vor mir standen
die beiden und durchbohrten mich mit ihren stechenden Augen.

«*Der Wendekreis des Krebses*», sagte ich langsam und feier-
lich, «ist kein medizinisches Buch.»

«Nun, was ist es denn?» fragten beide gleichzeitig.

«Der Titel ist symbolisch», antwortete ich. «*Der Wendekreis
des Krebses* ist eine Bezeichnung jener gemäßigten Zone, die
oberhalb des Äquators liegt. Unterhalb des Äquators liegt der
Wendekreis des Steinbocks, das ist die südliche gemäßigte Zone.
Das Buch hat natürlich nichts mit klimatischen Verhältnissen zu
tun, es handelt sich vielmehr um eine Art geistiges Klima. Krebs
ist eine Bezeichnung, die mich von jeher gefesselt hat: in der
Astrologie kommt sie ebenfalls vor. Etymologisch betrachtet,
kommt das Wort von Chancre, was soviel wir Krebs bedeutet. In
den chinesischen Symbolen ist es ein Zeichen von weitgehender
Bedeutung. Der Krebs ist das einzige lebende Geschöpf, das vor-
wärts, rückwärts und seitwärts mit gleicher Leichtigkeit laufen
kann. Natürlich handelt mein Buch auch nicht von alldem. Es ist
ein Roman, oder besser, eine Selbstbiographie. Wenn mein Koffer hier wäre, könnte ich Ihnen ein Exemplar zeigen. Ich glaube,

es würde Sie interessieren. Nebenbei bemerkt, der Grund, weshalb es in Paris erscheint, ist der, daß es für England und Amerika zu obszön wäre. Zuviel Krebs darin, falls Sie wissen, was ich damit meine...»

Dadurch kam die Diskussion zu einem Ende. Der lange Dünne packte seine Aktentasche, nahm Hut und Mantel und wartete geduldig auf den kleinen Mann. Ich bat nochmals um meinen Paß. Der lange Dünne ging hinter den Vorhang und holte ihn. Ich öffnete ihn und sah, daß sie mein Visum mit einem großen schwarzen Kreuz ungültig gemacht hatten. Das brachte mich auf. Es war wie eine Verunglimpfung meines guten Namens.

«Wo kann man denn in diesem Kaff hier die Nacht verbringen?» fragte ich und legte soviel Kaltschnäuzigkeit und Gift in meine Frage, wie nur möglich.

«Das wird der Wachtmeister besorgen», sagte der Große, lächelte mir hämisch zu und ging. Im gleichen Augenblick sehe ich einen sehr großen Mann in schwarzer Uniform, mit einem Helm auf dem Kopf und einem leichenblassen Gesicht aus der Dunkelheit einer entfernten Ecke auf mich zukommen.

«Was soll denn das bedeuten?» brüllte ich. «Wollen Sie mir sagen, daß ich verhaftet bin?»

«So würde ich es gerade nicht bezeichnen, Mr. Miller. Der Wachtmeister behält Sie über Nacht hier, und am Morgen geleitet er Sie aufs Schiff nach Dieppe.» Damit ging er fort.

«Also gut», sagte ich. «Aber Sie werden mich wiedersehen; vielleicht schon in der nächsten Woche.»

Inzwischen war der Wachtmeister wieder neben mir und hielt mich beim Arm. Ich war blaß vor Wut, aber der feste Griff an meinem Arm bewies mir, daß es zwecklos war, ein weiteres Wort zu sagen. Es war wie die Hand von Gevatter Tod persönlich.

Als wir auf die Tür zugingen, erklärte ich dem Wachtmeister in aller Ruhe, daß mein Koffer nach London gegangen sei und daß er außer meinen anderen Sachen alle meine Manuskripte enthielte.

«Das werden wir schon erledigen, Mr. Miller», sagte er mit ruhiger, tiefer Stimme. «Kommen Sie nur mit mir hier entlang», und wir gingen zum Telegrafenschalter. Ich gab ihm die nötigen Informationen, und er versicherte mir in seiner ruhigen, festen Stimme, daß ich am Morgen meine Sachen haben würde, gleich am frühen Morgen. Aus seiner Art zu sprechen wußte ich, daß er sein Wort halten würde. Irgendwie brachte ich Achtung für ihn auf. Allerdings hätte ich es gern gesehen, daß er meinen Arm losließ. Zum Teufel, ich war doch kein Verbrecher, und selbst wenn ich ausrücken wollte, wohin sollte ich denn gehen? Ins Meer hätte ich doch nicht springen können! Es war jedoch zwecklos, mit ihm auch noch einmal anzufangen. Es war ein Mann, der gewohnt war, Befehle entgegenzunehmen, und ein Blick genügte, um in ihm einen abgerichteten Hund zu erkennen. Der Himmel mag wissen, was er getan hätte, wenn ich wirklich ein gefährliches kriminelles Individuum gewesen wäre. Wahrscheinlich hätte er mir zunächst Handschellen angelegt. Schließlich gelangten wir in eine Art düsteren, schlecht beleuchteten Warteraum. Keine Menschenseele befand sich dort, nur einige leere Bänke, soviel ich erkennen konnte.

«Hier werden wir die Nacht zubringen», sagte der Wachtmeister mit ruhiger, gleichmäßiger Stimme. Es war geradezu eine zarte Stimme. Allmählich fing ich an, Gefallen an ihm zu finden. «Dort drüben ist ein Waschraum», fügte er hinzu und wies auf eine hinter mir befindliche Tür.

«Ich brauche mich nicht zu waschen», sagte ich. «Was ich gern täte, ist auf die Toilette zu gehen.»

«Das können Sie dort», antwortete er, öffnete die Tür und drehte das Licht für mich an.

Ich ging hinein, zog Mantel und Rock aus und setzte mich nieder. Als ich so dasaß und plötzlich aufschaute, saß zu meiner Überraschung der Wachtmeister auf einem kleinen Schemel an der Tür. Ich will nicht gerade behaupten, daß er mich beobachtete, aber trotzdem ließ er mich nicht aus den Augen, wie man so sagt. Das ist ja die Höhe! dachte ich. Und in diesem Augenblick nahm ich mir vor, über den ganzen Vorfall zu schreiben.

Als ich mich erhob, äußerte ich mein Erstaunen ein wenig. Er nahm, was ich sagte, gut auf und erklärte mir ganz einfach, auch dies sei ein Teil seiner Pflicht. «Ich soll auf Sie achtgeben, bis ich

Sie am Morgen dem Kapitän übergebe», sagte er. «Das ist mir aufgetragen worden.»

«Versuchen denn manche auszurücken?» fragte ich.

«Selten», sagte er. «Aber die Zeiten sind jetzt sehr schlecht, verstehen Sie. Viele, die gar nicht hierhergehören, versuchen nach England zu kommen. Menschen, die Arbeit suchen, wissen Sie.»

«Ja, ich weiß», antwortete ich. «Die ganzen Verhältnisse sind völlig durcheinander.»

In dem großen Warteraum wanderte ich langsam auf und ab. Plötzlich war mir kalt. Ich ging zu der Bank, auf der mein Mantel lag, und hängte ihn mir um die Schultern.

«Möchten Sie, daß ich ein Feuer mache, Sir?» fragte der Wachtmeister plötzlich.

Ich fand es sehr entgegenkommend, diese Frage an mich zu richten, und so sagte ich: «Nun, ich weiß nicht. Wie denken Sie darüber? Möchten Sie auch gern ein Feuer haben?»

«Darum geht es nicht, Sir», sagte er. «Kraft des Gesetzes sind Sie zu einem Feuer berechtigt, wenn Sie eins haben möchten.»

«Das ist ja gar nicht so wichtig!» sagte ich. «Es fragt sich nur, ob es sehr viel Mühe machen würde. Vielleicht kann ich Ihnen dabei behilflich sein.»

«Nein, es ist meine Pflicht, ein Feuer für Sie zu machen, wenn Sie es wünschen. Ich habe den Befehl, mich um Sie zu kümmern.»

«Nun, wenn es so ist, dann wollen wir uns doch ein Feuer machen», sagte ich. Ich setzte mich auf die Bank und sah ihm bei den Vorbereitungen zu. Ganz ordentlich, dachte ich. Also auf Grund des Gesetzes bist du zu einem Feuer berechtigt. Ich werde verrückt!

Als das Feuer brannte, machte der Wachtmeister den Vorschlag, mich auf der Bank auszustrecken und es mir bequem zu machen. Irgendwo trieb er ein Kissen und eine Decke auf. So lag ich denn da, sah ins Feuer und überlegte, was es doch für eine merkwürdige Welt ist. Einerseits geht man brutal mit mir um, und andererseits betreut man mich wie ein Baby. Und alles dies steht in dem goldenen Buch, wie die Debet- und Kredit-Seiten eines Kontobuches.

Die Regierung ist der unsichtbare Buchhalter, der die Eintragungen vornimmt. und der Wachtmeister ist lediglich eine Art menschliches Löschblatt, das die Tinte trocknet. Wenn du einen Tritt in den Hintern bekommst oder dir eine Anzahl Zähne ausgeschlagen werden, dann geschieht dies gratis; eine Eintragung darüber erfolgt nicht.

Der Wachtmeister saß auf dem kleinen Schemel unweit vom Feuer und las die Abendzeitung. Er sagte, er werde dort sitzen bleiben und ein wenig lesen, bis ich eingeschlafen sei. Er sagte dies auf eine nachbarliche Art, ohne die geringste Spur von Niedertracht oder Gemeinheit. Ein ganz anderer Typ Mensch als die beiden Burschen, mit denen ich es eben zu tun gehabt hatte.

Eine Zeitlang sah ich zu, wie er die Zeitung las, dann fing ich an mich mit ihm ungezwungen zu unterhalten. Ich meine damit, nicht als ob er der Wachtmeister und ich der Gefangene sei. Er war nicht unintelligent, auch fehlte es ihm nicht an gesundem Menschenverstand. Er erinnerte mich fast an einen rassigen, hochgezüchteten Windhund, während mir die beiden anderen, die ihre Pflicht für die Regierung taten, wie Sadisten vorkamen, gemeine, niedrige, kriecherische Naturen, die an ihrer schmutzigen Tätigkeit noch Gefallen fanden. Ich war der Ansicht, daß, selbst wenn der Wachtmeister in Erfüllung seiner Pflicht einen Menschen töten mußte, man es ihm verzeihen könnte. Aber die beiden anderen Kreaturen! Pfui! Voller Verachtung spuckte ich ins Feuer.

Ich war neugierig zu wissen, ob der Wachtmeister wohl an ernsthaftem Lesen Gefallen fand. Zu meiner Überraschung erzählte er mir, daß er Shaw und Belloc und Chesterton und auch einiges von Somerset Maugham gelesen hätte. *Der Menschen Hörigkeit* hatte ihn tief beeindruckt; er fand es ein großartiges Buch. Auch ich war dieser Meinung, und so erhielt er im Geiste einen weiteren Lobstrich von mir.

«Und Sie sind ebenfalls Schriftsteller?» fragte er, sehr sanft, fast scheu, so kam es mir vor.

«Ein wenig», entgegnete ich schüchtern. Und dann gab ich ihm impulsiv, jedoch zögernd, stotternd eine Wiedergabe meines Buches *Der Wendekreis des Krebses*. Ich erzählte ihm von den

Straßen und Cafés. Ich schilderte ihm, wie ich mich bemüht hätte, dies alles in dem Buch zu bringen, daß ich aber nicht wüßte, ob es mir gelungen sei. «Aber es ist ein menschliches Buch», sagte ich, erhob mich von der Bank und trat dicht an ihn heran. «Und eines sage ich Ihnen, Wachtmeister, auch Sie erscheinen mir menschlich. Dieser Abend mit Ihnen hat mir gefallen; ich möchte Ihnen sagen, daß ich Achtung und Bewunderung für Sie empfinde. Und wenn Sie mich nicht für unbescheiden halten, würde ich Ihnen gern ein Exemplar meines Buches schikken, sobald ich wieder in Paris bin.»

Er schrieb Namen und Adresse in mein Notizbuch und sagte mir, daß er das Buch sehr gern lesen würde. «Sie sind ein sehr interessanter Mann», sagte er, «und ich bedaure nur, daß wir uns unter so peinlichen Umständen kennenlernen mußten.»

«Sprechen wir nicht davon», sagte ich. «Wie wäre es, wenn wir jetzt ein wenig schliefen? Hm?»

«Aber natürlich», antwortete er. «Sie können es sich auf der Bank dort bequem machen. Ich bleibe hier sitzen und döse ein bißchen. Übrigens», fügte er hinzu, «soll ich Frühstück für morgen früh für Sie bestellen?»

Ich fand, er war ein famoser Kerl, so anständig, wie man es überhaupt nur erwarten kann. Mit diesem Gedanken schlief ich ein.

Am Morgen geleitete mich der Wachtmeister auf das Schiff und übergab mich dem Kapitän. Es befanden sich noch keine Passagiere an Bord. Ich winkte dem Wachtmeister ein Lebewohl, ging zum Bug des Schiffes und sah mit einem langen Blick auf England. Es war einer jener ruhigen, friedlichen Morgen, mit reingewaschenem Himmel, über den die Seemöwen flitzten. Immer wenn ich England vom Wasser aus betrachte, bin ich von dem sanften, friedlichen, schlaftrunkenen Charakter der Landschaft beeindruckt. England fällt so sanft zum Meere ab, es ist beinahe rührend. Alles erscheint so still, so zivilisiert. Mit Tränen in den Augen stand ich da und sah auf Newhaven. Ich stellte mir vor, wo der Steward wohnen mochte, daß er jetzt aufgestanden sei und frühstückte oder ein wenig im Garten arbeitete. In England sollte jeder einen Garten haben: das muß so sein, man hat es im Gefühl. Wie ich schon sagte, es hätte kein schönerer Tag sein können und England hätte nicht lieblicher und einladender aussehen können als in diesem Augenblick. Wieder dachte ich an den Wachtmeister, und wie er in die Landschaft hineinpaßte.

Einer der schönsten Morgen, die ich je erlebte. Das kleine Dorf Newhaven, eingebettet in die Kalkberge. Jener Zipfel des Landes, wo die Zivilisation sachte ins Meer gleitet. Lange stand ich in Anbetung da, und tiefer Friede kam über mich. In solchen Momenten möchte man glauben, daß alles, was geschieht, zum Besten gereicht. Als ich so ruhig und lautlos dastand, dachte ich unwillkürlich an das amerikanische New Haven in Connecticut, wo ich einmal einen Mann im Gefängnis besuchte. Es war ein Mann, der seinerzeit für mich als Bote tätig gewesen war. Wir waren Freunde geworden. In einem Anfall von Eifersucht hatte er eines Tages seine Frau und dann auch sich erschießen wollen. Glücklicherweise genasen beide. Nachdem er vom Krankenhaus in das Gefängnis überwiesen worden war, besuchte ich ihn. Wir führten ein langes Gespräch durch das Drahtnetz hindurch. Als ich das Gefängnis verließ, fiel mir plötzlich auf, wie schön es draußen war. Ich ging an den Strand und badete. Es war einer der seltsamsten Tage, die ich je am Ozean verbrachte. Als ich mich vom Sprungbrett abstieß, hatte ich das Gefühl, als würde ich die Welt für immer verlassen. Ich versuchte nicht, mir das Leben zu nehmen, aber es hätte mir nichts ausgemacht unterzugehen. Es war ein wunderbares Gefühl, von der Erde fort unterzutauchen, alles Erbärmliche, von Menschen Erdachte, das wir mit dem Begriff Zivilisation verherrlichen, hinter mir zu lassen. Als ich dann auftauchte und umherschwamm, schien ich die Welt mit neuen Augen zu betrachten. Nichts war, wie es vorher gewesen war. Die Menschen sahen merkwürdig entfernt und losgelöst aus; wie Seehunde, die sich von der Sonne trocknen lassen, saßen sie herum. Was ich damit sagen will ist, daß sie absolut bedeutungslos erschienen. Sie gehörten zum Landschaftsbild, wie Felsen, Bäume und die Kühe auf den Weiden. Wie sie jemals derartige Bedeutung auf dieser Erde erlangen konnten, war mir ein Rätsel. An jenem Tage fühlte ich, daß ich imstande wäre, das feigste Verbrechen mit klarem Bewußtsein zu verüben. Ein Verbrechen ohne Grund. Ja, da war dieses starke Gefühl: irgendeinen unschuldigen Menschen ohne Grund zu töten.

Sobald das Schiff seine Nase auf Dieppe richtete, schlugen meine Gedanken eine andere Richtung ein. Bisher hatte ich Frankreich noch nie verlassen und kehrte nun in Schande mit einem schwarzen Kreuz auf meinem Visum zurück. Was würden die Franzosen von mir denken? Vielleicht würden auch sie ein Kreuzverhör mit mir anstellen? Was ich eigentlich in Frankreich täte? Wie ich meinen Lebensunterhalt bestreite? Stahl ich vielleicht den französischen Arbeitern das Brot? Könnte der Fall eintreten, daß ich der öffentlichen Wohlfahrt anheimfalle?

Plötzlich befiel mich Furcht. Gesetzt den Fall, sie würden sich weigern, mich nach Paris zurückkehren zu lassen? Gesetzt den Fall, sie übergäben mich einem anderen Schiff, das mich nach Amerika zurücknahm. Ich wurde maßlos nervös. Amerika! Nach New York zurückgeschickt zu werden und dort wie eine Ladung fauler Äpfel ausgeladen zu werden? Nein, sollte man das mit mir vorhaben, dann würde ich ins Wasser springen. Der Gedanke, nach Amerika zurückzukehren, war für mich unerträglich. Paris wollte ich wiedersehen. Niemals wieder würde ich mich über mein Los beklagen. Es wäre mir gleich, selbst wenn ich den Rest meines Lebens in Paris als Bettler zubringen müßte. Lieber ein Bettler in Paris als ein Millionär in New York!

Ich übte mir eine wunderbare Rede ein, die ich den Beamten halten wollte. Es war eine derartig prachtvolle, melodramatische Rede, daß die Fahrt über den Kanal wie im Fluge verging. Ich bemühte mich gerade, ein Verb im Konjunktiv zu konjugieren, als ich plötzlich Land bemerkte und die Passagiere an die Reling liefen. Jetzt geht es los, dachte ich. Habe Mut, alter Junge, und laß die Konjunktive sausen!

Instinktiv stellte ich mich ein wenig abseits von den anderen, als ob ich sie nicht anstecken wollte. Ich wußte nicht, wie es hier gehandhabt würde – ob mich ein Agent in Empfang nehmen oder ob mich jemand aufgreifen würde, wenn ich den Steg hinuntergehe. Aber es war alles viel einfacher, als ich es mir in meiner Befürchtung ausgemalt hatte. Als das Schiff am Pier anlegte, griff mich der Kapitän am Arm, so wie es der Wachtmeister getan hatte, führte mich an die Reling, wo ich von allen an der Küste gesehen werden konnte. Als ihn der Mann am Kai, den er gesucht hatte, bemerkte, erhob er seine linke Hand, zeigte mit dem Zeigefinger nach oben und dann auf mich. Es sah aus, als wollte er bedeuten: einer! Ein Kohlkopf heute! Ein Stück Vieh heute! Ich war mehr erstaunt als beschämt. Es war so unvermittelt und logisch, daß darüber einfach nicht zu streiten war. Mochte es sein, wie es wollte, ich war jedenfalls auf dem Schiff, und das Schiff im Hafen, und ich war der Mann, den man suchte. Warum auch telefonieren oder telegrafieren, wenn es lediglich nötig war, den Arm zu heben und hinzuweisen, wie er es getan hatte. Was konnte einfacher, weniger kostspielig sein?

Als ich den Mann sah, dem ich übergeben werden sollte, sank mir der Mut. Es war ein massiger Kerl mit riesigem schwarzem Schnurrbart und einem ungeheuren Derby-Hut auf dem Kopf, der noch halb seine großen Ohren verdeckte. Selbst von weitem sahen seine Hände wie große Schinken aus. Auch war er ganz in Schwarz. Es schien, als hätte sich wieder alles gegen mich verschworen.

Als ich den Steg hinunterschritt, versuchte ich krampfhaft, mich an Bruchstücke der Rede zu erinnern, die ich noch vor ein paar Augenblicken eingeübt hatte. Nicht einen einzigen der schwungvollen Sätze hatte ich behalten. Ich sagte nur immer zu mir – «Oui, monsieur, je suis un Américain – mais je ne suis pas un mendiant. Je vous jure, monsieur, je ne suis pas un mendiant.»

«Votre passeport, s'il vous plaît!»

«Oui, monsieur!»

Ich wußte, ich war dazu verdammt, immer wieder «Oui, monsieur» zu sagen. Jedesmal wenn es heraus war, verfluchte ich mich, so etwas gesagt zu haben. Aber was soll man tun? Das ist das erste, was einem eingepaukt wird, wenn man nach Frankreich kommt. Oui, monsieur! Non, monsieur! Erst kommt man sich wie eine Küchenschabe vor. Dann gewöhnt man sich daran und schließlich sagt man es ganz unbewußt, und wenn es der andere nicht sagt, vermißt man es und macht es ihm zum Vorwurf. Wenn man in Bedrängnis ist, ist es das erste, was einem über die Lippen kommt. «Oui, monsieur!» Schließlich sagt man es wie ein alter Papagei.

Ich hatte es nur ein- oder zweimal zu sagen gebraucht, denn, wie der Wachtmeister, so war auch dieser Mann von Natur aus schweigsam. Wie ich glücklicherweise entdeckte, bestand seine Pflicht in nichts mehr und nichts weniger, als mich zu dem Büro eines anderen Beamten zu begleiten, der wiederum meinen Paß und meine Carte d'Identité forderte. Hier wurde ich höflich gebeten, Platz zu nehmen. Mit großer Erleichterung kam ich der Aufforderung nach. Als ich dem riesigen Kerl, der mich gerade entlassen hatte, noch einen Blick nachsandte, fragte ich mich – wo hatte ich diesen Mann schon einmal gesehen?

Verglichen mit dem Verfahren der vergangenen Nacht machte sich sofort ein großer Unterschied bemerkbar: die Achtung vor dem Individuum! Jetzt glaube ich, daß, selbst wenn man mich auf ein nach Amerika fahrendes Schiff verfrachtet hätte, ich mein Schicksal mit Fassung ertragen hätte. In der Sprache an sich lag eine innere Harmonie, das zunächst einmal. Er hatte nichts Launenhaftes, nichts Unverschämtes an sich, nichts von Gemeinheit oder Rachsucht. Er sprach die Sprache seines Volkes, und darin lag Form, ein innerer Stil, entstanden aus einer reichen Lebenserfahrung. Diese Klarheit war um so eindrucksvoller, wenn man sie mit dem äußerlichen Chaos verglich, in dem er sich bewegte. Die Unordnung, die ihn umgab, war fast lächerlich. Restlos lächerlich aber war sie wiederum auch nicht, denn sie bewies ja nur menschliche Schwächen, menschliche Unvollkommenheit. Es war eine Unordnung, in der man sich wohl fühlte, eine typisch französische Unordnung. Nach einigen orientierenden Fragen hatte er mich unbehelligt gelassen. Noch immer hatte ich keine Ahnung, was mir bevorstand, aber ich wußte genau, wie auch sein Urteilsspruch ausfallen mochte, er würde weder von einer Laune noch von Mißgunst diktiert sein. Schweigend saß ich da und beobachtete ihn bei seiner Arbeit. Nichts schien richtig zu gehen, weder die Feder noch der Löscher, weder die Tinte noch das Lineal. Es war, als hätte er soeben erst das Büro eröffnet und ich sei sein erster Besucher. Aber er hatte andere Posten vorher gehabt, Tausende vielleicht, und so beunruhigte es ihn nicht sonderlich, daß ihm nicht gleich alles gelang. Die Hauptsache, die er gelernt hatte, war, daß alles ordnungsgemäß in die Bücher eingetragen wurde. Und daß alles die notwendigen Siegel trug, die den Dingen den offiziellen Charakter verliehen. Wer war ich denn? Was hatte ich getan? Ça ne me regarde pas! Ich konnte fast hören, wie er dies zu sich sagte. Alles was er mich fragte, war: Wo sind Sie geboren? Wo wohnen Sie in Paris? Wann sind Sie nach Frankreich gekommen? Mit diesen drei Antworten fertigte er ein wunderschönes Aktenstück mit meinem Namen an, unter das er dann schließlich seinen Namen mit dem nötigen Schnörkel setzen würde und darunter dann noch die entsprechenden Stempel und Siegel. Das war seine Arbeit, und diese beherrschte er gründlich.

Es dauerte eine ganze Weile, bis er seine Arbeit beendet hatte, das muß ich allerdings sagen. Aber jetzt war ja die Zeit meine Verbündete. Ich hätte dort bis zum nächsten Morgen in aller Ruhe sitzen und ihm zuschauen können, wenn es erforderlich gewesen wäre. Ich hatte das Gefühl, daß er in meinem Interesse tätig war und im Interesse des französischen Volkes, und daß wir ein gemeinsames Interesse hatten, denn beide sind wir intelligent und vernünftig, und warum sollte der eine dem anderen Unannehmlichkeiten bereiten wollen. Ich nehme an, die Franzosen würden ihn als Herrn Jedermann bezeichnet haben, das aber nicht dem englischen Mr. Niemand ganz entspricht. denn Mr. Jemand oder Irgendwer in Frankreich ist ein ganz anderer Typ als Mr. Niemand in Amerika und England. Ein Jemand ist kein Niemand in Frankreich. Er ist ein Mann wie jeder andere Mann, aber er hat eine Geschichte und Tradition und eine Rasse hinter sich, die mehr aus ihm machen als aus den Herren Jemand in anderen Ländern. Wie auch dieser geduldige kleine Mann, der an meinem Aktenstück arbeitete, sind diese Männer häufig ärmlich gekleidet: sie sehen abgerissen aus und manchmal, es sei zugegeben, sind sie auch nicht sonderlich reinlich. Aber sie verstehen, sich um ihre eigenen Angelegenheiten zu kümmern, was sehr viel bedeutet.

Wie ich bereits sagte, nahm es einige Zeit in Anspruch, bis er die Angaben von einer Aufzeichnung auf die andere übertragen hatte. Da mußte Kohlepapier zurechtgelegt, Quittungen mußten abgeheftet, kleine Etiketten aufgeklebt werden, und so weiter. Dann mußte wieder der Bleistift geschärft und eine neue Feder in den Federhalter gesteckt werden, die Schere mußte gefunden werden – sie fand sich schließlich im Papierkorb –, dann mußte die Tinte gewechselt, ein neues Löschpapier beschafft werden... vieles mußte getan werden. Und, was die Dinge am Schluß noch komplizierte, er entdeckte in letzter Minute, daß mein französisches Visum abgelaufen war. Vielleicht machte er nur aus Zartgefühl den Vorschlag, daß es ratsam wäre, es zu erneuern – falls ich die Absicht hätte, eine Reise außerhalb Frankreichs zu unternehmen, wie er sich ausdrückte. Ich war von seinem Vorschlag begeistert, hatte aber dabei doch das Gefühl, daß es ein Weilchen dauern würde, bis ich mich wieder entschließen würde, Frankreich zu verlassen. Mehr aus Rücksicht und Höflichkeit stimmte ich seinem Vorschlag zu, da er sich um mich so verdient gemacht hatte.

Als alles in Ordnung war und sich mein Paß sowie meine Carte d'Identité wieder sicher in meiner Tasche befanden, machte ich sehr respektvoll den Vorschlag, doch gemeinsam etwas an der Bar, die gegenüber gelegen war, zu trinken. Sehr höflich nahm er die Einladung an, und so schlenderten wir zusammen zu dem Bistrot gegenüber dem Bahnhof. Er fragte, ob es mir in Paris gefiele. Doch ein bißchen interessanter als dieses Kaff hier, nicht wahr? fügte er hinzu. Viel Zeit hatten wir für unser Gespräch nicht, denn der Zug sollte in wenigen Minuten abfahren. Ich dachte, daß er vielleicht am Ende sagen würde: «Wie sind Sie nur in eine derartige Situation geraten?» – aber nein, nicht die leiseste Anspielung erfolgte.

Wir gingen zurück zum Kai, und als die Pfeife ertönte, schüttelten wir uns freundschaftlich die Hände, und er wünschte mir bon voyage. Als ich meinen Platz einnahm, stand er noch immer da. Er winkte mit der Hand und sagte wieder: «Au revoir, Monsieur Miller, et bon voyage!» Dieses Mal hörte sich das Monsieur Miller gut in meinen Ohren an, und ganz natürlich. Ja, es hörte sich so gut und natürlich an, daß mir Tränen in die Augen traten. Ja, ich erinnere mich genau: als der Zug aus dem Bahnhof rollte, liefen zwei dicke Tränen meine Wangen hinunter und tropften auf meine Hände. Ich fühlte mich wieder in Sicherheit und zwischen Menschen. Jenes «bon voyage» klang in meinen Ohren. Bon voyage! Bon voyage!

Über die Picardie ging ein sanfter Regen hernieder. Die Strohdächer sahen einladend schwarz aus und das Gras noch einen Schein grüner. Hin und wieder wurde ein Tupfen Ozean sichtbar, immer wieder von Sanddünen verschluckt, dann kamen Bauernhöfe, Wiesen und Bäche. Ein ruhiges, friedliches Land, wo sich jeder nur um seine eigenen Angelegenheiten kümmert.

Plötzlich stieg ein so verdammtes Glücksgefühl in mir auf, daß ich aufspringen, schreien oder singen wollte. Aber alles, was mir einfiel, war «bon voyage!». Welch ein Satz! Unser ganzes Leben lang treiben wir uns herum und sagen so manches Mal diesen Wunsch, den uns die Franzosen gelehrt haben, aber unternehmen wir denn je dieses bon voyage? Ermessen wir denn, daß selbst der Gang zu dem Bistrot an der Ecke oder zum Delikatessenhändler eine Reise bedeutet, von der wir vielleicht nie zurückkehren? Wenn wir ein Gefühl dafür aufbringen könnten, daß wir uns jedesmal, wenn wir das Haus verlassen, auf eine Reise begeben, von der wir vielleicht nicht mehr heimkehren, würden wir dann unser Leben nicht etwas anders gestalten? Während wir bis zur nächsten Ecke gehen oder nach Dieppe oder Newhaven fahren, oder wo auch immer hin, unternimmt auch die Erde eine kleine Reise, wohin, das weiß niemand, auch nicht die Astronomen. Aber jeder von uns, ob er zur nächsten Ecke geht oder nach China, unternimmt eine Reise mit unserer Mutter Erde, und die Erde bewegt sich mit der Sonne, und mit der Sonne bewegen sich die anderen Planeten ebenfalls... Mars, Merkur, Venus, Neptun, Jupiter, Saturn, Uranus. Das gesamte Firmament bewegt sich, und wenn du gut zuhörst, kannst du «bon voyage» vernehmen. «Bon voyage!» Und wenn du ganz still bist und keine dummen Fragen stellst, dann wirst du merken, daß es nur eine Einbildung ist, eine Reise zu machen, daß das ganze Leben eine Reise ist, eine Reise innerhalb der Reise, und daß der Tod nicht die letzte Reise ist, sondern der Anfang einer neuen Reise, von der keiner weiß, wohin sie geht, aber dennoch bon voyage! Ich wollte aufspringen und singen. Das ganze Universum stellte ich mir als ein Netz von Landstraßen vor, etliche tief und unsichtbar wie die Einschnitte im Planeten-System, und in diesem riesigen, mal hierhin, mal dorthin gleitenden Nebel, in dieser gespensterhaften Reise von einem Bereich zum anderen, sah ich, wie sich alle beseelten und seelenlosen Dinge gegenseitig zuwinkten, die Küchenschaben den Küchenschaben, die Sterne den Sternen, Menschen den Menschen, und Gott Gott. Alle unterwegs auf der großen Straße, die nirgendwohin führt, und trotzdem bon voyage! Von der Osmose bis zum Endchaos befindet sich alles in einer riesigen, lautlosen und ständigen Bewegung. Innerhalb dieser ungeheuren Wanderung stillzustehen, sich mit der Erde zu bewegen, wie sehr diese auch schwanken mag, sich den Küchenschaben anzuschließen und den Sternen und den Göttern und den Menschen – das ist Reisen! Und dort, im unendlichen Raum, in dem wir uns bewegen, wo wir unsichtbare Spuren hinterlassen, dort draußen vernehme ich ein leises, sarkastisches Echo, eine ölige, blutleere, englische Stimme, die ungläubig fragt: «Nun sagen Sie mal, Mr. Miller, wollen Sie uns vielleicht auch noch weismachen, daß Sie medizinische Bücher verfassen?» Ja, bei Gott, jetzt kann ich es mit gutem Bewußtsein sagen. Ja, Mr. Niemand aus Newhaven, auch medizinische Bücher schreibe ich, wunderbare medizinische Bücher, die alle Wunden der Zeit und des Raumes heilen. Ja, in diesem Augenblick schreibe ich über die große Läuterung des menschlichen Bewußtseins: Der Sinn des Reisens!

Und gerade als ich mir den Idioten aus Newhaven vorstelle, wie er seine Ohren spitzt, um mich besser zu verstehen, da schiebt sich ein riesiger Schatten vor ihn und löscht ihn aus. Gerade als ich zu mir sagen wollte: «Wo habe ich dieses Gesicht schon einmal gesehen?» – da kommt mir ein Gedanke. Der Mann mit dem Schnurrbart in Dieppe, das Gesicht, das ich schon irgendwo einmal gesehen hatte, jetzt erkannte ich es: es war das Gesicht von Mack Swain! Er war der große böse Wolf. Das ist alles. Ich wollte das nur in meinem Gedächtnis richtigstellen. Et bon voyage. Bon voyage à tout le monde!

Astrologisches Frikassee

Ich lernte Gerald während der Pause im Foyer eines Theaters kennen. Kaum war ich ihm vorgestellt worden, als er mich nach meinem Geburtsdatum fragte.

«Am 26. Dezember 1891, um 12 Uhr 30 mittags in New York... Konjunktion von Mars, Uranus und dem Mond im 8. Haus. Ist Ihnen damit gedient?»

Er war begeistert. «Demnach wissen Sie also etwas von Astrologie», sagte er und strahlte mich an, als sei ich ein ergebener Jünger.

Eben da kam eine schicke junge Frau heran und begrüßte Gerald herzlich. Gerald stellte uns rasch einander vor: «26. Dezember – 4. April. Steinbock–Widder... Sie beide dürften sich glänzend verstehen.»

Ich erfuhr den Namen der schicken jungen Frau sowenig wie sie den meinen. Das war für Gerald völlig unwichtig. Die Menschen waren nur dazu da, seine himmlischen Theorien zu bestätigen Er wußte von vornherein, wie jeder Mensch im Kern seines Wesens war. In gewisser Weise glich er einem Röntgen-Spezialisten. Er betrachtete sofort das Astralskelett des anderen. Wo der Unaufmerksamere nur eine Milchstraße wahrnahm, sah Gerald Sternbilder, Planeten, Sternschnuppen, Nebelflecke und so weiter.

«Machen Sie für die nächsten Tage keine wichtigen Pläne», riet er mir. «Verhalten Sie sich vorsichtig. Ihr Mars steht im Quadrat zu Ihrem Merkur. Es ist nicht ratsam, jetzt irgendwelche Entscheidungen zu treffen. Warten Sie, bis Vollmond ist... Sie neigen dazu, eher impulsiv zu sein, nicht wahr?» Und er streifte sein Opfer mit einem schlauen, forschenden Blick, als wollte er sagen: «Du kannst mich nicht hinters Licht führen. Ich durchschaue dich.»

Es gab viel Händeschütteln im Foyer während dieser Pause. Jeder wurde von seinem himmlischen Betreuer vorgestellt. Die Fischmenschen schienen in der Mehrzahl zu sein – laue, freundliche Milch-und-Wasser-Geschöpfe, die zu Glotzaugen und blutloser Blässe neigten. Ich paßte gut auf, ob Skorpione und Löwen da waren, besonders von der weiblichen Spielart. Den Wassermännern ging ich weit aus dem Wege.

Später an diesem Abend, im Restaurant, kamen Gerald und ich zur Sache. Ich erinnere mich nicht, daß er sagte, was er war – vielleicht Zwilling oder Jungfrau –, aber jedenfalls war er verdammt unzuverlässig. Auch haftete ihm etwas Zwitterhaftes an. Er ließ sich wie aufgezogen über Waage, Löwe und Schütze aus. Manchmal machte er umschreibende Bemerkungen über Steinbock – vorsichtig, behutsam, als streue er einem Vogel Salz auf den Schwanz.

Er sprach viel über die verschiedenen Organe des Körpers sowie auch über die Gelenke, Muskeln, Drüsen und andere Körperteile. Er riet seinem Gastgeber, der vor kurzem von einem Lastwagen überfahren worden war, im nächsten Monat vorsichtig mit seinen Kniescheiben zu sein. Die junge Dame zu meiner Linken sollte auf ihre Nieren achtgeben – ein schädlicher Einfluß trat gerade in eines der Häuser ein, die mit den Nieren und den Hormondrüsen zu tun hatten. Ich fragte mich, was für eine Konstellation ihm eine so leberkranke Hautfarbe verliehen und warum er nichts dagegen getan hatte – vielleicht mit Hilfe des Ortsapothekers.

Als ich drei Champagnercocktails getrunken hatte, war ich ganz verwirrt. Ich konnte mich nicht mehr erinnern, ob er gesagt hatte, die kommende Woche werde finanziell gut oder voller Knochenbrüche sein. Abgesehen davon kümmerte ich mich keinen Pfifferling darum. Alle durch mein Horoskop entschleierten saturnischen Einflüsse sind durch einen wohlwollenden und mildtätigen Jupiter mehr als aufgehoben. Nicht ein einziges Mal erwähnte er Venus, wie ich bemerkte. Es war, als kümmere er sich überhaupt nicht um das Liebesleben des anderen. Seine besondere Stärke waren Unfälle, Gehaltserhöhungen und Reisen. Die Unterhaltung begann wie ein Gericht kalter Rühreier im Krankenhaus für Gelenkleiden zu schmecken. Ich versuchte ihn über Pluto auszuforschen, denn Pluto und seine geheimnisvollen Wege beschäftigten mich mehr als die anderen Planeten, aber das Thema schien ihm unangenehm. Er wurde wortkarg, beinahe verdrießlich. Mehr weltliche Fragen hingegen hatte er gern, wie: «Glauben Sie, daß Spaghetti zu einem Menschen meines Temperaments passen?» Oder: «Ist es zur Zeit gut für mich, mir Bewegung zu machen?» Oder: «Wie steht es mit dieser Stellung in San Francisco – ist der Augenblick für einen Wechsel günstig?» Auf solche Fragen hatte er immer eine Antwort bereit. Seine Unverfrorenheit war verblüffend. Er wollte seine Antwort eindrucksvoller machen und schloß manchmal einen Augenblick die Augen, um sich rasch die Himmelslandkarte vorzustellen. Er konnte die Zukunft rückwärts lesen, und doch mußte er sich wie jeder andere Mensch die Morgenzeitung kaufen, um herauszufinden, was (während unserer Unterhaltung) an der russischen Front geschehen war. Wäre die Effektenbörse über Nacht zusammengekracht, so bin ich sicher, daß er keine Ahnung davon gehabt hätte. Als ein paar Wochen später eine Mondfinsternis eintrat, erwartete er Erdrutsche und -beben. Zum Glück für ihn wurde an einem verlorenen Außenposten seismographisch verzeichnet, daß es fünf- oder sechstausend Meilen draußen auf dem Pazifischen Ozean eine Störung gegeben hatte. Niemand hatte darunter zu leiden gehabt, außer die Ungeheuer der Tiefe...

Etwa eine Woche später rief Gerald mich an, um mich zu einer Hauseinstandsfeier einzuladen. Er hatte versprochen, daß ich eine hübsche Schützefrau mit Apfelbrüsten und Himbeerlippen kennenlernen würde. «Sie werden bald sehr geschäftig werden», erklärte er als Abschiedstribut. Die Art, wie er mir diese Neuigkeit mitteilte, klang sehr vielversprechend – wenigstens durchs Telefon. Beim Nachdenken wurde mir aber bewußt, daß Geschäftigkeit an sich nichts zu bedeuten hat. Auch Ameisen und Bienen sind geschäftig, dauernd geschäftig sogar, aber was erreichen sie damit? Außerdem ärgerte mich der Gedanke an Geschäftigkeit. Ich war mit mir in Frieden und wollte wenigstens noch eine kleine Weile so verbleiben.

Es war Spätnachmittag, als wir vor Geralds Haus vorfuhren. Ich hatte zwei Freunde mitgebracht, eine Waage und einen Schützen. Auf beiden Seiten der Straße standen den ganzen Häuserblock entlang Wagen, meistens Limousinen, alle elegant, lackglänzend und von livrierten Chauffeuren bewacht, die bereits begonnen hatten, sich miteinander zu verbrüdern. Als sie uns aus unserem Ford aussteigen sahen, musterten sie uns von oben bis unten mit kritischen Augen.

Es war ein recht hübsches kleines Haus, das Gerald zu seinem neuen Wohnsitz gewählt hatte. Angenehm neutral, möchte ich sagen. Es hätte das Heim eines erfolgreichen Chiromanten oder eines Cellisten sein können. Das Wohnzimmer war voll Menschen, die herumstanden, plauderten, saßen, an ihren Teetassen nippten und Biskuits mampften. Als wir hereinkamen, eilte Gerald auf uns zu und begann uns vorzustellen: Waage – Zwilling... Schütze – Wassermann... Löwe – Steinbock und so weiter.

Als wir alle einander vorgestellt waren, stellte ich mich abseits an das Erkerfenster und beobachtete das Schauspiel. Ich fragte mich, wer sich zuerst auf mich stürzen würde. Ich brauchte nicht lange zu warten.

«Sind Sie an Astrologie interessiert?» wollte ein blasses, hohlwangiges Individuum wissen, das sich mühsam aus dem Sofa herausgewunden hatte, auf dem es zwischen zwei schlampigen Frauenzimmern mit hafermehlfarbenem Teint eingeklemmt gesessen hatte.

«Nur mäßig», erwiderte ich, lächelte und schüttelte seine schlaffe Hand.

«Wir alle mögen Gerald so gerne. Er ist wirklich ein Zauberer. Ich weiß nicht, was wir ohne ihn täten.»

Eine verlegene Pause trat ein, da ich nichts darauf geantwortet hatte. Er fuhr fort: «Sie wohnen in Hollywood, nehme ich an, Mister... Wie war doch gleich Ihr Name? Ich heiße Helblinger, Julius Helblinger.»

Ich streckte noch einmal meine Hand hin und sagte: «Freut mich, Sie kennenzulernen, Mr. Helblinger. Ich wohne nicht hier, ich bin nur auf Besuch da.»

«Sie sind Rechtsanwalt, nicht wahr?»

«Nein, ich bin Schriftsteller.»

«Schriftsteller – wie interessant! Und was für Bücher schreiben Sie, wenn ich fragen darf?»

Hier kam mir Gerald zu Hilfe, der zugehört hatte und sich jetzt aufgeregt zu uns gesellte.

«Sie dürfen sich die Bücher dieses Menschen nicht ansehen», sagte Gerald und hielt seinen Arm mit lockerem Handgelenk und mit wie abgebrochene Holzsplitter herunterbaumelnden Fingern hoch. «Er ist von recht schlimmer Denkungsart – Sie haben doch den 26. Dezember?»

Eben da versuchte sich eines der Ungeheuer auf dem Sofa mit Hilfe eines dünnen, von einem goldenen Knauf gekrönten Stokkes zu erheben. Ich sah sie wie einen toten Fisch zurückfallen und eilte zu ihr hin, um ihr meine Unterstützung anzubieten. Dabei nahm ich ihre Beine wahr, die zwei Stecken glichen. Offenbar war sie nie weiter als von ihrem Wagen bis zur Türschwelle gegangen. Ihre Augen steckten in ihrem teigigen, bleichen Gesicht wie zwei Vogelfutterkörner. Nicht eine Spur von Licht war in ihnen, es sei denn das Glitzern von Gier und Habsucht. Ich konnte sie mir auf dem Rasen in Pasadena vorstellen, wo sie wohnte, wie sie aus einem undichten Blumentopf die Chrysanthemen goß. Vermutlich ging sie vom Friseur zum Zahlendeuter und von diesem zum Handleser und vom Handleser in die Teestube, wo sie nach der zweiten Tasse Tee ein leises Rühren in ihrem Darm spürte und sich beglückwünschte, nicht mehr jeden Tag ein Abführmittel nötig zu haben. Für sie war zweifellos die höchste Freude des Lebens ein guter Stuhlgang. Als ich sie sanft auf die Füße stellte, konnte ich ihr schäbiges Herz wie einen verrosteten Wecker ticken hören.

«Sie sind zu liebenswürdig», sagte sie und versuchte ihr gußeisernes Gesicht zu einem beseligten Lächeln zu verziehen. «Du meine Güte, meine armen Beine scheinen unter mir nachzugeben. Gerald meint, mein Saturn, der in Opposition zum Mars steht, sei daran schuld. Das ist vermutlich mein Kreuz. Was sind Sie – ein Widder? Nein, lassen Sie mich einen Augenblick nachdenken... Sie sind ein Zwilling, nicht wahr?»

«Ja», sagte ich. «Ich bin ein Zwilling, und dasselbe sind meine Mutter und meine Schwester. Merkwürdig, nicht?»

«Das sollte ich meinen», erwiderte sie, jetzt keuchend vor Anstrengung, sich im Gleichgewicht zu halten. Das Blut floß durch ihre Adern wie durch Löschpapier sickernder Klebstoff.

«Gerald findet, ich mache mir zuviel Sorgen. Aber was soll

man tun, wenn einem die Regierung das ganze Einkommen wegfrißt? Natürlich glaube ich, daß wir den Krieg gewinnen werden, aber du meine Güte, was bleibt uns noch, wenn alles zu Ende ist? Ich werde nicht jünger, das steht fest. Wir haben jetzt nur noch einen Wagen, und Gott allein weiß, wann man uns auch den noch wegnehmen wird. Was halten *Sie* vom Krieg, junger Mann? Ist es nicht schrecklich, dieses ganze Gemetzel? Nur der Himmel kann sagen, ob wir hier in Sicherheit sind. Ich wäre durchaus nicht überrascht, wenn die Japaner in Kalifornien einfielen und vor unserer Nase die Küste besetzten. Was glauben Sie? Sie sind ein sehr geduldiger Zuhörer, wie ich sehe. Sie müssen mir verzeihen, wenn ich so drauflos schwätze. Ich bin keine junge Frau mehr. Nun?»

Ich sagte kein Wort. Ich lächelte sie nur an – vielleicht ein wenig traurig.

«Sie sind doch kein Ausländer?» sagte sie und sah plötzlich ein bißchen erschrocken drein.

«Nein», antwortete ich, «nur ein Amerikaner.»

«Von woher sind Sie – aus dem Mittelwesten?»

«Nein, aus New York. Das heißt, dort bin ich geboren.»

«Wohnen aber nicht dort, meinen Sie das? Ich mache Ihnen keinen Vorwurf daraus, ich finde, es ist ein scheußlicher Ort, um dort zu leben... alle diese Ausländer. Ich lebe seit dreißig Jahren hier. Ich möchte nie zurück... Oh, Lady Astenbroke! Wie nett, Sie wiederzusehen. Wann sind Sie angekommen? Ich wußte nicht, daß Sie hier in Kalifornien sind.»

Man ließ mich stehen und den Krückstock halten. Die alte Henne schien mich vollständig vergessen zu haben, obschon ich mich neben ihr bereithielt, ihr klapperiges Gestell in dem Augenblick zu stützen, wo sie schwanken oder zusammenbrechen würde. Schließlich setzte sie, als sie Lady Astenbrokes etwas verlegene Blicke auf mich bemerkte, ihre verrosteten Scharniere in Bewegung und machte eine kleine Drehung, gerade genug, um mir zu verstehen zu geben, daß sie sich meiner Gegenwart bewußt war.

«Lady Astenbroke, erlauben Sie mir, Ihnen Mr.... Verzeihung, wie sagten Sie doch gleich war Ihr Name?»

«Ich habe ihn Ihnen nie gesagt», erklärte ich grob. Ich ließ eine gebührende Pause eintreten und setzte hinzu: «Himmelweiß... August Himmelweiß.»

Lady Astenbroke zuckte bei der Nennung dieses schrecklich teutonischen Namens sichtlich zusammen. Sie hielt zwei eisige Hände hoch, die ich unbeschwert mit unziemlicher Munterkeit und einem herzlichen Schütteln drückte. Was Lady Astenbroke noch mehr ärgerte als der abstoßend überschwengliche Händedruck, war die freche Art, wie ich die drei Kirschen musterte, die über den Rand ihres unglaubwürdigen Hutes herabbaumelten. Nur eine Verrückte der britischen oberen Zehntausend konnte eine solche Ausgeburt entdeckt haben. Sie stand da wie eine von Gainsborough gemalte betrunkene Gestalt, an die Marc Chagall die letzten Pinselstriche angelegt hatte. Um das Empiregefühl zu vervollständigen, das man empfand, hätte es nur noch eines zwischen ihre schlaffen, ledrigen Brüste gesteckten Spargelbündels bedurft. Ihr Busen! Automatisch suchten meine Augen die Stelle, wo ihr Busen hätte sein sollen. Ich hatte den Verdacht, daß sie dort im letzten Augenblick, vielleicht als sie den letzten Tropfen aus ihrem Parfümzerstäuber herausquetschte, einige Hobelspäne hinein geschoben hatte. Ich bin sicher, daß sie nie ihre intimen Stellen, wie sie das nennen, eines Blickes würdigte. Etwas so Abscheuliches! Das waren sie schon immer gewesen... Wenn man nur nicht manchmal sein Wasser abschlagen müßte, könnte man sie vollständig vergessen...

«Lady Astenbroke ist die Verfasserin der Winnie-Wimple-Bücher», beeilte sich das alte Pasadena-Wrack mir zu erklären. Ich wußte, daß von mir erwartet wurde, *au courant* über diese Eröffnung auszusehen, aber es kümmerte mich verdammt wenig, ob Lady Astenbroke eine gefeierte Schriftstellerin oder eine Meisterin im Krocketspiel war. Ich sagte daher ganz ruhig und kaltblütig: «Es tut mir leid, sagen zu müssen, daß ich nie etwas von den Winnie-Wimple-Büchern gehört habe.»

Das schlug wie eine Bombe ein.

«Aber ich bitte Sie, Mr...»

«...Himmelweiß», murmelte ich.

«Bitte, Mr. Himmelweiß, sagen Sie bloß nicht, Sie hätten noch nie etwas von Winnie Wimple gehört. Jedermann hat doch die Winnie-Wimple-Bücher gelesen. Wo waren Sie denn all diese Jahre? Meine Güte, ich habe nie so etwas gehört.»

Lady Astenbroke sagte herablassend: «Mr. Himmelweiß liest vermutlich Thomas Mann, Croce und Unamuno. Ich mache ihm keinen Vorwurf daraus. Ich schreibe, weil ich mich langweile. Ich kann meine Bücher kaum selber lesen. Sie sind wirklich aufreizend einfach.»

«Meine liebe Lady Astenbroke, wie können Sie so etwas sagen! Ihre Bücher sind doch bezaubernd! Vergangenen Winter, als ich Gicht hatte, las ich sie alle, jedes einzelne noch einmal. Was für Einfälle Sie haben! Welche Phantasie! Ich weiß nicht, was wir ohne Ihre Winnie Wimples täten, wirklich nicht... Ach, da kommt Baron Hufnagel. Ich *muß* ein Wort mit ihm reden. Sie entschuldigen mich doch, Lady Astenbroke?» Sie humpelte dem anderen Ende des Zimmers zu und rief hysterisch: «Baron Hufnagel! Baron Hufnagel!»

Lady Astenbroke ließ sich auf das Sofa nieder, als ob sie einen gläsernen Hintern hätte. Ich erbot mich, ihr Tee und Biskuits zu bringen, aber offenbar verstand sie mich nicht. Sie starrte mit glasigen Augen auf die Photographie einer üppigen, ziemlich spärlich bekleideten Blondine, die auf einem Tischchen neben ihr stand. Ich verdrückte mich, und dabei prallte mein Hinterteil mit dem einer verwelkten Schauspielerin zusammen. Ich wollte mich gerade entschuldigen, als ich ein schrilles Lachen vernahm, das wie zerbrechender Schiefer klang.

«Ich bin's nur, bemühen Sie sich nicht», stieß sie gurgelnd hervor. «Die Eskimos reiben die Nasen aneinander...» Wieder eine kleine Lachsalve à la Galli Curci, wenn sie eine fallende Tonleiter singt. Und dann: «Ich bin 12. November, was sind Sie?»

«26. Dezember», erwiderte ich, «ganz Bock mit einem Paar Hörner.»

«Wie nett! Ich weiß nicht, was ich bin – eine Schlange oder ein Tausendfüßler. Etwas vom Teufel steckt in mir und ziemlich viel Sexus.» Sie warf mir aus ihren porzellanblauen Augen einen aufreizenden Blick zu. «Hören Sie», dabei schmiegte sie sich enger an, «glauben Sie, für mich einen Schluck zum Trinken auftreiben zu können? Ich habe darauf gewartet, daß mir dieser komische Kauz (sie deutete auf Gerald) etwas anbieten würde, aber ich glaube nicht, daß er das jemals tut. Was wird hier eigentlich gespielt? Führt hier jemand einen Anfall vor, oder was sonst? Nebenbei bemerkt, ich heiße Peggy. Und Sie?»

Ich nannte ihr meinen wirklichen Namen. «Offiziell», sagte ich, «kennt man mich als Himmelweiß.» Ich blinzelte ihr zu.

«Offiziell!» wiederholte sie. «Ich verstehe nicht. Wieso offiziell?»

«Lauter Verrückte», erklärte ich. «Wissen Sie –» und ich pochte an meine Stirn.

«Ach, so ist das. Sie meinen, daß bei allen eine Schraube locker ist? Das dachte ich mir auch. Hören Sie zu, was ist das für ein Kerl, der den Laden hier schmeißt? Was ist seine Masche?»

«Horoskope.»

«Sie meinen Astrologie? Passen Sie auf, ich bin keine so dumme Pute. Was steckt dahinter? Wozu hat er alle diese Leute zusammengetrommelt? Will er sie ausnehmen? Wenn er mich reinzulegen versucht, wird er eine große Überraschung erleben.»

«Ich glaube nicht, daß er Sie belästigen wird», beruhigte ich sie. «Jedenfalls nicht in dieser Weise.» Ich warf ihr wieder einen schlüpfrigen Seitenblick zu.

«Ich verstehe. Das also ist seine Masche!» Sie musterte kühl die Gäste. «Nicht viel Konkurrenz in dieser Hinsicht, möchte ich sagen. Vielleicht sind sie nur ein Deckmantel.» Mit einer geringschätzigen Kopfbewegung tat sie die häßlichen alten Weiber in unserer nächsten Umgebung ab.

«Und was ist *Ihre* Masche?» wollte sie plötzlich wissen.

«Meine Masche? Oh, ich schreibe.»

«Was Sie nicht sagen... ist das Ihr Ernst? Was schreiben Sie? Geschichte, Biologie... ?»

«Schlimme Bücher», sagte ich und versuchte tief zu erröten.

«Was für eine Art von schlimmen Büchern? Schlimm-schlimm – oder einfach Schmutz?»

«Einfach Schmutz, nehme ich an.»

«Sie meinen Lady Chatterby oder Chatersley oder wie zum

82

Teufel das heißt? Sie meinen doch nicht solchen Spülicht, nicht wahr?»

«Nein, nicht von der Art... einfach nackte Unzucht. Sie verstehen: Das Pflänzchen hinuntergeduckt, Kuß, Kunstgriff und flachgelegt...»

«*Nicht so laut!* Wo glauben Sie denn, daß Sie sind?» Sie warf einen raschen Blick über ihre Schulter. «Hören Sie zu, warum setzen wir uns nicht wo hin und unterhalten uns darüber? Was haben Sie noch zu bieten? Es klingt vielversprechend. Was sagten Sie, daß Sie sind – ein Bock? Was ist das – Schütze?»

«Steinbock.»

«*Steinbock!* Nun kommen wir der Sache näher. Was sagten Sie, daß Ihr Geburtsdatum ist? Ich möchte mir das merken... Sind alle Steinböcke so? Allmächtiger, ich dachte, ich sei sexuell versiert, aber vielleicht kann ich noch allerhand lernen. Hören Sie zu, kommen Sie dort rüber, wo niemand Sie hören kann. Was sagten Sie doch gleich, was Sie schreiben? Ohne Umschweife was?»

«Ohne Umschweife hinuntergeduckt, Kuß, Kunstgriff und flachgelegt...»

Sie sah zu mir auf, als wollte sie mich segnen. Sie streckte mir ihre Hand hin. «Geben Sie mir die Hand, Genosse! Sie sprechen meine Sprache. Können Sie das ein wenig ausmalen, da wo Sie aufgehört haben? Das waren schöne klare Worte, gemünztes Gold! Können Sie nicht ein paar erotische Phantasien abhaspeln? Los, versuchen Sie's. So was, man stelle sich vor, ausgerechnet *Sie* hier zu finden. Und wie steht's mit einem Gläschen, he? Bringen Sie mir keine abgestandene Pferdepisse. Whisky, wenn Sie einen finden können... Warten Sie einen Augenblick, laufen Sie noch nicht fort. Erzählen Sie mir noch was, bevor Sie gehen. Fangen Sie mit Hinunterducken an, Sie wissen schon, so wie vorhin. Nur flechten Sie ein wenig Phantasie hinein. Vielleicht sehen wir beide, Sie und ich, uns gewisse Sehenswürdigkeiten an, ehe die Nacht um ist. Sie werfen doch nicht nur mit Worten um sich? Das wäre grausam. Kommen Sie her, ich will Ihnen etwas ins Ohr flüstern.» Als ich mich hinüberbeugte, sah ich Gerald geradewegs auf uns zukommen.

«Scheuchen Sie diesen Kerl weg», flüsterte sie. «Er sieht für mich aus wie eine Portion Krabben.»

«Was flüstert ihr beiden da miteinander?» fragte Gerald, strahlend wie das Zwillingsgestirn.

«Bruder, das würdest du nie erraten!» Sie ließ ein dreckiges Lachen hören – ein klein wenig zu laut, wie ich an dem Ausdruck von Geralds Gesicht erriet. Gerald beugte sich vor und sagte mit gedämpfter Stimme: «Es war was Geschlechtliches, nicht wahr?»

Die Frau sah verblüfft, ja, fast erschrocken zu ihm auf. «Sagen Sie, sind Sie ein Gedankenleser? Wie zum Teufel wußten Sie das? Sie können doch nicht von den Lippen ablesen – oder?»

«Von *Ihren* Lippen könnte ich selbst im Dunkeln ablesen», bemerkte Gerald und warf ihr einen vernichtenden Blick zu.

«Sie versuchen doch hoffentlich nicht, mich zu beleidigen? Passen Sie auf, ich kenne selber ein paar Kniffe. Mag sein, daß ich nichts von Astrologie verstehe, aber Sie habe ich durchschaut.»

«Psst!» Gerald legte die Finger an die Lippen. «Nicht hier, meine Liebe. Sie wollen mich doch nicht vor allen diesen Leuten bloßstellen?»

«Nicht, wenn Sie was zum Trinken herbringen können. Wo halten Sie's denn versteckt? Sagen Sie mir's nur. Sie sind doch nicht mit Limonade aufgezogen worden.»

Gerald wollte ihr gerade etwas ins Ohr flüstern, als ihn eine hinreißende Schönheit, die gerade hereingekommen war, an den Rockschößen zog.

«Diana! Sie hier! Wie reizend. Ich habe mir nicht träumen lassen, daß Sie kommen würden.» Er tänzelte mit ihr in eine andere Ecke des Zimmers, ohne sich die Mühe zu machen, sie vorzustellen. Vermutlich beglückwünschte er sich, glücklich entwischt zu sein.

«Er ist ein elender, schofler Miesling», murmelte die Blonde zwischen den Zähnen. «Er hätte uns sagen können, wo er es aufbewahrt. Vorzugeben, ganz von Diana hingerissen zu sein. Huh! Er würde in Ohnmacht fallen, wenn man ihm eine – Sie wissen schon! – mit Haaren drumherum zeigen würde.»

Der Platz war von der Art, daß man nicht lange dasitzen

konnte, ohne gestört zu werden. Während Peggy in den Anrich-
teraum ging, um nach Alkohol zu suchen, kam eine norwegische
alte Jungfer, die im Nebenzimmer Tee servierte, mit einem berühmten Analytiker an der Hand auf mich zu. Er war ein Wassermann, dessen Venus unbestrahlt war. Er sah aus wie ein zu
einer Wüstenratte entarteter Zahnarzt. Seine falschen Zähne
schimmerten bläulich unter einer Zahnfleischfassung aus Kau-
tschuk. Er trug ein dauerndes Lächeln zur Schau, das abwech-
selnd Befriedigung, Zweifel, Begeisterung und Widerwillen ausdrückte. Die Norwegerin, die medial veranlagt war, beobachtete
ihn ehrerbietig und legte sogar seinen Seufzern und seinem
Brummen Bedeutung bei. Sie war eine Fischfrau, wie sich herausstellte, und ihre Adern waren mit der Milch des Mitleids gefüllt. Sie wollte, daß alle Leidenden zu Dr. Blunderbuß kommen
sollten. Er sei wirklich einzigartig, so belehrte sie mich, nachdem
er sich verabschiedet hatte. Sie verglich ihn zuerst mit Paracelsus,
dann mit Pythagoras und schließlich mit Hermes Trismegistos.
Das brachte uns auf das Thema der Reinkarnation. Sie sagte, sie
könnte sich an drei frühere Reinkarnationen erinnern – bei einer
von ihnen sei sie ein Mann gewesen. Das sei während der Pharao-
nenzeit gewesen, bevor die Tempelpriester die alten Lehren ver-
fälscht hatten. Sie erfülle langsam ihr Karma im Vertrauen darauf, in weiteren Millionen Jahren der Tretmühle von Geburt und
Tod zu entrinnen.

«Die Zeit bedeutet nichts», murmelte sie mit halbgeschlosse-
nen Augen. «Es gibt so viel zu tun... so viel. Wollen Sie nicht
unser köstliches Gebäck versuchen? Ich habe es selbst gemacht.»

Sie nahm mich bei der Hand und führte mich ins Nebenzimmer, wo eine betagte Tochter der Revolution Tee einschenkte.

«Mrs. Farquahar», sagte sie, wobei sie mich noch immer an
der Hand hielt, «dieser Herr würde gerne eines unserer Plätzchen versuchen. Wir haben uns gerade glänzend mit Dr. Blunderbuß unterhalten, nicht wahr?» Sie blickte mir mit der rührenden Ergebenheit eines dressierten Pudels in die Augen. «Mrs.
Farquahar ist schrecklich medial», setzte sie hinzu und reichte
mir ein köstliches Gebäck und eine Tasse Tee. «Sie war eine in-
time Freundin von Madame Blavatsky. Sie haben natürlich *Die*

Geheimlehre gelesen? Natürlich haben Sie das... ich weiß, daß Sie einer von den unsrigen sind.»

Ich bemerkte, daß Mrs. Farquahar mich merkwürdig ansah. Sie blickte mir nicht in die Augen, sondern musterte mich von der Seite von meinen Haarwurzeln aufwärts. Ich dachte, vielleicht stünde Lady Astenbroke hinter mir – und die drei Kirschen baumelten über meinem Kopf.

Plötzlich öffnete Mrs. Farquahar den Mund. «Was für eine schöne Aura! Violett... mit einem Schimmer von Magentarot. *Schauen Sie!*» und sie zog die Norwegerin zu sich heran, ließ sie die Knie beugen und eine etwa drei Zoll über meinen gelichteten Locken gelegene Stelle an der Wand betrachten. «Sehen Sie es, Norma? Machen Sie ein Auge zu. So... *da*!»

Norma ging ein wenig tiefer in die Knie, machte, so gut sie konnte, schmale Augen, mußte aber gestehen, daß sie nichts sehen konnte.

«Was denn, sie ist doch so deutlich wie möglich. Jedermann kann sie sehen! Schauen Sie nur genau hin. Dann werden Sie es sehen...»

Mittlerweile beugten mehrere alte Hennen die Knie und versuchten nach bestem Vermögen den Glorienschein zu sehen, der meinen Schädel umgab. Eine von ihnen schwor, sie sehe ihn ganz deutlich – aber es stellte sich heraus, daß sie Grün und Schwarz statt Violett und Magentarot sah. Das ärgerte Mrs. Farquahar. Sie machte sich daran, wütend Tee einzugießen, wobei sie schließlich eine Tasse über ihr lavendelfarbenes Kleid verschüttete. Norma war schrecklich bestürzt. Sie machte ein Getue um Mrs. Farquahar wie eine naß gewordene Henne.

Als Mrs. Farquahar aufstand, war ein riesiger Fleck zu sehen. Es sah aus, als habe sie vor Aufregung die Selbstkontrolle verloren. Ich stand da, sah den Fleck an und hob instinktiv eine Hand über meinen Kopf, um sie in dem violetten Licht meiner Aura zu baden.

Eben da warf mir ein glattrasierter, ein wenig beleibter Innendekorateurtyp von Homosexuellem einen verständnisvollen Blick zu und bemerkte mit einem verbindlichen, seidigen Ton der Stimme, meine Aura sei einfach pyramidal. «Seit Jahren habe ich keine solche gesehen», rief er aus und bediente sich lässig mit einer Handvoll hausgemachter Plätzchen. «Meine ist einfach zu häßlich für Worte... wenigstens sagt man mir das. Sie müssen einen prachtvollen Charakter haben. Meine einzige verdienstvolle Eigenschaft ist, daß ich hellhörig bin. Ich wäre so gerne auch hellsehend. Sie nicht auch – oder sind Sie's? Ich nehme an, daß Sie es sind... dumm von mir zu fragen. Jeder mit *Ihrer* Aura...» Er machte eine liebenswürdige kleine Bewegung und wackelte mit den Hüften. Ich dachte, er würde mit der Hand winken und Juhu schreien! Aber er tat es nicht.

«Sie sind ein Künstler, nehme ich an», sagte ich nach diesem koketten Meinungsaustausch auf gut Glück.

«Ich darf wohl annehmen, daß ich einer bin», gab er zur Antwort und senkte sittsam die Wimpern. «Ich gehe gern mit schönen Dingen um. Aber Zahlen und allsowas sind mir einfach ein Greuel. Freilich habe ich die meiste Zeit meines Lebens im Ausland verbracht – das macht viel aus, glauben Sie nicht auch? Haben Sie jemals in Florenz oder in Ravenna gelebt? Ist Florenz nicht ein entzückender Ort? Ich weiß nicht, warum wir einen Krieg haben mußten. Er ist eine *so* schmutzige Angelegenheit. Ich hoffe, die Engländer verschonen Ravenna. Diese schrecklichen Bomben! Ach, es läßt mich schaudern, wenn ich daran denke...»

Eine Frau, die neben uns gestanden hatte, ergriff jetzt das Wort. Sie sagte, das Glück sei die letzten sieben Jahre, seitdem sie sich in Majorka aus der Hand hatte lesen lassen, ständig gegen sie gewesen. Zum Glück habe sie für schwere Zeiten einen Notpfennig zurückgelegt – eine runde Million, wie sie ohne Wimpernzucken sagte. Jetzt, da sie Vermittlerin geworden sei, ließen sich die Dinge ein wenig besser an. Sie habe gerade jemandem ein Engagement mit dreitausend in der Woche verschafft. Noch ein paar solche Geschäfte – und sie würde nicht verhungern müssen. Ja, es sei eine recht angenehme Tätigkeit. Schließlich müsse man eine Beschäftigung haben, eine Ablenkung. Das sei viel besser, als daheim zu sitzen und sich Sorgen zu machen, was die Regierung mit unserem Geld anfangen würde.

Ich fragte sie, ob sie zufällig eine Adventistin vom siebenten

Tage sei. Sie lächelte mit ihrem Goldzahn. «Nein, nicht mehr. Ich glaube, ich bin nur eben eine Gläubige.»

«Und wie lernten Sie Gerald kennen?» erkundigte ich mich.

«Oh, *Gerald*...» und sie stieß ein durchdringendes, schäkerndes kleines Lachen aus. «Ich lernte ihn eines Abends bei einem Boxkampf kennen. Er saß mit einem Hindu-Nabob oder so was zusammen und bat mich um Feuer. Er fragte mich, ob ich nicht eine Waagefrau sei, und ich sagte ihm, ich wisse nicht, von was er rede. Dann meinte er: ‹Sind Sie nicht zwischen dem ersten und dem fünften Oktober geboren?› Ich erwiderte ihm, ich sei am ersten geboren. ‹Dann sind Sie also eine Waagefrau›, sagte er. Ich war so verblüfft, daß ich ihn mein Horoskop stellen ließ. Seit damals wurden die Dinge rosiger. Anscheinend stand ich unter einer Verdunkelung. Ich verstehe das Ganze jetzt noch nicht... verstehen Sie's? Jedenfalls ist es faszinierend, finden Sie nicht auch? Stellen Sie sich vor, man wird um Feuer gebeten und bekommt gesagt, wann man geboren ist. Er ist unerhört begabt, dieser Gerald. Ich würde nicht einen Schritt machen, ohne ihn vorher zu Rate zu ziehen.»

«Ich frage mich, ob Sie mir wohl eine Stellung beim Film verschaffen könnten», warf ich ein. «Ich bin augenblicklich günstig bestrahlt, behauptet Gerald.»

«Sind Sie Schauspieler?» Sie sah ziemlich erstaunt drein.

«Nein, ich bin Schriftsteller. Ich gäbe einen guten Lohnschreiber ab, wenn mir eine anständige Gelegenheit geboten würde.»

«Sind Sie gut im Dialog?»

«Das ist meine Stärke. Wollen Sie eine Kostprobe? Passen Sie auf... Zwei Männer gehen die Straße hinunter. Sie entfernen sich von einem Unglücksfall. Es ist dunkel, und sie haben sich verlaufen. Einer von ihnen ist übermäßig aufgeregt. Dialog:

Der Aufgeregte: Wo, glauben Sie, könnte ich diese Papiere hingesteckt haben?

Der Ruhige: Vermutungen sind oft wie Stöße ins Leere auf einem Billardtisch ohne Bespannung.

Der Aufgeregte: Wie? Jedenfalls, wenn sie in die falschen Hände geraten, bin ich erledigt.

Der Ruhige: Sie sind sowieso erledigt... Ich glaubte, wir hätten all das längst geregelt.

Der Aufgeregte: Glauben Sie, jemand könnte sie mir aus der Tasche geklaut haben, während wir dort standen? Warum haben sie nicht auch meine Uhr und die Kette genommen? Wie erklären Sie sich das?

Der Ruhige: Ich habe keine Erklärung dafür. Ich kann weder etwas vermuten noch erklären. Ich beobachte nur.

Der Aufgeregte: Sind Sie der Meinung, ich sollte die Polizei anrufen? Mein Gott, Menschenskind, wir müssen doch etwas unternehmen!

Der Ruhige: Sie wollen sagen, *Sie* müssen etwas unternehmen. Ich brauche nur nach Hause zu gehen und mich schlafen zu legen. Nun, hier trennen sich unsere Wege. Gute Nacht!

Der Aufgeregte: Sie wollen mich doch nicht jetzt verlassen? Mich einfach so stehen lassen?

Der Ruhige: Ich sage immer genau das, was ich meine. Gute Nacht, und schlafen Sie wohl!

Ich könnte so eine halbe Stunde weitermachen. Wie war es? Ziemlich schlecht? Alles natürlich aus dem Stegreif. Wenn ich es zu Papier brächte, würde es ganz anders klingen. Ich gebe Ihnen noch ein anderes Beispiel, wenn Sie wollen... Diesmal sind es zwei Frauen. Sie warten auf einen Omnibus. Es regnet, und sie haben keine Schirme...»

«Entschuldigen Sie mich», sagte die Waage, «aber ich muß gehen. Es war so nett, Sie kennenzulernen. Ich bin sicher, daß es Ihnen nicht schwerfallen wird, eine Stellung in Hollywood zu finden.»

Sie ließ mich wie einen nassen Regenschirm stehen. Ich fragte mich, ob meine Aura noch zu sehen oder ob sie erloschen war. Niemand schien sich mehr im geringsten darum zu kümmern.

Jetzt, da die alten Damen ihre Eingeweide mit lauwarmem Tee durchspült hatten, dachten sie daran, zum Abendessen nach Hause zu gehen. Eine nach der anderen erhoben sie sich behutsam von ihren Sitzen und humpelten langsam der Türe zu, wobei sie sich auf Stöcke, Krücken, Schirme und Golfschläger stützten. Lady Astenbroke blieb anscheinend noch. Sie war in eine spannende Unterhaltung mit einer beleibten Kubanerin vertieft, die ein süßlich gemustertes Kleid trug, dessen Ärmel einer früheren Mode entsprechend hammelkeulenförmig geschnitten waren. Sie bedienten sich gleichzeitig verschiedener Sprachen, da Lady Astenbroke eine vollendete Linguistini war. Ich stand in nächster Nähe von ihnen hinter einem Gummibaum und versuchte, dieses verblüffende Kauderwelsch zu entziffern. Als die Aufbrechenden herantraten, um sich von ihr zu verabschieden, krümmte Lady Astenbroke sich wie eine abgeknickte Angel und streckte ihre feuchtkalte, von Ringen funkelnde Hand hin. Die Chauffeure standen um die Haustür geschart, bereit, ihren betagten Schützlingen den Arm zu reichen. Gerald brachte seine Gönnerinnen der Reihe nach zu ihren jeweiligen Wagen. Er sah aus wie ein distinguierter Orthopäde, der gerade ein stattliches Honorar eingesteckt hat. Als das letzte Wrack verschwunden war, stand er, sich die Stirne trocknend, auf der Türschwelle, zog ein silbernes Zigarettenetui aus seiner Hüftentasche, zündete sich eine Zigarette mit Korkmundstück an und blies eine dünne Rauchwolke durch seine Nasenlöcher. Ein schmaler Halbmond war niedrig über dem Horizont zu sehen. Gerald blickte ihn unverwandt ein paar Augenblicke an, paffte ein paar Züge und warf dann die Zigarette weg. Als er wieder ins Haus trat, blickte er suchend um sich. Ein Anflug von Enttäuschung war auf seinem Gesicht zu sehen; offenbar war die Besucherin, nach der er Ausschau hielt, nicht gekommen. Zerstreut nagte er an seinen Lippen. «Ach, Quatsch!» schien er zu sagen, und dann machte er einen Abstecher in die Küche, wo er vermutlich für sich allein in aller Stille ein Schlückchen trank.

Lady Astenbroke sprach jetzt französisch mit der Kubanerin. Sie schwärmte von Juan-les-Pins, Cannes, Pau und anderen berühmten Kurorten. Offenbar hatte sie lange Zeit sowohl in Südfrankreich als auch in Italien, der Türkei, Jugoslawien und Nordafrika verbracht. Die Kubanerin hörte gelassen zu und fächelte sich dabei mit einem winzigen Elfenbeinfächer, der nur aus einem Museum gestohlen sein konnte. Der Schweiß fiel in kleinen Tropfen auf ihren Busen. Manchmal tupfte sie den riesigen Spalt zwischen ihren eng eingeschnürten Brüsten mit einem kleinen seidenen Taschentuch ab. Sie tat das ganz beiläufig, ohne ein einziges Mal die Augen zu senken. Lady Astenbroke tat, als bemerke sie diese unschicklichen Gesten nicht. Wenn sie sich Zeit zum Nachdenken genommen hätte, wäre sie entsetzt gewesen. Lady Astenbroke hatte vermutlich ihre eigenen Brüste seit dem Tag, als sie verschrumpft waren, niemals mehr berührt.

Die Kubanerin war sehr dick, und der Stuhl, auf dem sie saß, sehr unbequem. Ihr Hintern hing über den Stuhlsitz wie ein Stück schlappe Leber. Gelegentlich, wenn Lady Astenbrokes Blicke unruhig im Zimmer umherschweiften, kratzte sie sich heimlich den Hintern mit dem Griff ihres kleinen Fächers. Einmal schob sie ihn, ohne es zu merken, daß ich in der Nähe stand, den Rücken hinunter und schabte kräftig auf und ab. Es war offensichtlich, daß sie das Interesse an Lady Astenbrokes zusammenhanglosen Bemerkungen verloren hatte. Ihr einziger Wunsch war, sobald wie möglich heimzukommen, ihr Korsett herunterzureißen und sich zu kratzen wie ein räudiger Hund.

Ich war überrascht, daß sie einen herantretenden adretten, kleinen Mann als ihren Gatten vorstellte. Irgendwie hatte ich nicht erwartet, daß sie einen Mann hatte, aber da war er in Fleisch und Blut, ein Monokel im Auge und ein Paar buttergelbe Handschuhe in der Hand. Er war ein italienischer Graf, wie ich erfuhr, als er vorgestellt wurde, und von Beruf Architekt. Etwas ungemein Bewegliches und Hartnäckiges war an ihm, etwas von einem Raubvogel und etwas von einem Dandy. Auch etwas von der Sorte Dichter, die mit dem Kopf nach unten an der Decke spazierengehen oder am Lüster baumeln, während sie einen Satz oder eine Kadenz überlegen. Er hätte mit Wams und Kniehose, ein großes Herz auf der Brust, natürlicher ausgesehen.

Mit unendlicher Geduld, die nicht ohne Bosheit war, stand er hinter dem Stuhl seiner Frau und wartete, bis sie ihre Unterhaltung mit Lady Astenbroke beendete. Eine undefinierbare Bitterkeit verlieh ihm das Aussehen eines neapolitanischen Barbiers, der auf die Gelegenheit wartet, seiner Frau rasch die Kehle durchzuschneiden. Zweifellos würde er sie knuffen, wenn sie im Wagen saßen, bis sie schwarz und blau war.

Jetzt waren nur noch etwa ein Dutzend Menschen in dem großen Zimmer zurückgeblieben. Meistens Jungfrauen und Zwillinge, so schien es mir. Eine Erschlaffung, eine durch die schwüle Hitze und das Summen der Insekten verursachte leise Betäubung hatte sie überkommen. Gerald war im Schlafzimmer, wo die Photographien seiner Lieblingsfilmstars – zweifellos seine Kundinnen – in die Augen fallend herumstanden. Eine recht anziehende junge Frau saß neben ihm am Schreibtisch. Sie gingen zusammen ein Horoskop durch. Ich erinnerte mich, daß sie mit einem hübschen jungen Mann, entweder ihrem Liebhaber oder ihrem Mann, gekommen war und daß die beiden sich beinahe sofort getrennt hatten.

Der junge Mann, wie sich herausstellte, ein Schauspieler – er spielte Wildwestrollen bei der Universal – hatte das anziehende Wesen eines Menschen, der vor dem Überschnappen ist. Er wanderte nervös umher, huschte von einer Gruppe zur anderen, hielt sich am Rande, hörte ein paar Augenblicke zu und riß dann aus wie ein Hengstfüllen. Ich konnte sehen, daß er ums Leben gern mit jemandem gesprochen hätte. Aber niemand gab ihm eine Gelegenheit. Schließlich ließ er sich neben eine häßliche kleine Frau, von der er keinerlei Notiz nahm, aufs Sofa sinken. Er blickte unglücklich um sich, bereit, bei der geringsten Herausforderung zu explodieren.

Nun erfolgte der Auftritt einer Frau mit flammendrotem Haar und violetten Augen. Hinter ihr her kam ein baumlanger Flieger mit Schultern wie Atlas und dem scharfen, schnabelartigen Gesichtsschnitt des Flugzeugmenschen. «Hallo, alle!» sagte sie in der Voraussetzung, daß jedermann sofort wußte, wer sie war. ‹Ich bin da, seht ihr… Ihr möchtet es wohl nicht für möglich halten. Nun, legt mit den Komplimenten los… ich bin ganz Ohr›, schien sie zu sagen, während sie sich auf den Rand eines wackeligen Sessels niederließ, den Rücken steif wie einen Ladestock, mit funkelnden Augen und vor Ungeduld zuckenden Zehen. Ihr einwandfreier englischer Akzent stand im Widerspruch zu ihren beweglichen Gesichtszügen. Sie hätte Conchita Montenegro oder Lulu Hegoroboru sein können. Jedenfalls alles andere als eine Blume des Britischen Empires. Ich erkundigte mich diskret, wer sie war. Eine brasilianische Tänzerin, sagte man mir, die gerade in den Film hineingeplatzt war. Ein brasilianischer Pfau wäre der richtigere Ausdruck gewesen. Eitelkeit, nichts als Eitelkeit! Sie stand ihr an die Stirn geschrieben. Sie hatte ihren Stuhl in die Mitte des Zimmers gerückt – um sicher zu sein, daß niemand anderer die Aufmerksamkeit der erschlafften Gesellschaft mit Beschlag belegte.

«Ja, wir nahmen von Rio das Flugzeug», erklärte sie. «Ich reise nur per Flugzeug. Vermutlich eine Verschwendung, aber ich bin zu ungeduldig. Den Hund mußte ich beim Dienstmädchen zurücklassen. Ich finde alle diese dummen Vorschriften so blöde. Ich...»

Ich... ich... ich... Sie schien nie die zweite oder dritte Person zu gebrauchen. Sogar wenn sie vom Wetter sprach, tat sie das in der ersten Person Einzahl. Sie war wie ein glitzernder Eisberg, wobei das «Es» sich ganz unter der Wasserfläche befand und ihr sowenig nützen konnte wie etwa der Prophet Jonas dem Walfisch. Wenn sie sprach, zuckten ihre Zehen. Elegante Zehen mit polierten Nägeln, Zehen, mit denen sie die verwickeltsten Bewegungen ausführen konnte. Zehen, bei denen man in Ohnmacht fällt, wenn man sie küßt.

Was mich erstaunte, war die Steifheit ihres Körpers. Nur ihr Kopf und ihre Zehen waren von Leben erfüllt – das übrige schien empfindungslos. Aus dem Zwerchfell dieses bewegungslosen Torsos holte sie ihre Stimme herauf, eine zugleich verführerische und schrille Stimme. Sie sagte nichts, was sie nicht schon hundert- oder tausendmal wiederholt hatte. Sie saß da wie ein Rattenfänger und flötete immer dieselbe Melodie, machte ein fröhliches, heiteres und aufgeschlossenes Gesicht, war aber in Wirklichkeit bis zu Tränen gelangweilt, erstickt von einem *ennui*. Sie war nichts und hörte nichts, ihr Inneres war blank und fehlerfrei wie fleckenloser Stahl.

«Ja, ich bin auch Zwilling», hörte ich sie sagen, wobei sie durch den Tonfall ihrer Stimme zu verstehen gab, daß die Götter sie wahrhaftig gesegnet hatten. «Ja, ich bin sehr dualistisch.» Ich... ich... ich... ich... Sogar in ihrer Zweiheit war sie nichts anderes als ein großes Ich.

Plötzlich kam Gerald aus dem Schlafzimmer. «Lolita!» rief er und legte einen besonders jubelnden Ton in seine Fistelstimme. «Wie reizend von Ihnen! Wie *blendend* Sie aussehen!» Er hielt sie wie beim Ballett mit ausgestreckten Armen mit den Fingerspitzen von sich ab und bewunderte sie mit rollenden Augäpfeln von Kopf bis Fuß.

Während er diese kleine Farce aufführte, schweifte mein Blick ab und blieb zufällig an der Frau vor dem Schreibtisch im Schlafzimmer haften. Sie hatte ein Taschentuch aus ihrer Handtasche gezogen und trocknete sich die Augen. Ich sah sie fieberhaft die Hände ringen und flehentlich zur Decke blicken. Sie schien völlig gebrochen.

«Meine liebe Lolita, es war so nett von Ihnen, uns die Ehre anzutun. Sie sind mit dem Flugzeug gekommen, nehme ich an? Wie schick! Sie verschwenderische Person, Sie! Und dieser bezaubernde Hut... wo haben Sie ihn gekauft? In Rio, vermutlich? Sie laufen doch noch nicht weg, hoffe ich? Ich muß Ihnen so wundervolle Dinge erzählen. Ihre Venus ist jetzt ganz prachtvoll.»

Lolita schien über diese Verkündigung durchaus nicht überrascht zu sein. Vermutlich wußte sie über die Stellung ihrer Venus besser Bescheid als Gerald und alle die Seelenscharlatane der Unterwelt. Ihre Venus war immer unter Kontrolle. Ihr Liebesleben litt nur an gewissen Tagen unter einer Verfinsterung. Selbst dann aber konnte man eine Menge Dinge tun.

Jetzt, da sie auf den Beinen stand, war ihr Körper belebter. Von den Hüften ging ein Glanz aus, der nicht wahrnehmbar war, wenn sie saß. Sie bediente sich ihrer ebenso wie eine kokette Frau ihrer Augenbrauen. Sie ließ züchtig erst die eine, dann die andere Hüfte spielen.

Sie machte ein paar Schritte auf das Schlafzimmer zu mit der Lebhaftigkeit eines Eiszapfens, der gerade am Auftauen ist. Ihre Stimme hatte jetzt einen anderen Tonfall. Sie schien aus dem Venusgürtel zu kommen; sie war saftig und ging einem durch und durch, wie ein in saurem Rahm schwimmender Rettich.

«Wenn Sie fertig sind», sagte sie mit einem Blick über Geralds Schulter auf die Gestalt im Schlafzimmer, «hätte ich gerne ein Wort mit Ihnen gesprochen.»

Es klang wie: ‹Schau, daß du diesen heulenden armen Wurm dort drinnen los wirst, dann erzähle ich dir etwas von meinem tollen Liebesleben.›

«Oh, wir werden im Nu fertig sein», beteuerte Gerald und wandte den Kopf in Richtung auf das Schlafzimmer.

«Sie machen besser kurzen Prozeß», meinte Lolita. «Ich muß bald wieder gehen.» Sie gab ihrer linken Hüfte einen kaum merklichen Ruck, als wolle sie sagen: ‹Ich warne dich. Mach's kurz!›

Eben da erschien der brasilianische Flieger mit einem Tablett voll belegter Brötchen und Gläsern mit Sherry. Lolita stürzte sich gierig darauf. Der Cowboy mit dem wahnsinnigen Ausdruck im Blick war aufgesprungen und bediente sich herzhaft. Lady Astenbroke saß in ihrer Ecke und wartete hochmütig, daß ihr jemand die Platte reichte. Plötzlich schien es, als sei jeder auf dem Quivive. Die Insekten hörten auf zu summen, und die Hitze ließ nach. Die allgemeine Betäubung schien sich zu verflüchtigen.

Das war der Augenblick, auf den der Cowboy gewartet hatte. Jetzt hatte er eine Gelegenheit, das Wort zu ergreifen, und tat das auch mit einer tiefen, dröhnenden Stimme, der trotz ihres hysterischen Beiklangs etwas Einschmeichelndes anhaftete. Er war einer von diesen durch die Filmateliers hervorgebrachten Kraftmenschen, denen ihre falsche Männlichkeit verhaßt ist. Er wollte uns von seinen Ängsten und Nöten erzählen, von denen er ein reichliches Teil auf dem Buckel hatte. Er wußte nicht recht, wie er beginnen sollte, das war offensichtlich, aber er war entschlossen, uns irgendwie zum Zuhören zu bringen. So begann er, ganz so, als sei das den ganzen Nachmittag das Gesprächsthema gewesen, von seinen Schrapnellverwundungen zu sprechen. Er wollte uns wissen lassen, was es bedeutete, ganz aufgerissen und in Blut gebadet zu sein, besonders unter fremdem Himmel, ohne Hoffnung auf Rettung. Er hatte es satt, für hundertundfünfzig Dollar in der Woche wilde Pferde durch die Prärie zu reiten. Er sei einmal Schauspieler drüben im Westen gewesen, und wenn er es auch zu keiner Berühmtheit gebracht habe, so sei er doch ohne Pferd ausgekommen. Man fühlte, daß er versuchte, eine dramatische Situation heraufzubeschwören, wo er seine wirklichen schauspielerischen Gaben entfalten konnte. Auch fühlte man, daß er hungrig war und seine Frau vielleicht deshalb eine geheime Unterredung mit Gerald im Schlafzimmer hatte, um herauszufinden, wann sie wieder etwas zu essen bekommen könnten. Man hatte den Verdacht, daß die hundertfünfzig Dollar in der Woche sich nur auf jede fünfte oder sechste Woche bezogen, und daß sie in der Zwischenzeit am Hungertuch nagten. Vielleicht hatte seine Frau auch deshalb eine geheime Unterredung mit Gerald, um herauszufinden, was aus der fehlenden Mannbarkeit ihres Gatten geworden war. Viele Dinge schwebten in der Luft, außer diesen brutalen, haarsträubenden Beschreibungen der Schrapnellwunden.

Er war ein äußerst entschlossen aussehender junger Mann mit einem wilden Blick – ein ausgesprochener Skorpion. Er schien uns um die Erlaubnis zu bitten, sich auf dem Teppich wälzen, Lolita in die Fußknöchel beißen und das Sherryglas durch die Fensterscheibe schmeißen zu dürfen. Etwas, das nur entfernt mit seinem Beruf zusammenhing, verzehrte ihn innerlich. Vermutlich sein militärischer Rang, wenn er einberufen wurde. Oder aber die Tatsache, daß seine Frau zu schnell schwanger geworden war. Vielleicht auch eine Menge mit der allgemeinen Katastrophe zusammenhängender Dinge. Jedenfalls stand er mitten drin, was immer es sein mochte, und je mehr er um sich schlug, desto mehr verstrickte er sich. Wenn ihm nur jemand widersprechen würde! Wenn nur jemand Einwendungen gegen seine wilden, aufs Geratewohl gemachten Behauptungen erheben würde! Aber nein, niemand machte den Mund auf. Alle saßen da, ruhig wie die Schafe, und sahen ihm bei seinen Verrenkungskunststücken zu.

Zuerst war es ziemlich schwierig festzustellen, wo er sich inmitten der fliegenden Schrapnelle befunden hatte. Er hatte bereits in einem Atemzug neun verschiedene Länder genannt. Er war aus Warschau vertrieben, in Rotterdam ausgebombt, in Dünkirchen aufs Meer hinaus abgedrängt worden, er war bei den Thermopylen abgestürzt, nach Kreta geflogen und von einem Fischerboot gerettet worden, und nun befand er sich schließlich irgendwo in der Wildnis Australiens, wo er sich mit ein wenig Nahrung, die er von den Kannibalen des Hochplateaus bekam, am Leben hielt. Es war schwer zu sagen, ob er tatsächlich alle diese schrecklichen Heimsuchungen erduldet hatte oder ob er nur eine Rolle in einem neuen Radioprogramm wiedergab. Er benutzte alle Fürwörter – persönliche, reflexive und besitzanzeigende – unterschiedslos durcheinander. Manchmal steuerte er ein Flugzeug, dann wieder war er nur ein Nachzügler und Freibeuter im Gefolge eines geschlagenen Heeres. Im einen Augenblick lebte er von Mäusen und Heringen, im nächsten goß er sich mit Champagner voll wie Erich von Stroheim. Aber in jeder Lage, ganz gleich zu welcher Zeit und an welchem Ort, war er tief unglücklich. Worte können nicht beschreiben, wie unglücklich er sich fühlte; so wollte er es uns wenigstens suggerieren.

Mitten in diesem Fieber und dieser Pein beschloß ich aufzustehen und auf dem Grundstück umherzuschlendern. Auf dem zum Garten führenden Zufahrtsweg begegnete ich meinem Schützefreund Humberto, der sich gerade aus den Klauen einer mit einem Ekzem behafteten, buckligen Frau davongeschlichen hatte. Wir gingen zum Garten zurück, wo wir einen Ping-Pong-Tisch fanden. Ein junges Paar, das sich als Bruder und Schwester vorstellte, forderte uns auf, mit ihnen ein Doppel zu spielen. Wir hatten kaum zu spielen begonnen, als der Cowboy auf der rückwärtigen Veranda erschien. Er beobachtete uns ein paar Augenblicke in düsterem Schweigen, dann verschwand er im Haus. Jetzt kam eine sehr sonnengebräunte Dame voll Kraft und Schwung heraus und sah uns interessiert zu. Sie war wie ein Bulle in Frauenkleidung, ihre Nüstern sprühten Feuer, ihr Busen war geschwellt wie reife Warzenmelonen. Der erste Ball, auf den sie schlug, brach entzwei, der nächste flog über den Zaun, der dritte traf meinen Freund Humberto genau ins Auge. Damit zog sie sich verärgert zurück und erklärte, sie ziehe Federball vor.

Bald darauf erschien Gerald und bat uns, zum Abendessen dazubleiben. Sein Freund, der Innendekorateur, habe versprochen, Spaghetti für uns zu machen, berichtete er uns. «Lauft also nicht weg», fügte er hinzu und drohte uns scherzend mit dem Finger.

Natürlich sagten wir, daß wir nicht daran dächten zu bleiben. (Merkte er denn nicht, daß wir uns zu Tode langweilten?)

«Ach, ihr mögt also keine Spaghetti? Sie sind wohl für euch

nicht gut genug?» meinte Gerald und spielte die Rolle des schmollenden Mädchens.

«Können wir Wein bekommen?» erkundigte ich mich, in der Hoffnung, er würde den Wink verstehen und uns sagen, daß Cocktails angeboten wurden.

«Macht euch darüber keine Sorgen», sagte Gerald. «Ihr Steinböcke seid so verdammt sachlich. Ja, es gibt schon was für euch zu trinken.»

«Was denn?» wollte Humberto wissen, dessen Lippen den ganzen Nachmittag ausgetrocknet waren.

«Oh, beruhigt euch!» erwiderte Gerald. «Konzentriert euch aufs Ping-Pong. Habt ihr denn keine Manieren?»

«Ich habe Durst», beharrte Humberto.

«Dann kommen Sie herein, und ich gebe Ihnen ein Glas frisches Wasser. Das wird Ihnen guttun. Sie erregen sich zu sehr. Außerdem sollten Sie auf Ihre Leber achten. Wein ist Gift für Sie.»

«Dann bieten Sie mir was anderes an», sagte Humberto, entschlossen, etwas Alkoholisches aus ihm herauszuluchsen.

«Nun hören Sie zu, Schütze, benehmen Sie sich wie ein Gentleman. Hier ist keine Whiskykneipe. Los jetzt und spielt euer Ping-Pong. Ich werde euch ein reizendes Mädchen zum Mitspielen herausschicken.» Er wandte uns den Rücken und verschwand im Haus.

«Hast du je so was gesehen?!» meinte Humberto, warf seinen Schläger hin und zog seine Jacke an. «Ich besorge mir selbst was zu trinken.» Er blickte um sich und wartete, ob ihn jemand begleitete. Der Bruder der schönen Löwin erklärte sich einverstanden mitzukommen.

«Bleibt nicht zu lange!» rief ihnen Humbertos Frau nach.

Humberto fiel plötzlich ein, daß er etwas vergessen hatte. Er ging zu seiner Frau und fragte sie, wo ihre Handtasche sei. «Ich brauche Kleingeld», setzte er hinzu. Er kramte in der Handtasche herum und zog zwei Scheine heraus.

«Das bedeutet, daß wir Humberto ein paar Stunden lang nicht mehr sehen werden», versetzte seine Frau.

Sie waren kaum gegangen, als das «reizende» junge Mädchen

herauskam. Sie war etwa sechzehn, schlaksig, mit karottenroten Haaren und Gesichtspickeln. Gerald streckte den Kopf heraus, um aufmunternd zu nicken. Plötzlich wollte niemand mehr spielen. Das Mädchen war den Tränen nahe. In diesem Augenblick aber erschien wieder der bullige Bagger, lief zum Tisch und ergriff einen Schläger. «Ich spiele mit Ihnen», sagte sie zu der Schlaksigen und ließ gleichzeitig einen scharf geschlagenen Ball gerade über den Kopf des Mädchens wegzischen. «Ich habe zu viel Energie», murmelte sie. Sie schlug sich mit dem Schläger auf die Schenkel, während die Schlaksige auf Händen und Knien zwischen den Rosenbüschen den Ball suchte.

Wir saßen auf den Stufen zur Veranda und sahen ihnen ein paar Minuten zu. Schwesterchen Löwin mit den goldenen Tupfen in den Augen sprach von den Dünen Indianas. Sie vertraute uns an, daß sie nach Kalifornien ihres Bruders wegen gekommen war, der sich in einem in der Nähe gelegenen Truppenlager aufhielt. Sie hatte für sich eine Stellung in einem Warenhaus gefunden, wo sie Süßigkeiten verkaufte. «Ich hoffe, Rodney betrinkt sich nicht», murmelte sie. «Er verträgt nicht sehr viel. Sie glauben doch nicht, daß Humberto ihn betrunken machen wird?»

Wir versicherten ihr, daß ihr Bruder in guten Händen war.

«Ich möchte nicht, daß er in Schwierigkeiten gerät», fuhr sie fort. «Wenn er trinkt, läßt er sich wahrscheinlich mit jeder ein. Hier gibt es so viele Krankheiten... Sie wissen, was ich meine. Darum möchte ich gerne in seiner Nähe sein. Ich habe nichts dagegen, wenn er ein nettes, sauberes Mädchen findet... aber diese anderen Weiber... alle diese Jungen werden anscheinend früher oder später angesteckt. Rodney trieb sich daheim nie viel herum. Wir waren immer gute Kameraden...» Sie sah mich plötzlich an und rief aus: «Sie lächeln. Habe ich etwas Dummes gesagt?»

«O nein», sagte ich, «im Gegenteil, ich fand es sehr rührend.»

«Rührend? Was meinen Sie damit? Glauben Sie, Rodney sei verweichlicht?»

«Ich habe nicht an Rodney gedacht.»

«Sie glauben, etwas sei verkehrt mit *mir*?»

«Nein, das glaube ich nicht.»

«Sie glauben, ich sei in ihn verliebt?» Sie lachte fröhlich. «Nun, wenn Sie die Wahrheit wissen wollen, ich *bin* in ihn verliebt. Wäre er nicht mein Bruder, so würde ich ihn heiraten. Sie nicht auch?»

«Das weiß ich nicht», erwiderte ich, «ich war nie eine Schwester.»

Eine Frau kam auf die rückwärtige Veranda, um Abfälle in den Mülleimer zu leeren. Sie sah nicht wie eine Scheuerfrau aus, vielmehr war etwas «Geistiges» an ihr.

«Erkältet euch nicht», wandte sich die alte Dame an uns. «Die Abende sind trügerisch. Wir werden das Abendessen für euch bald fertig haben.» Sie warf uns ein mütterliches Lächeln zu, stand einen Augenblick da, die Hände vor ihrem schlaffen Leib gefaltet, und verschwand dann im Haus.

«Wer ist das?» fragte ich.

«Meine Mutter», erklärte Fräulein Löwe. «Ist sie nicht nett?»

«Aber gewiß», sagte ich, ein wenig überrascht, daß ihre Mutter die Schmutzarbeit für Gerald machen sollte.

«Sie ist eine Quäkerin», erklärte das Mädchen. «Übrigens können Sie mich Carol nennen, wenn Sie wollen. So heiße ich nämlich. Mutter glaubt nicht an Astrologie, aber sie mag Gerald gern. Sie hält ihn für unpraktisch.»

«Sind Sie auch Quäkerin?»

«O nein, ich habe keine Religion. Ich bin nur ein einfaches Landmädchen. Vermutlich bin ich in gewisser Weise dumm.»

«Ich halte Sie nicht für so sehr dumm», sagte ich.

«Vielleicht nicht so sehr, aber doch immerhin dumm», gab sie zur Antwort.

«Wieso wissen Sie das? Was bringt Sie auf diesen Gedanken?»

«Wenn ich anderen Leuten zuhöre. Ich weiß, wie es klingt, wenn ich den Mund aufmache. Sehen Sie, ich habe nur eben einfache, gewöhnliche Gedanken. Die meisten Menschen sind zu kompliziert für mich. Ich höre wohl zu, weiß aber nicht, wovon sie reden.»

«Das klingt für mich äußerst intelligent», gab ich zu. «Sagen Sie mir, träumen Sie viel?»

Darüber schien sie überrascht zu sein. «Warum fragen Sie das? Woher wissen Sie, daß ich träume?»

«Nun, jedermann träumt. wissen Sie das nicht?»

«Ja, ich habe das sagen hören... aber Sie haben es nicht in diesem Sinne gemeint. Die meisten Menschen vergessen ihre Träume, nicht wahr?»

Ich nickte.

«Ich aber nicht», erklärte Carol und wurde plötzlich lebhaft. «Ich erinnere mich an alles, an jede Einzelheit. Ich habe wundervolle Träume. Vielleicht benutze ich deshalb meinen Verstand nicht mehr. Ich träume den ganzen Tag und die ganze Nacht hindurch. Es ist einfacher, nehme ich an. Jedenfalls träume ich lieber, als daß ich denke... Sie wissen, was ich meine?»

Ich gab vor, sie nicht zu verstehen.

«Ach, Sie wissen, was ich meine», fuhr sie fort. «Man kann denken und denken – und es führt doch zu nichts. Wenn man aber träumt, ist das, was man wünscht, immer da, es mag sein, was es will. Es ist wie ein Abkürzungsweg. Vielleicht verdummt man dadurch, doch das ist mir gleichgültig. Ich würde nicht tauschen, selbst wenn ich könnte.»

«Hören Sie zu, Carol», unterbrach ich sie, «könnten Sie mir schildern, wie Ihre Träume sind? Können Sie sich zum Beispiel an den Traum erinnern, den Sie vergangene Nacht oder die Nacht vorher hatten?»

Carol lächelte nachsichtig. «Natürlich kann ich Ihnen das sagen. Ich werde Ihnen einen Traum, der sich bei mir immer wiederholt, erzählen. Freilich verliert er damit, daß man ihn in Worte faßt. Ich kann nicht die prachtvollen Farben beschreiben, die ich sehe, oder die Musik, die ich höre. Sogar wenn ich ein Schriftsteller wäre, glaube ich nicht, daß ich sie festhalten könnte. Wenigstens habe ich nie in einem Buch etwas Ähnliches gelesen wie das, was ich erlebe. Freilich beschäftigen sich Schriftsteller nicht viel mit Träumen. Sie schildern immer das Leben – oder was in den Köpfen der Menschen vorgeht. Vielleicht träumen sie anders als ich. Ich träume von Dingen, die nie geschehen... nicht geschehen *können,* so vermute ich... obschon ich nicht einsehe, warum nicht... Die Dinge geschehen so, wie wir wollen, daß sie geschehen, glauben Sie nicht? Ich lebe so sehr in meiner Phantasie, daß ich darum wohl nie etwas erlebe. Es gibt nichts, was ich besonders gerne möchte – außer zu leben, ewig weiterzuleben. Es ist vielleicht ein wenig albern, aber es ist mir ernst damit. Ich sehe keinen Grund, warum wir sterben sollten. Die Menschen sterben, weil sie sterben wollen, glaube ich. Ich habe einmal irgendwo gelesen, daß das Leben nur ein Traum ist. Das geht mir nicht mehr aus dem Kopf, denn genau das dachte ich selber. Und je mehr ich vom Leben sehe, desto mehr glaube ich, daß es wahr ist. Wir leben alle das Leben, das wir träumen.» Sie hielt einen Augenblick inne, um mich ernst anzusehen. «Sie glauben jetzt doch nicht, daß ich Unsinn spreche? Ich würde nicht so zu Ihnen reden, wenn ich nicht das Gefühl hätte, daß Sie mich verstehen.»

Ich versicherte ihr, daß ich sehr aufmerksam, sehr mitfühlend zuhörte. Als Folge schien sie hundertmal schöner geworden zu sein. Die Iris ihrer Augen war wie ein goldbesetzter Schleier geworden. Sie war alles andere als dumm, so überlegte ich, während ich wartete, daß sie fortfuhr.

«Ich habe Ihnen noch nicht alles von meinen Träumen erzählt, aber vielleicht haben Sie es selbst erraten... Ich weiß oft, was den Menschen meiner Umgebung begegnen wird. So träumte ich zum Beispiel vergangene Nacht, daß ich auf eine Gesellschaft gehen würde, eine Gesellschaft bei Mondschein, und dort einen Mann kennenlernen würde, der mir seltsame Dinge über mich selbst sagt. Ein Lichtschein schien um seinen Kopf zu schimmern. Er kam aus einem fremden Land, war aber kein Ausländer. Er sprach mit leiser, sehr beruhigender Stimme. Auch zog er die Worte in die Länge – genauso wie Sie.»

«Was für Dinge erwarteten Sie, über sich selbst zu hören, Carol?» unterbrach ich sie erneut. «Was für seltsame Dinge?»

Sie schwieg einen Augenblick, als erwäge sie ihre Worte. Dann sagte sie sehr offen und unschuldig: «Ich will Ihnen erklären, was ich meine. Es handelt sich nicht um meine Liebe zu meinem Bruder – die halte ich für ganz natürlich. Nur schlechtdenkende Menschen halten es für sonderbar, die eigenen Anverwandten zu lieben... Nein, das war es nicht. Sondern es handelt sich um die

Musik, die ich höre, und die Farben, die ich sehe. Es gibt keine irdische Musik ähnlich der, die ich in meinen Träumen höre, ebensowenig gleichen die Farben denen, die wir am Himmel oder auf den Feldern sehen. Es gibt eine Musik, aus der alle unsere Musik kommt – und die Farben kommen aus derselben Quelle. Sie waren einmal eins, so sagte mir der Mann in meinem Traum. Aber das war vor Millionen Jahren, fügte er hinzu. Und als er das sagte, wußte ich, daß auch er verstanden haben mußte. Ich fühlte, daß wir einander in einer anderen Welt gekannt haben mußten. Aber ich wußte auch aus der Art, wie er das sagte, daß es gefährlich war, derlei Dinge öffentlich zuzugeben. Ich hatte plötzlich Angst, wenn ich nicht vorsichtig wäre, würden mich die Leute für verrückt halten, mich wegbringen, und ich würde nie mehr träumen. Ich hatte keine Angst, verrückt zu werden – sondern nur, daß mein Traumleben zunichte gemacht würde, wenn man mich wegbrachte. Dann sagte der Mann etwas zu mir, was mich erschreckte. Er sagte: ‹Aber Sie sind ja bereits verrückt, mein liebes Mädchen. Sie brauchen sich keine Sorge zu machen.› Und dann verschwand er. Im nächsten Augenblick sah ich alles in natürlichen Farben, nur waren die Farben fehl am Platze. Das Gras war violett statt grün; die Pferde waren blau, Männer und Frauen grau, aschgrau wie böse Geister; die Sonne war schwarz, der Mond grün. Da wußte ich, daß ich den Verstand verloren hatte. Ich suchte meinen Bruder, und als ich ihn fand, betrachtete er sich in einem Spiegel. Ich blickte über seine Schulter in den Spiegel und konnte ihn nicht mehr erkennen. Er war ein völlig Fremder. Ich rief ihn beim Namen, rüttelte ihn, aber er betrachtete sich weiter in seinem Spiegelbild. Schließlich begriff ich, daß auch er sich nicht wiedererkannte. Mein Gott, dachte ich, wir sind beide verrückt geworden. Das schlimmste war, daß ich ihn nicht mehr liebte. Ich wollte weglaufen, konnte es aber nicht. Ich war wie gelähmt vor... Dann wachte ich auf.»

«Das kann man kaum einen schönen Traum nennen», warf ich ein.

«Nein», gab Carol zu, «aber es ist schön, die Dinge manchmal in vollkommener Unordnung zu sehen. Ich werde nie vergessen, wie wundervoll das Gras aussah, auch nicht, wie erstaunt ich

war, die Sonne so schwarz zu sehen... Jetzt, da ich mir's überlege, erinnere ich mich, daß die Sterne schienen. Sie waren der
Erde viel näher als gewöhnlich. Alles hob sich glänzend ab, viel
klarer als bei gelbem Sonnenlicht. Haben Sie jemals bemerkt, wie
wundervoll die Dinge nach einem Regen aussehen, besonders am
Spätnachmittag im Abendglanz? Können Sie sich vorstellen, wie
die Sterne am Firmament waren, zwanzigmal größer, als wir sie
gewöhnlich sehen? Wissen Sie, was ich meine? Vielleicht sieht
eines Tages, wenn die Erde aus ihrer Bahn tritt, alles so aus. Wer
weiß? Vor einer Million Jahren muß die Erde ganz anders ausgesehen haben, glauben Sie nicht auch? Das Grün war vermutlich
grüner, das Rot röter. Alles muß in einem tausendmal größeren
Ausmaß gewesen sein – wenigstens stelle ich mir das so vor.
Manche Menschen behaupten, wir sähen nicht die wirkliche
Sonne – sozusagen nur die Linse der Sonne. Die wirkliche Sonne
ist vermutlich so hell, daß unsere armen Menschenaugen sie nicht
wahrnehmen können. Unsere Augen sind so beschaffen, daß sie
nur sehr wenig wirklich sehen. Es ist komisch, aber wenn man
beide Augen schließt und zu träumen beginnt, sieht man die
Dinge so viel besser, so viel klarer und schöner. Mit welchen
Augen sehen wir denn dann? *Wo sind sie?* Wenn eine Vision
wahr ist, warum nicht auch die andere? Sind wir nicht bei Verstand, wenn wir träumen? Ich habe Ihnen ja gesagt, daß ich ein
sehr einfacher Mensch bin. Ich versuche mir die Dinge nach bestem Vermögen zu deuten. Aber es führt zu nichts, wenn ich
versuche, mir Dinge auszudenken. Ich glaube nicht, daß überhaupt jemand das tut.»

Gerade da kehrten Humberto und Rodney zurück, sie sahen
ein wenig verschwommen und rosig angehaucht aus. Gerald lief
aufgeregt vom einen zum anderen und ermunterte seine Gäste,
die Spaghetti in Angriff zu nehmen. «Sie sind scheußlich», flüsterte er mir ins Ohr, «aber die Fleischklößchen sind gut.» Wir
nahmen unsere Teller und schlängelten uns an die Norwegerin
heran, die austeilte. Es war ganz wie in einer Kantine. Der Innendekorateur ging mit einem Büchschen voll geriebenem Käse von
dem einen zum anderen und bestreute die frische Kotzebrühe,
die Tomatensauce vorstellen sollte. Er kam sich wunder wie vor,

so sehr, daß er selbst ganz zu essen vergaß. (Oder vielleicht hatte er auch bereits gegessen.) Gerald hüpfte wie ein Cherub umher und rief aus: «Schmeckt es nicht köstlich? Habt ihr einen Fleischkloß bekommen?» Als er hinter mir vorbeikam, stieß er mich sanft an und flüsterte: «Ich mag Spaghetti nicht... ich finde sie abscheulich.»

Einige Neuankömmlinge waren während des Zwischenspiels im Garten aufgetaucht, zumeist junge Leute – vermutlich Filmsternchen. Der junge Mann mit blondem, gewelltem Haar und mit dem Namen Claude benahm sich ziemlich dreist. Er schien fast jeden der Anwesenden zu kennen. Besonders die Frauen, die ihn wie ein Schoßhündchen behandelten.

«Ich dachte, die Gesellschaft wäre um diese Zeit bereits zu Ende», sagte er als Entschuldigung, daß er im Pyjama erschienen war. Dann rief er mit einem schrillen Blöken durchs Zimmer: «Gerald! Gerald! Hörst du nicht, Gerald!» (Gerald hatte sich gerade in die Küche zurückgezogen, um seinen Ärger zu verbergen.) «O Gerald! Wann bekomme ich eine Rolle? Hörst du mich, Gerald? Wann bekomme ich endlich was zu tun?»

Gerald kam mit einer Bratpfanne in der Hand heraus. «Wenn du nicht den Mund hältst», sagte er, wobei er zu dem lieben, unverschämten kleinen Claude hinging und die Bratpfanne über seinem Kopf schwang, «schlage ich sie dir über den Schädel!»

«Aber du hast mir versprochen, daß ich etwas bekomme, ehe der Monat zu Ende geht!» schrie Claude, dem offenbar Geralds Unbehagen Spaß machte.

«Ich habe nichts dergleichen versprochen», gab Gerald zurück. «Ich sagte nur, die Aussichten wären gut – *wenn du angestrengt arbeitest*. Du bist faul, du erwartest, daß die Dinge zu dir kommen. Jetzt sei still und iß deine Spaghetti. Du machst zuviel Radau.» Er zog sich wieder in die Küche zurück.

Claude sprang auf und lief ihm in die Küche nach. Ich hörte ihn sagen: «Aber, Geraldine, habe ich etwas Verkehrtes gesagt?» – und dann erstickte seine Stimme, als habe ihm jemand die Hand auf den Mund gelegt.

Inzwischen war der Tisch im Eßzimmer an die Wand gerückt worden, und ein hübsches junges Paar begann den Jitterbug zu tanzen. Sie hatten die Tanzfläche für sich allein zur Verfügung. Alle standen da und sahen atemlos vor Bewunderung zu. Das Mädchen war klein, anziehend, muskulös und kraftgeladen; ihre Beine zuckten wie die eines Frosches unter dem Seziermesser. Der junge Mann, der nicht älter als neunzehn gewesen sein kann, war einfach zu hübsch für Worte. Er war wie ein Faun aus Dresdner Porzellan, ein Typ, wie ihn nur Kalifornien hervorbringt, dazu bestimmt, entweder ein flüsternder Bariton oder ein zwiegeschlechtlicher Tarzan zu werden. Claude sah mit kaum verhehlter Verachtung zu. Dann und wann fuhr er mit den Fingern durch seine ungebändigten Locken und warf höhnisch den Kopf zurück.

Zu meinem Erstaunen trat nun Gerald vor und forderte Humbertos Frau zu einer Runde auf. Er tat das mit großem Selbstbewußtsein und schleuderte die Beine, als sei er Hahn im Korbe. Was ihm an Können gebrach, machte er durch gymnastische Übungen wett. Offenbar hatte er seine eigene Vorstellung von Jitterbug-Luftsprüngen.

Als ihm ein wenig der Atem ausging, blieb er vor Humberto stehen und fragte: «Warum tanzen Sie nicht mit Ihrer Frau? Sie ist eine glänzende Tänzerin.» Nun tanzte Humberto kaum jemals mit seiner Frau – das gehörte bereits der Vergangenheit an. Aber Gerald bestand darauf. «Sie *müssen* mit ihr tanzen!» rief er aus und machte Humberto zum Mittelpunkt aller Blicke.

Humberto walzte unmethodisch los, wobei er kaum die Füße vom Boden hob. Er verwünschte Gerald, daß er ein solcher Idiot war.

Lolita, die niemand zum Tanz aufgefordert hatte, war wütend. Sie segelte mit den Absätzen aufstampfend durchs Zimmer und ging geradewegs auf den brasilianischen Flieger zu. «Es ist Zeit, zu gehen», zischte sie. «Willst du mich heimbringen?» Ohne auf seine Zustimmung zu warten, ergriff sie ihn an der Hand, zog ihn aus dem Zimmer und sagte mit lauter, munterer Stimme, die von Bitterkeit beschlagen war: «Gute Nacht allesamt! Gute Nacht! Gute Nacht!» (Seht ihr, so verlasse ich euch, ich, Lolita. Ich verachte euch. Ich langweile mich zu Tode. Ich, die Tänzerin, ich gehe. Ich tanze nur vor Publikum. Wenn ich tanze, verschlägt es allen den Atem. Ich bin Lolita. Ich vergeude hier nur meine Zeit…)

An der Tür, wo Gerald sich von ihr verabschiedete, blieb sie stehen, um noch einen letzten Blick auf uns zu werfen und festzustellen, ob wir durch ihren plötzlichen Aufbruch hinreichend beeindruckt waren. Niemand beachtete sie. Sie mußte etwas Dramatisches tun, um die Aufmerksamkeit auf sich zu lenken. Also rief sie mit ihrer hohen, theatralischen britischen Stimme: «Lady Astenbroke! Würden Sie bitte einen Augenblick herkommen? Ich muß Ihnen etwas sagen…»

Lady Astenbroke, die auf dem Sessel festgenagelt zu sein schien, hatte große Mühe, auf die Beine zu kommen. Sie war vermutlich noch nie vorher so herbefohlen worden, aber der Reiz, ihren Namen zu hören, und das Bewußtsein, daß alle Augen auf sie gerichtet waren, verdrängten die Verärgerung, die sie vielleicht empfunden haben mochte. Sie bewegte sich wie ein Schiff in Seenot, ihren Hut in einem unmöglichen Winkel schief auf dem Kopf, ihre kräftige Nase vorgestreckt wie einen Geierschnabel.

«Meine liebe Lady Astenbroke», begann Lolita mit scheinbar gedämpfter Stimme, die sie aber mit der Geschicklichkeit einer Bauchrednerin bis in die entfernteste Ecke des Hauses dringen ließ, «ich hoffe, Sie sind mir nicht böse, wenn ich schon so bald weglaufe. Aber Sie kommen doch zu der Kostümprobe? Es war mir ein solches Vergnügen, Sie wiederzusehen. Sie besuchen mich doch in Rio? Ich fliege in ein paar Tagen zurück. Nun denn, leben Sie wohl. Auf Wiedersehen! Auf Wiedersehen alle!» Sie warf, an uns gerichtet, ein wenig den Kopf zurück, als wollte sie sagen: ‹Jetzt, da ihr wißt, wer ich bin, werdet ihr euch vielleicht das nächste Mal galanter benehmen. Ihr habt ja gesehen, wie Lady Astenbroke an meine Seite getrottet kam. Ich brauche nur den kleinen Finger zu krümmen – und die Welt kommt zu mir gerannt.›

Ihr Begleiter mit der ordensbedeckten Brust war unbemerkt gekommen und wieder gegangen. Seine einzige Aussicht, Ruhm zu erwerben, bestand darin, im Kampf vor dem Feinde zu fallen. Das würde noch mehr Reklame für Lolita bedeuten. Man konnte sich ohne weiteres die Zeitungsnotiz auf der Titelseite vorstellen. «Wagemutiger brasilianischer Flieger an der libyschen Front gefallen!» Ein paar seinen Heldentaten als hervorragender Kampfflieger gewidmete Zeilen und dann eine lange, rührende Geschichte über seine «gerüchtweise» Verlobte Lolita, die bekannte Tänzerin, die gerade in dem großen Mitso-Violet-Lufthansa-Film «Die Wüstenrose» die Hauptrolle spielte. Natürlich mit Aufnahmen, die Lolitas weltberühmte Schenkel enthüllten. Vielleicht fände man auch in einer anderen Spalte der Zeitung eine nicht allzu diskrete Andeutung, daß Lolita, gebrochenen Herzens, wie sie durch die Nachricht von dem tragischen Tod des Brasilianers war, ihre Blicke auf einen anderen schneidigen jungen Offizier geworfen habe, diesmal einen Artilleristen. Sie seien während der Abwesenheit des Brasilianers an diesem und jenem Ort zusammen gesehen worden. Lolita scheine von schlanken, breitschultrigen jungen Männern angezogen zu werden, die sich in dem ritterlichen Kampf um die Freiheit auszeichneten... Und so weiter und so fort, bis die Propagandaabteilung der Mitso-Violet-Lufthansa den Tod des Brasilianers für hinreichend ausgeschlachtet hielt. Für den nächsten Film würden viele Klatschgeschichten im Umlauf sein. Wenn man Glück hatte, würde vielleicht auch der Artillerieoffizier im Kampf fallen. Damit böte sich die Gelegenheit für eine doppelte Reklame.

Zerstreut hatte ich mich auf das Sofa neben eine untersetzte, geschwätzige Person gesetzt, der ich den ganzen Nachmittag aus dem Wege gegangen war.

«Ich heiße Rubiol», sagte sie und wandte sich mir mit widerlich schmelzenden Blicken zu. «Mrs. Rubiol.»

Statt zu antworten: «Mein Name ist Miller... *Henry* Miller», sagte ich: «Rubiol... Rubiol... wo habe ich den Namen schon gehört?»

Obschon es offensichtlich war, daß es nur einen solchen Namen, nur ein solches Monstrum in den ganzen Vereinigten Staaten geben konnte, strahlte Mrs. Rubiol doch vor benommener Freude.

«Haben Sie jemals in Venedig oder in Karlsbad gelebt?»

gurrte sie. «Mein Mann und ich lebten immer im Ausland – bis zum Krieg. Sie haben vermutlich von *ihm* gehört – er ist ein Erfinder. Sie wissen, den dreifach gezähnten Bohrer... für Erdöl-Bohrer natürlich...»

Ich lächelte. «Die einzigen Bohrer, die ich kenne, sind die, welche die Zahnärzte benützen.»

«Demnach haben Sie nichts für mechanische Dinge übrig? Wir interessieren uns natürlich für alles Mechanische. Wir leben ja im mechanischen Zeitalter.»

«Ja», erwiderte ich, «das habe ich auch schon gehört.»

«Wollen Sie damit sagen, daß Sie es nicht glauben?»

«Doch, ich glaube es. Nur finde ich es recht bedauerlich. Ich verabscheue alles Mechanische.»

«Das würden Sie nicht tun, wenn Sie bei uns wären. Wir sprechen nie von etwas anderem. Sie sollten einmal abends zu uns zum Essen kommen... unsere Abendgesellschaften sind immer ein großer Erfolg.»

Ich ließ sie drauflos schwatzen.

«Jeder muß etwas beitragen... eine neue Idee, eine Tatsache von allgemeinem Interesse...»

«Wie ist das Essen?» erkundigte ich mich. «Haben Sie eine gute Köchin? Mir liegt nichts an der Unterhaltung, solange das Essen gut ist.»

«Was für ein komischer Mensch Sie sind!» kicherte sie. «Natürlich ist das Essen gut.»

«Das ist schön. Das ist alles, was mich kümmert. Was gibt es bei Ihnen gewöhnlich – Geflügel, Steaks, Braten? Ich mag gerne ein gutes Roastbeef, nicht zu sehr durchgebraten und noch etwas blutig. Auch habe ich gerne frisches Obst... nicht dieses Konservenzeug, das man in Restaurants bekommt. Können Sie ein gutes Kompott machen? *Pflaumen* - die mag ich gerne... Was, sagten Sie, ist Ihr Mann – ein Ingenieur?»

«Nein, ein Erfinder.»

«Ach ja, ein Erfinder. Das ist ein bißchen besser. Wie sieht er aus? Ist er freundlich?»

«Er würde Ihnen ausgezeichnet gefallen... er sieht ganz wie Sie aus... spricht sogar wie Sie.» Sie plapperte weiter. «Er ist der faszinierendste Mensch, wenn er über seine Erfindung zu sprechen beginnt...»

«Gibt es bei Ihnen auch gebratene junge Ente oder Fasan?» schnitt ich ihr das Wort ab.

«Natürlich... Wovon sprach ich doch gleich? Ach ja, über meinen Mann. Als wir in London waren, lud ihn Churchill ein, um...»

«*Churchill?*» Ich machte ein dummes Gesicht, als hätte ich den Namen nie gehört.

«Ja, Winston Churchill... der Premierminister.»

«Oh! Ja, ich habe von ihm gehört.»

«Dieser Krieg wird in der Luft entschieden, so sagt mein Mann. Wir müssen mehr Flugzeuge bauen. Darum hat Churchill...»

«Ich verstehe nichts von Flugzeugen... benütze nie eines», warf ich ein.

«Das macht nichts», sagte Mrs. Rubiol. «Ich war selbst nur drei- oder viermal in der Luft. Aber wenn...»

«Verstehen Sie auch was von Ballons?... Sie gefallen mir so viel besser. Erinnern Sie sich noch an Santos Dumont? Er startete in einem Ballon von der Spitze des Eiffelturms nach Nova Scotia. Das muß sehr aufregend gewesen sein, finden Sie nicht auch? Was sagten Sie über Churchill? Entschuldigen Sie bitte, daß ich Sie unterbrach.»

Mrs. Rubiol schickte sich an, eine lange, eindrucksvolle Rede über das Gespräch unter vier Augen ihres Mannes mit Churchill zu halten.

«Ich sage Ihnen etwas», sagte ich, als sie gerade den Mund auftun wollte, «am liebsten habe ich Einladungen, bei denen es reichlich zu trinken gibt. Wissen Sie, jedermann wird ein wenig betrunken, es kommt zu einem Streit, und einer bekommt einen Kinnhaken. Es ist nicht gut für die Verdauung, beim Essen über ernste Dinge zu sprechen. Übrigens, muß man zu Ihren Abendgesellschaften einen Smoking anziehen? Ich habe keinen... das wollte ich Ihnen nur sagen.»

«Sie können natürlich anziehen, was Sie wollen», sagte Mrs. Rubiol, an der meine Unterbrechungen immer noch abprallten.

«Das ist gut! Ich besitze nur einen Anzug… nämlich den, den ich anhabe. Er sieht nicht so übel aus, finden Sie nicht?»

Mrs. Rubiol zeigte ein freundliches, billigendes Lächeln. «Sie erinnern mich manchmal an Somerset Maugham», plapperte sie weiter. «Ich lernte ihn auf dem Schiff kennen, als wir von Italien zurückreisten. Ein so reizender, bescheidener Mensch! Niemand außer mir wußte, daß er Somerset Maugham war. Er reiste incognito…»

«Haben Sie bemerkt, ob er einen Klumpfuß hatte?» fragte ich.

«Einen Klumpfuß?» sprach Mrs. Rubiol mir nach und machte ein albern verblüfftes Gesicht.

«Ja, einen Klumpfuß», wiederholte ich. «Haben Sie nie seinen berühmten Roman gelesen… *Der Menschen*…»

«*Der Menschen Leidenschaften*!» rief Mrs. Rubiol, entzückt, den falschen Titel erraten zu haben. «Nein, aber ich sah den Film. Er war schrecklich krankhaft, finden Sie nicht?»

«Grausig vielleicht, aber nicht krankhaft», erlaubte ich mir zu bemerken. «Reichlich grausig.»

«Annabella gefiel mir nicht so gut in diesem Film», meinte Mrs. Rubiol.

«Mir auch nicht. Aber Bette Davis war nicht so übel, finden Sie nicht auch?»

«Ich erinnere mich nicht mehr», sagte Mrs. Rubiol. «Welche Rolle spielte sie?»

«Sie war die Tochter des Weichenstellers, erinnern Sie sich nicht?»

«Doch ja, freilich!» rief Mrs. Rubiol und versuchte verzweifelt, sich an etwas zu erinnern, was sie nie gesehen hatte.

«Entsinnen Sie sich noch, wie sie mit einem Tablett voll Teller kopfüber die Treppe hinunterfiel?»

«Ja, ja, freilich! Ja, jetzt entsinne ich mich. Sie war wundervoll. Was war das für ein Sturz!»

«Sie sprachen vorhin von Churchill…»

«Ja, stimmt… Lassen Sie mich nachdenken… Was war es, was ich Ihnen erzählen wollte?»

«Sagen Sie mir vor allem», warf ich ein, «hat er wirklich immer eine Zigarre im Mund? Manche Leute behaupten, er gehe sogar mit einer Zigarre im Mund schlafen. Darauf kommt es jedenfalls nicht an. Ich frage mich nur, ob er im Leben ebenso dumm ist wie auf der Leinwand.»

«*Was!*» schrie Mrs. Rubiol. «*Churchill dumm?* Wer hat schon so was gehört? Er ist vermutlich der genialste Mann Englands.»

«Nach Whitehead, meinen Sie.»

«*Whitehead?*»

«Ja, der Mann, der für Gertrude Stein die Trommel rührte. Sie kennen natürlich Gertrude Stein? Nein? Nun, dann müssen Sie von Ernest Hemingway gehört haben?»

«Ach ja, jetzt weiß ich. Sie war seine erste Frau, nicht wahr?»

«Ganz recht», sagte ich. «Sie wurden in Pont-Aven getraut und in Avignon geschieden. Whitehead war damals noch nicht bekannt. Er war der Mann, der die Bezeichnung ‹göttliche Thermodynamik› erfand... oder war es Eddington? Ich bin mir jetzt nicht sicher. Jedenfalls, als Gertrude Stein um das Jahr 1919 herum, glaube ich, *Zarte Knospen* schrieb – lief Hemingway sich noch die Hörner ab. Sie entsinnen sich vermutlich an den Staviski-Prozeß, als Löwenstein aus dem Flugzeug sprang und in die Nordsee stürzte? Seitdem ist viel Wasser ins Meer geflossen.»

«Ich muß damals in Florenz gewesen sein», bemerkte Mrs. Rubiol.

«Und ich war in Luxemburg. Ich nehme an, Sie sind in Luxemburg gewesen, Mrs. Rubiol? Nein? Ein reizendes Ländchen. Ich werde nie den Lunch mit der Großherzogin vergessen. Man kann sie nicht gerade eine Schönheit nennen, die Großherzogin. Eher eine Kreuzung zwischen Eleanor Roosevelt und Königin Wilhelmina – Sie verstehen, was ich meine? Sie hatte damals die Gicht. Aber, um auf Whitehead zu sprechen zu kommen. Was war es doch wieder, was Sie mir von Churchill erzählten?»

«Ich erinnere mich nicht mehr», sagte Mrs. Rubiol. «Wir scheinen von einem Thema aufs andere überzuspringen. Sie sind wirklich ein sehr seltsamer Gesprächspartner.» Ihre Miene glättete sich wieder. «Jetzt erzählen Sie mir etwas mehr von sich selbst», fuhr sie fort. «Sie haben mir noch nichts von sich erzählt.»

«Oh, das ist leicht», antwortete ich. «Was möchten Sie gerne wissen? Ich war fünfmal verheiratet, habe drei Kinder, zwei davon sind normal, ich verdiene etwa 375 Dollar im Jahr, reise viel, gehe nie zum Fischen oder auf die Jagd. Ich bin gut zu Tieren, glaube an Astrologie, Magie und Telepathie, mache keine Leibesübungen, kaue mein Essen langsam, liebe Schmutz, Fliegen und Krankheit, verabscheue Flugzeuge und Automobile, glaube an lange Mußestunden und so weiter. Nebenbei wurde ich am 26. Dezember 1891 geboren. Damit bin ich ein Steinbock mit einem doppelten Bruch. Bis vor drei Jahren trug ich ein Bruchband. Sie haben sicher von Lourdes, dem Ort der Wunder gehört? In Lourdes warf ich das Bruchband weg. Nicht daß ein Wunder geschehen wäre... das verflixte Ding ging einfach aus dem Leim, und ich war zu schlecht bei Kasse, um mir ein anderes zu kaufen. Sehen Sie, ich wurde als Lutheraner geboren, und Lutheraner glauben nicht an Wunder. Ich sah eine Menge Krücken in der Grotte von St. Bernadette – aber keine Bruchbänder. Um Ihnen die Wahrheit zu sagen, Mrs. Rubiol, ein Bruch ist nicht annähernd so schlimm, wie die Leute tun. Besonders ein *doppelter* Bruch. Das Gesetz des Ausgleichs, so vermute ich. Ich erinnere mich an einen Freund von mir, der an Heuschnupfen litt. Das ist etwas, das einem zu schaffen macht. Natürlich geht man nicht nach Lourdes, um sich vom Heuschnupfen zu heilen. Tatsächlich ist kein Heilmittel gegen den Heuschnupfen bekannt, wußten Sie das?»

Mrs. Rubiol wiegte bestürzt und überrascht den Kopf.

«Es ist viel leichter», fuhr ich fort wie ein dahinplätschernder Bach, «Lepra zu bekämpfen. Ich nehme an, Sie waren nie in einer Leprakolonie? Ich verbrachte einmal einen Tag bei den Leprakranken... es war irgendwo unweit der Insel Kreta. Ich ging nach Knossos, um die Ruinen zu besichtigen, als ich zufällig mit einem Arzt aus Madagaskar ins Gespräch kam. Wir unterhielten uns so interessant über die Leprakolonie, daß ich beschloß, mit ihm hinzugehen. Wir hatten ein herrliches Abendessen dort – mit den Leprakranken. Geschmorten Tintenfisch, wenn ich mich recht erinnere, mit Eibisch und Zwiebeln. Es gibt dort einen wundervollen Wein. Er sah blau wie Tinte aus. ‹Tränen des Leprakranken›, nennen sie ihn. Ich entdeckte später, daß der Boden viel Kobalt enthielt. Auch Magnesium und Glimmer. Manche der Leprakranken waren sehr wohlhabend, so wie die Indianer von Oklahoma. Im großen ganzen auch ein recht heiteres Völkchen, obwohl man freilich nie sagen konnte, ob sie weinten oder lachten, so entstellt waren sie. Unter ihnen war ein Amerikaner, ein junger Bursche aus Kalamazoo. Sein Vater besaß eine Biskuitfabrik in Racine. Der Junge hatte in Princeton studiert. Interessierte sich für Archäologie, soviel ich mich erinnere. Seine Hände waren scheinbar ziemlich rasch abgefault. Aber er bediente sich seiner Stümpfe recht gut. Freilich hatte er ein gutes Einkommen und konnte es sich recht bequem machen. Er hatte ein Bauernmädchen – wie er selbst eine Leprakranke oder *Lepröse,* ich weiß nicht, wie man sagt – geheiratet. Sie stammte aus der Türkei und verstand kein Wort Englisch. Aber trotzdem waren sie wahnsinnig ineinander verliebt. Sie bedienten sich einer Taubstummensprache. Alles in allem war es ein sehr angenehmer Tag, den ich dort verbrachte. Der Wein war vorzüglich. Ich weiß nicht, ob Sie jemals Tintenfisch gekostet haben. Zuerst schmeckt er ein wenig wie Gummi, aber bald gewöhnt man sich daran. Das Essen dort ist viel besser als zum Beispiel in Atlanta. Ich bekam dort einmal in der Strafanstalt eine Mahlzeit… sie drehte mir fast den Magen um. Natürlich essen die Gefangenen nicht so gut wie die Besucher… aber trotzdem. Ich glaube, es waren gebackene Maisfladen mit Schweineschmalz, was man uns gab. Wenn man das Zeug nur ansah, genügte das, um einen… ich meine, um einem den Magen umzudrehen. Und der Kaffee! Einfach unglaublich. Ich weiß nicht, wie das bei Ihnen ist, aber *ich* finde, daß Kaffee, um gut zu sein, schwarz sein muß. Er muß auch ein wenig fettig und ölartig aussehen. Alles hängt davon ab, wie er geröstet ist, heißt es…»

Hier glaubte Mrs. Rubiol noch eine Zigarette rauchen zu wollen. Es schien mir, als halte sie verzweifelt nach jemand anderem Ausschau, mit dem sie sich unterhalten könnte.

«Meine liebe Mrs. Rubiol», fuhr ich fort, gab ihr Feuer und versengte ihr beinahe die Lippen, «das war eine äußerst angenehme Unterhaltung. Haben Sie eine Ahnung, wieviel Uhr es ist? Ich habe meine Armbanduhr gerade vergangene Woche versetzt.»

«Ich glaube, es ist an der Zeit für mich zu gehen», erklärte Mrs. Rubiol mit einem Blick auf ihre Uhr.

«Bitte gehen Sie noch nicht», bat ich. «Sie können sich nicht vorstellen, wie gerne ich mich mit Ihnen unterhalten habe. Was wollten Sie mir von Churchill erzählen, als ich Sie so unhöflich unterbrach?»

Wieder versuchte Mrs. Rubiol, leicht besänftigt, zu sprechen.

«Ehe Sie anfangen», versetzte ich, angenehm überrascht, sie zusammenzucken zu sehen, «muß ich Ihnen noch eines sagen. Es betrifft Whitehead. Sie erinnern sich, daß ich seinen Namen vorhin erwähnte. Es handelt sich um die Theorie göttlicher Thermodynamik. Thermodynamik heißt ablaufen… wie eine Uhr. Es bedeutet, daß mit der Zeit oder in der Zeit, wie die Physiker sagen, alles letzten Endes abläuft. Die Frage lautet: Wird das Weltall ablaufen… und aufhören? Ich frage mich, ob Sie das jemals bedacht haben? Kein so unmöglicher Gedanke. Freilich hatte Spinoza vor langem sozusagen sein eigenes kosmologisches Uhrwerk dargelegt. Setzt man den Pantheismus voraus, so folgt logischerweise, daß eines Tages alles, Gott eingeschlossen, zu einem Ende kommen muß. Die Griechen waren etwa 500 vor Christus zu der gleichen Schlußfolgerung gekommen. Sie hatten sogar den Gedanken ewiger Wiederkehr formuliert, was einen Schritt über Whiteheads Theorie hinaus bedeutet. Sie müssen zweifellos schon früher auf diesen Gedanken gestoßen sein. Ich glaube, er erscheint in dem *Verfahren gegen Wagner*. Oder vielleicht in einem anderen Buch. Jedenfalls blickte Whitehead als Engländer der herrschenden Klasse natürlich mit Skepsis auf die im neunzehnten Jahrhundert verbreiteten romantischen Ideen. Seine im Laboratorium entwickelten Lehren folgten als einzige in ihrer Art auf die von Darwin und Huxley. Einige sagen, trotz der ihn einengenden strengen Traditionen sei in seiner Metaphysik der Einfluß von Haeckel – wohlgemerkt nicht Hegel – nachweisbar, der zur damaligen Zeit als der Cromwell der Morphologie galt. Ich rekapituliere alles das ziemlich kurz, verstehen Sie, um Ihre Erinnerung aufzufrischen…» Ich sah Mrs. Rubiol mit einem durchdringenden Blick an, der sie wieder zusammenzucken ließ. Tatsächlich hatte ich beinahe ein wenig Angst, sie würde einen Anfall bekommen. Ich wagte nicht, daran zu denken, was ich als nächstes sagen würde, denn ich hatte keinen einzigen Gedanken im Kopf. Ich machte einfach den Mund auf und fuhr, ohne einen Augenblick nachzudenken, fort...

«Wie Sie wissen, gab es immer zwei Denkrichtungen hinsichtlich der physikalischen Natur des Weltalls. Ich könnte Sie zur Bestätigung auf die Atomtheorie des Empedokles zurückverweisen, aber das würde uns zu weit abschweifen lassen. Was ich Ihnen zu sagen versuche, Mrs. Rubiol, ist einfach folgendes: Als Gertrude Stein die Trommel schlagen hörte und Professor Albert Whitehead für ein Genie erklärte, leitete sie eine Kontroverse ein, deren Konsequenzen vielleicht nicht vor Ablauf weiterer tausend Jahre in vollem Ausmaße fühlbar sein werden. Um es zu wiederholen, die von Professor Whitehead gestellte Frage lautete: Ist das Weltall eine Maschine, die wie eine acht Tage gehende Uhr abläuft und so überall das unvermeidliche Auslöschen des Lebens im Gefolge hat, und nicht nur des Lebens, sondern auch der Bewegung, sogar der Bewegung der Elektronen – oder wohnt diesem Weltall das Prinzip der Regeneration inne? Wenn letzteres der Fall ist, dann hat der Tod keine Bedeutung. Und wenn der Tod keine Bedeutung hat, dann sind alle unsere metaphysischen Doktrinen eucharistisch und eschatologisch. Damit will ich Sie nicht durch epistemologische Haarspaltereien verwirren. Die Tendenz der letzten dreißig Jahre neigt zunehmend zu der von dem heiligen Thomas von Aquino angezeigten Richtung hin. Es sind, dialektisch gesprochen, keine ‹Eselsbrücken› mehr zu überqueren. Wir befinden uns auf festem Grund, nach Longinus auf einer *terra firma*. Daher das zunehmende Interesse an zyklischen Theorien... beobachten Sie die nun über die Pluto-Neptun-Uranus-Transite tobenden Kämpfe. Ich möchte in Ihnen nicht den Eindruck erwecken, als sei ich mit allen diesen Entwicklungen eingehend vertraut, durchaus nicht! Ich weise nur darauf hin, daß durch einen räumlichen Parallelismus die auf einem Gebiet, wie zum Beispiel der Astrophysik, entwickelten Theorien überraschenden Widerhall auf anderen, scheinbar nicht damit zusammenhängenden Gebieten hervorrufen, wie zum Beispiel der Geomantie und der Hydrodynamik. Sie sprachen kurz zuvor vom Flugzeug, von seiner entscheidenden Bedeutung in den letzten Phasen des derzeitigen Krieges. Und doch wird ohne eine vorgeschrittenere Kenntnis meteorologischer Faktoren die Fliegende Festung, um ein konkretes Beispiel anzuführen, nur ein Hindernis in der Entwicklung einer brauchbaren Luftarmada werden. Die Fliegende Festung, um es klarer auszudrücken, Mrs. Rubiol, steht in derselben Beziehung zu dem mechanischen Vogel der Zukunft wie der Dinosaurier zum menschlichen Hubschrauber. Wir ahmen gegenwärtig lediglich die Vögel nach. Um genauer zu sein: die Raubvögel. Wir bauen Dinosaurier der Luft im Glauben, den Feldmäusen Furcht einzujagen. Aber man braucht nur an die ehrwürdigen Vorfahren der Küchenschabe zu denken – ich nenne Ihnen ein absurdes Beispiel –, um zu sehen, wie unwirksam die wahnsinnige Entwicklung des Skelettbaues des Dinosauriers war. Die Ameise ließ sich nie abschrecken zu existieren – ebensowenig die Heuschrecke. Sie leben heute noch unter uns, wie sie unter dem *Pithecanthropus erectus* gelebt haben. Und wo sind die Dinosaurier, die einst durch das urige, offene Weideland schweiften? Zutiefst in den arktischen Tundren erfroren, wie Sie wissen…»

Mrs. Rubiol, die mich bis hierher angehört hatte, begann plötzlich ernstlich zusammenzuzucken. Als ich an ihrer Nase vorbeischaute, die so blau wie der Bauch einer Kobra geworden war, sah ich in dem undeutlichen Licht des Eßzimmers etwas, das wie ein böser Traum schien. Der liebe nette Claude saß auf Geralds Schoß und goß Schlückchen eines kostbaren Gebräus Geralds ausgetrocknete Kehle hinunter. Gerald strich mit den Fingern durch Claudes goldene Locken. Mrs. Rubiol tat so, als sehe sie diese Hingabe nicht. Sie hatte ihren kleinen Spiegel hervorgezogen und puderte sich emsig die Nase.

Plötzlich kam Humberto aus dem angrenzenden Zimmer. Er hatte in der einen Hand eine Whiskyflasche und in der anderen ein leeres Glas. Indem er sich auf den Absätzen vor und zurück wiegte, sah er uns wohlwollend an, als hätten wir ihn um seinen Segen gebeten.

«Wer ist das?» wollte Mrs. Rubiol wissen, die sich nicht mehr erinnern konnte, wo sie ihn schon gesehen hatte.

«Wie, erinnern Sie sich denn nicht», sagte ich, «wir lernten uns doch vergangenen Herbst im Haus von Professor Schönberg kennen. Humberto ist der gynäkologische Assistent am Schizophrenischen Sanatorium in Neukaledonien.»

«Möchten Sie gerne etwas zu trinken?» fragte Humberto und blickte Mrs. Rubiol völlig verwirrt an.

«Natürlich möchte sie was zu trinken. Reich ihr die Flasche!» Damit stand ich auf, ergriff die Flasche und preßte sie an Mrs. Rubiols Lippen.

Viel zu verwirrt, um zu wissen, was sie tun sollte, schluckte sie ein paar Löffel voll davon und begann zu glucksen. Dann setzte ich die Flasche an meine eigenen Lippen und machte einen tüchtigen Zug.

«Jetzt wird es interessant, finden Sie nicht?» platzte ich heraus. «Jetzt können wir uns zu einem gemütlichen kleinen Schwatz zusammensetzen.»

Humberto lauschte mit gespitzten Ohren, in der einen Hand das leere Glas, während er mit der anderen vergeblich nach der abhanden gekommenen Flasche herumfischte. Es schien ihm nicht zum Bewußtsein gekommen zu sein, daß wir ihm die Flasche weggenommen hatten. Er tat so, als seien seine Finger steif geworden. Mit seiner freien Hand klappte er seinen Rockkragen hoch.

Als ich eine hübsche kleine Vase auf dem Tisch neben Mrs. Rubiol erspähte, nahm ich rasch die verwelkten Blumen heraus und goß eine reichliche Portion Whisky hinein. «Wir wollen daraus trinken», schlug ich vor, «es ist einfacher.»

«Sie sind ein Fisch, nicht wahr?» fragte Humberto und ging heftig schwankend auf Mrs. Rubiol zu. «Ich sehe das Ihren Augen an. Sie brauchen mir nicht zu sagen, wann Sie geboren sind, nennen Sie mir nur eben das Datum.»

«Er meint den *Ort*… Längen- und Breitengrad. Nennen Sie ihm auch den Azimut, wenn Sie schon dabei sind. Dadurch wird es weniger kompliziert.»

«Wart einen Augenblick», sagte Humberto, «du setzt sie in Verlegenheit.»

«In *Verlegenheit*? Nichts könnte Mrs. Rubiol in Verlegenheit setzen. Stimmt's nicht, Mrs. Rubiol?»

«Ja», gab sie sanftmütig zu.

Ich hob die Vase an ihre Lippen und trichterte ihr eine halbe Tasse Whisky ein. Im Eßzimmer schnäbelten Gerald und Claude noch immer miteinander. Sie schienen die Welt vergessen zu haben. In dieser unheimlichen Beleuchtung, miteinander verwachsen wie die Siamesischen Zwillinge, erinnerten sie mich lebhaft an ein Aquarell, das ich vor kurzem gemalt hatte und das *Die Flitterwöchner* betitelt war.

«Ja-ha», bemerkte Humberto mit einer langsamen Drehung, aber ohne die Augen von dem verbotenen Anblick zu lassen, «ich wollte dich fragen, ob ich einen Schluck zu trinken haben kann.»

«Ich habe dir gerade einen eingeschenkt», erwiderte ich.

«Wo?» wollte er wissen und schaute in die entfernte Ecke des Zimmers, als stünde dort ein netter, sauberer Spucknapf, mit einem Trunk darin versteckt.

«Ich fragte mich gerade», fuhr er fort, «wohin meine Frau verschwunden ist. Ich hoffe, sie hat nicht den Wagen genommen.» Er streckte erwartungsvoll seine freie Hand aus, als sei er sicher, die Flasche würde ohne Anstrengung von seiner Seite in ihre ursprüngliche Lage zurückkehren. Es sah aus wie ein Zeitlupenfilm eines mit Keulen jonglierenden Mannes.

«Deine Frau ist schon seit langem fort», sagte ich. «Sie ging mit dem Flieger.»

«*Nach Südamerika?* Sie muß verrückt sein.» Mittlerweile hatte er ein paar Schritte in Richtung auf die Flasche gemacht.

«Glaubst du nicht, du solltest Mrs. Rubiol fragen, ob sie nicht auch einen Schluck mag?» fragte ich.

Er blieb wie angewurzelt stehen. «*Einen Schluck?*» rief er. «Sie hat schon einen Viertelliter bekommen. Oder sehe ich wieder Gespenster?»

«Mein lieber Junge, sie hat noch nicht einmal einen Fingerhut voll gehabt. Sie hat daran geschnuppert, das ist alles. Komm, gib mir dein Glas. Laß sie wenigstens versuchen.»

Mechanisch reichte er mir sein Glas. Gerade als ich es ergreifen wollte, ließ er es fallen, machte auf dem Absatz kehrt und wankte der Küche zu. «Es muß noch mehr Gläser in diesem

Hause geben», murmelte er mit schwerer Zunge und tastete sich durchs Eßzimmer, als sei er in dichten Nebel eingehüllt.

«Was machen Sie denn da!» kam Geralds Stimme. «Schütze hat dauernd Durst.» Pause. Dann scharf, wie eine wahnsinnig gewordene alte Gluckhenne, deren Geduld erschöpft ist: «Machen Sie keine Unordnung in der Küche, zum Donnerwetter noch mal! Die Gläser stehen im obersten Fach, linker Hand, nach hinten. *Törichter Bogenschütze!* Diese Schützen machen immer Krach…» Wieder einen Augenblick Stille. «Falls ihr es wissen wollt, es ist jetzt 2 Uhr 30. Die Gesellschaft war um Mitternacht zu Ende. Aschenbrödel erscheint heute nacht nicht mehr, denn es ist schon Mitternacht vorbei.»

«Was soll das?» fragte Humberto, der mit einem Tablett voll Gläser im Türrahmen erschien.

«Ich sagte Ihnen doch, die Einladung ist bereits seit Stunden zu Ende. Aber Sie sind ein so einmaliger Hundsknochen, daß wir für Sie und Ihre Freunde im Nebenzimmer eine Ausnahme machen. Besonders für Ihren dreckigen Schriftstellerfreund da. Er ist der wunderlichste Steinbock, den ich je kennengelernt habe. Wäre er nicht ein Mensch, dann würde ich sagen, er sei ein Blutegel.»

Mrs. Rubiol sah mich bestürzt an. «Glauben Sie, daß er uns hinauswerfen wird?» fragten ihre Augen.

«Meine liebe Mrs. Rubiol», sagte ich und legte einen saftigen Schuß Benzolöl in meine Stimme, «er wagt nicht, uns hinauszuwerfen – es würde den Ruf seines Etablissements gefährden.» Dann, indem ich eine leise Strenge in die Worte legte: «Sie werden doch nicht sagen wollen, daß Sie diese ganze Vase aus getrunken haben?»

Ich konnte ihre Verwirrung spüren, als sie sich auf die Beine rappelte. «Setzen Sie sich», befahl Humberto und schob sie nicht allzu sanft aufs Sofa zurück. Er griff nach der Flasche, oder vielmehr dorthin, wo er glaubte, daß die Flasche stehe, und begann einzugießen, als habe er sie wirklich in der Hand. «Zuerst müssen Sie einen kleinen Schluck trinken», sagte er fast gurrend.

Es standen fünf Gläser auf dem Tablett, alle leer.

«Wo sind die anderen?» wollte ich wissen.

«Wie viele willst du? Genügen die dir denn nicht?» Er tastete blindlings unter dem Sofa nach der Flasche umher.

«Wie viele was?» fragte ich. «Ich spreche von den Gästen.»

«Und ich versuche die Flasche zu finden», erklärte Humberto. «Die anderen Gläser stehen in dem Gestell.»

«Kümmert euch nicht um uns!» rief Claude aus dem Eßzimmer.

«Warum geht ihr nicht nach Hause?» rief Gerald.

«Ich glaube», sagte Mrs. Rubiol, «wir sollten wirklich gehen.» Sie machte eine Anstrengung aufzustehen.

Humberto war jetzt halbwegs unter dem Sofa. Die Flasche stand neben Mrs. Rubiol auf dem Boden.

«Was, glauben Sie, sucht er?» fragte sie. Zerstreut trank sie wieder einen Schluck aus der Vase.

«Dreht das Licht aus, wenn ihr geht», rief Gerald. «Und überzeugt euch, daß ihr den Schützen mitnehmt. Ich will nicht für ihn verantwortlich sein.»

Humberto versuchte jetzt, sich zu stehender Haltung aufzurichten – mit dem Sofa auf dem Rücken und Mrs. Rubiol auf dem Sofa. Bei der heftigen Bewegung verschüttete Mrs. Rubiol etwas von dem Whisky auf das Gesäß von Humbertos Hose.

«Wer bepinkelt mich da?» schrie er und machte noch wildere Anstrengungen, um sich von dem Sofa zu befreien.

«Wenn jemand pinkelt», schrie Gerald, «muß es dieser Steinbock sein.»

Mrs. Rubiol hielt sich jetzt an der Sofalehne fest wie ein schiffbrüchiger Seemann.

«Leg dich flach, Humberto», empfahl ich ihm eindringlich, «dann ziehe ich dich heraus.»

«Was ist auf mich gefallen?» murmelte er hilflos. «Das ist eine teuflische Klemme.» Er griff sich mit der Hand an den Hintern und fragte sich vermutlich, ob er geträumt habe, er sei naß. «Solange ich nicht Aa machte... Hahaha! Aa! Wundervoll!» kicherte er.

Mrs. Rubiol, die sich jetzt wieder aufgerichtet hatte, fand das recht spaßig. Sie stieß ein paar Kicherlaute aus und begann dann nach Luft zu ringen.

«Ich hätte nichts dagegen, wenn ihr jetzt schlafen ginget», fing Gerald wieder an. «Habt ihr denn kein Gefühl dafür, daß jemand allein sein möchte?»

Humberto hatte sich befreit. Auf Hände und Knie gestützt, stieß er schnaubend wie ein Walfisch die Luft aus. Plötzlich erspähte er die Flasche. Wie durch Zauber machte er sich lang und griff mit beiden Armen danach, ganz so als ergreife er einen Rettungsring. Dabei streifte er Mrs. Rubiols Schienbeine. *«Bitte!»* murmelte sie, und ihre Augen zitterten wie das aufgeregte Gezwitscher zweier aus dem Konzept gekommener Singvögel.

«Scheiße von wegen bitte!» sagte Humberto. «Jetzt ist an *mir* die Reihe.»

«Passen Sie auf den Teppich auf!» rief Gerald. «Ich hoffe, es ist nicht der Steinbock, der mal muß. Die Toilette ist oben.»

«Das geht wirklich zu weit», sagte Mrs. Rubiol. «Ich bin nicht an eine solche Sprache gewöhnt.» Sie hielt, wie völlig aus der Fassung geraten, inne. Indem sie mich fest ansah, sagte sie: «Will mich nicht jemand heimbringen, bitte?»

«Natürlich», antwortete ich, «Humberto wird Sie heimfahren.»

«Aber kann er fahren – in seinem Zustand?»

«Er kann in jedem Zustand fahren, solange ein Steuerrad da ist.»

«Ich frage mich», meinte Mrs. Rubiol, «ob es nicht sicherer wäre, wenn Sie mich fahren?»

«Ich kann nicht Auto fahren. Ich könnte es freilich lernen», fügte ich rasch hinzu, «wenn Sie mir zeigen würden, wie das verdammte Ding funktioniert.»

«Warum fahren Sie nicht selber nach Hause?» wollte Humberto wissen und füllte sich noch einmal ein Glas.

«Das hätte ich längst getan», erwiderte Mrs. Rubiol, «wenn ich nicht ein künstliches Bein hätte.»

«Was?» rief Humberto. «Sie meinen…?»

Mrs. Rubiol hatte keine Möglichkeit zu erklären, was sie meinte. «Rufen Sie die Polizei an!» dröhnte Geralds Stimme. «Die wird Sie umsonst fahren.»

«Schön. Ruft die Polizei an!» echote Humberto.

‹Das ist ein Gedanke›, dachte ich bei mir. Ich wollte gerade fragen, wo das Telefon war, als Gerald mir zuvorkam.

«Es ist im Schlafzimmer, meine Herzchen... gebt acht, daß ihr nicht die Lampe umwerft.» Seine Stimme klang müde.

«Glauben Sie nicht, daß man uns verhaften wird?» hörte ich Mrs. Rubiol sagen, als ich ins Nebenzimmer ging.

Als ich die Sprechmuschel abhob, fragte ich mich plötzlich, wie man die Polizei verlangt. «Wie verlangt man die Polizei?» rief ich.

«Schrei einfach POLIZEI!» sagte Humberto. «Sie werden dich schon hören.»

Ich rief das Amt an und verlangte die Polizeistation.

«Ist etwas passiert?» erkundigte sich das Telefonfräulein.

«Nein, ich möchte nur den diensttuenden Beamten sprechen.»

Einen Augenblick später hörte ich eine mürrische, verschlafene Stimme schnauzen: «Ja, was ist?»

«Hallo!» sagte ich.

Es kam keine Antwort.

«Hallo, hallo... hören Sie mich?» schrie ich.

Nach einer langen Stille antwortete die gleiche mürrische Stimme: «Nun, was gibt's? Jemand gestorben?»

«Nein, niemand ist tot.»

«Reden Sie! Was ist los, hat Ihnen der Schreck die Sprache verschlagen?»

«Nein, ich bin ganz in Ordnung.»

«Nun, dann raus mit der Sprache, reden Sie es sich von der Brust. Um was handelt sich's – ein Unfall?»

«Nein, alles ist okay. Ich wollte nur...»

«Was meinen Sie damit, alles okay? Warum rufen Sie *mich* dann an? Was soll das?»

«Einen Augenblick. Wenn Sie mich erklären lassen wollen...»

«Schön, schön. Legen Sie los und erklären Sie. Aber machen Sie's kurz. Ich kann nicht die ganze Nacht am Telefon sitzen.»

«Es handelt sich um folgendes», begann ich.

«Hören Sie zu, lassen Sie die Einleitungen weg. Was ist los? Wer ist verletzt? Hat jemand eingebrochen?»

«Nein, nein. Nichts dergleichen. Passen Sie auf, wir wollten nur wissen...»

«Ach, ich verstehe... Ein Spaßvogel, was? Wollten nur wissen, wieviel Uhr es ist... das ist es wohl, was?»

«Nein, ehrlich, nicht so was. Ich führe Sie nicht an der Nase herum. Ich spreche im Ernst.»

«Schön, dann legen Sie los. Wenn Sie nicht sprechen können, dann schicke ich den Transporter hin.»

«Den Transporter? Nein, senden Sie bitte nicht den Transporter. Könnten Sie nicht einen Wagen senden... Sie wissen schon, einen regelrechten Polizeiwagen... mit Radio und alledem?»

«Und weichgepolsterten Sitzen, nehme ich an? Ich verstehe schon. Freilich können wir Ihnen einen netten kleinen Wagen schicken. Was möchten Sie gerne – einen Packard oder einen Rolls-Royce?»

«Hören Sie zu, Chef...»

«Betiteln Sie mich nicht mit Chef! Hören zur Abwechslung jetzt einmal *Sie* zu. Halten Sie die Klappe, hören Sie mich? Nun passen Sie auf: Wie viele von Ihnen sind da?»

«Wir sind nur unser drei, Chef. Wir dachten...»

«Drei von Ihnen, he? Nun, ist das nicht nett? Und einer davon ist auch noch eine Dame, nehme ich an. Sie hat sich den Knöchel verstaucht, ist's nicht so? Und ihr wollt keine Handschellen um euer Handgelenk, stimmt's? Schön, hören Sie zu! Geht einfach ins Badezimmer... legt ein nettes weiches Kissen in die Wanne... und vergeßt die Leintücher nicht! Dann steigt in die Wanne, ihr drei – hören Sie mich? –, und lassen Sie mich keinen Piepser mehr von sich hören. Hallo! Und passen Sie auf... wenn ihr es euch in der Wanne bequem gemacht habt, öffnet den Kaltwasserhahn und ertränkt euch!» Peng!

«Nun», rief Gerald, als ich den Hörer aufgelegt hatte, «kommen sie?»

«Ich glaube nicht. Sie wollen, daß wir uns in der Badewanne schlafen legen und sie dann mit Wasser vollaufen lassen.»

«Ist euch jemals der Gedanke gekommen, *zu Fuß* heimzugehen? Ich glaube, ein frischer Fußmarsch wäre gerade das richtige für euch. Steinböcke sind gewöhnlich sehr behend auf den Beinen.» Damit trat er aus der Dunkelheit hervor.

«Aber Mrs. Rubiol hat ein künstliches Bein», wandte ich ein.

«Dann soll sie nach Hause humpeln.»

Mrs. Rubiol war nun tief beleidigt. Sie rappelte sich mit erstaunlicher Lebhaftigkeit auf die Beine und ging geradewegs auf die Tür zu.

«Laßt sie nicht gehen», sagte Humberto. «Ich bringe sie heim.»

«Recht so», rief Gerald. «Bringen Sie sie heim wie ein artiger Junge und braten sich dann ein Nierenkotelett. Nehmen Sie den Steinbock mit.» Er funkelte mich in einer wirklich drohenden Weise an. Jetzt kam Claude nur mit der Jacke seines Schlafanzugs bekleidet hereingeschlichen. Mrs. Rubiol wandte den Kopf weg.

Ich hatte eine Vorahnung, daß man uns vor die Tür setzen würde.

«Einen Augenblick», sagte Humberto, immer noch die Flasche in der Hand. Er blickte verzweifelt auf Mrs. Rubiol.

«Nun, was gibt's jetzt?» unterbrach ihn Gerald und trat noch näher heran.

«Aber Mrs. Rubiol...» stammelte Humberto, und er blickte kummervoll und verwirrt auf ihre unteren Gliedmaßen. «Ich überlegte gerade», fuhr er fort und wußte nicht recht, wie er es ausdrücken sollte, «ich fragte mich, da wir zu Fuß gehen wollen, ob es nicht besser wäre, sie schnallte das ab... ich meine, wir könnten sie irgendwie tragen.» Er machte eine hilflose Geste mit beiden Händen. Die Flasche fiel zu Boden.

Als er auf dem Boden kniete und nicht wußte, wie er seine Besorgnis in Worten ausdrücken sollte, begann Humberto impulsiv zu Mrs. Rubiol hinzukriechen. Plötzlich, als er in Reichweite von ihr war, ergriff er ihre beiden Beine an den Fußknöcheln.

«Verzeihen Sie», murmelte er, «ich wollte nur wissen, welches...»

Mrs. Rubiol hob ihr gesundes Bein und stieß ihn weg. Humberto rollte gegen das Bein eines wackeligen Gestells, wobei eine Marmorstatuette umfiel. Zum Glück fiel sie auf den Teppich, nur ein Arm war am Ellbogen gebrochen.

«Schafft ihn hinaus, bevor das ganze Haus einfällt!» fauchte Gerald. Damit beugte er sich über Humbertos auf den Boden hingestreckte Gestalt und richtete ihn mit Claudes Hilfe halb stehend auf. «Mein Gott, er ist aus Gummi gemacht.» Er wimmerte jetzt beinahe vor Wut.

Humberto sackte zu Boden.

«Er braucht einen Schluck», erklärte ich ruhig.

«Also, dann gebt ihm seine Flasche und befördert ihn hinaus. Hier ist kein Schnapsausschank.»

Wir drei bemühten uns jetzt, Humberto auf die Beine zu bringen. Mrs. Rubiol rettete freundlicherweise die Flasche und hob sie an Humbertos Lippen.

«Ich habe Hunger», murmelte er schwach.

«Er möchte ein belegtes Brot, vermute ich», sagte ich mit sanfter Stimme.

«Und eine Zigarette», flüsterte Humberto. «Nur einen kleinen Zug.»

«O ihr Schlangenbrut!» rief Claude aus. «Ich werde die Spaghetti aufwärmen.»

«Nein, keine Spaghetti!» protestierte Humberto. «Nur ein Fleischklößchen.»

«Sie essen jetzt Spaghetti», mischte sich Gerald ein. «Ich sagte, hier ist kein Schnapsausschank. Auch kein Kaffeehaus. Es *könnte* freilich eine Menagerie sein.»

«Es muß spät sein», bemerkte Humberto. «Wenn nur Mrs. Rubiol...»

«Kümmern Sie sich nicht um Mrs. Rubiol», fuhr ihn Gerald an. «Ich werde Mrs. Rubiol schon heimbringen.»

«Das ist nett von Ihnen», murmelte Humberto. «Warum zum Teufel haben Sie das nicht gleich gesagt?»

«Oh, pscht! Halten Sie den Rand! Ihr Steinböcke seid wie die kleinen Kinder.»

Plötzlich läutete die Haustürglocke. Es war zweifellos die Polizei.

Gerald wurde im Nu zu einem elektrischen Aal. Im Handumdrehen hatte er Humberto zu sitzender Stellung aufs Sofa hochgezogen. Die Flasche beförderte er mit einem Fußtritt unters Sofa. «Jetzt hören Sie zu, Steinbock», sagte er und hielt mich an den Rockaufschlägen fest, «nehmen Sie rasch Ihre Gedanken zusammen! Das ist *Ihr* Haus und *Ihre* Einladung. Sie sind ich, verstanden? Alles ist in Ordnung. Jemand hat telefoniert, ist aber inzwischen weggegangen. Ich werde mich um Claude kümmern. Jetzt öffnen Sie», und er verschwand wie der Blitz.

Ich öffnete die Türe und fand einen Mann in Zivilkleidung draußen stehen. Er schien es nicht eilig zu haben hereinzustürmen und unsere Fingerabdrücke abzunehmen.

«Kommen Sie herein», forderte ich ihn auf und versuchte so zu tun, als sei es meine Wohnung und erst vier Uhr nachmittags.

«Wo ist die Leiche?» war die erste Frage, die er stellte.

«Hier gibt's keine Leiche», antwortete ich, «wir sind alle lebendig.»

«Das sehe ich», sagte er.

«Lassen Sie mich erklären...» stammelte ich hilflos.

«Bemühen Sie sich nicht», schnitt er mir ruhig das Wort ab. «Alles ist okay. Ich setze mich, wenn Sie nichts dagegen haben.»

Als er sich in einen Sessel niederließ, fing ich plötzlich einen Hauch seines Atems auf.

«Ist das Ihr Bruder?» wollte er wissen und nickte in Richtung auf Humberto.

«Nein, er ist nur ein Schlafgast.»

«Schlafgast ist gut! Nun, bekomm ich nichts zu trinken? Ich sah das Licht und dachte...»

«Schenk ihm ein», mischte sich Humberto in unser Gespräch. «Und mir auch. Ich will keine Spaghetti.»

«*Spaghetti?*» sagte der Mann. «Ich will nur was zu trinken.»

«Haben Sie einen Wagen mitgebracht?» erkundigte sich Humberto.

«Nein», sagte der Mann. Nach einer Pause setzte er in respektvollem Ton hinzu: «Ist die Leiche oben?»

«Es ist keine Leiche da.»

«Das ist aber komisch», sagte der Mann. «Mir wurde gesagt, ich sollte die Leiche abholen.» Er schien es todernst zu meinen.

«Wer sind Sie?» fragte ich. «Wer hat Sie hergeschickt?»

«Haben Sie uns denn nicht angerufen?» sagte der Mann.

«Niemand hat Sie angerufen», erwiderte ich.

«Dann muß ich mich im Haus geirrt haben. Sind Sie sicher, daß niemand vor etwa einer Stunde gestorben ist?»

«Gib ihm was zu trinken», sagte Humberto und rappelte sich auf die Beine. «Ich möchte hören, was er zu sagen hat.»

«*Wer* hat Sie gebeten herzukommen?» warf ich ein. «Wer sind Sie?»

«Geben Sie mir was zu trinken, wie er es vorgeschlagen hat, und ich werde es Ihnen sagen. Wir bekommen immer zuerst ein Glas.»

«Was soll dieses ‹wir›?» sagte Humberto, der immer nüchterner wurde. «Bitte, gib ihm doch jemand was zu trinken. Und vergeßt mich dabei nicht.»

«Nun», sagte der Mann, «Sie sind Astrologe, nicht wahr?»

«Ja, gewiß», entgegnete ich und fragte mich, was wohl jetzt kommen würde.

«Die Leute sagen Ihnen, wann sie geboren sind. Aber niemand kann Ihnen sagen, wann sie sterben werden, stimmt's?»

«Hier stirbt niemand», mischte sich wieder Humberto ein, den die Hände nach einem Glas juckten.

«Gut», sagte der Mann, «ich glaube Ihnen. Wie dem auch sei, wir kommen erst, wenn sie kalt sind.»

«Da ist wieder dieses ‹wir›. Warum sagen Sie es uns nicht? Was ist Ihr Beruf?» Humberto schrie es jetzt beinahe.

«Ich kleide sie an», erklärte der Mann mit einem sanften Lächeln.

«Und was tun die anderen?»

«Sie sitzen einfach herum und machen freundliche Gesichter.»

«Was tun sie?» fragte ich.

«Aufs Geschäft warten, was glauben Sie denn sonst?»

Mrs. Rubiol hatte endlich die Flasche ans Tageslicht befördert. Ich dachte, ich könnte sie ebensogut vorstellen. «Dies ist Mrs. Rubiol», sagte ich. «Eine weitere Leiche – noch warm.»

«Sind Sie ein Geheimpolizist?» fragte Mrs. Rubiol und streckte ihm die Hand hin.

«Ein Geheimpolizist? Wie kommen Sie denn auf diesen Gedanken?»

Pause.

«Meine Dame, ich bin nur eben ein einfacher Leichenbestatter», erklärte der Mann. «Jemand hat angerufen und gesagt, Sie bräuchten uns. Also setzte ich meinen Hut auf und kam her. Wir sind nur zwei Häuserblocks entfernt, wissen Sie.»

Er zog seine Brieftasche heraus und überreichte ihr eine Karte. «McAllister & Co. Das sind wir. Keine Mätzchen, kein Getue.»

«Jesus Maria!» rief Humberto aus. «Ein Leichenbestatter, ausgerechnet. Jetzt muß ich doch ein Fleischklößchen haben.» Er stolperte ein paar Schritte dem Eßzimmer zu. «He!» schrie er. «Was ist aus den Soubretten geworden?»

Ich ging in die Küche. Keine Spur von einem der Weiber. Ich öffnete die Hintertür und schaute hinaus. Alles war still.

«Sie haben sich dünnegemacht», sagte ich. «Jetzt wollen wir einmal nachsehen, was in der Speisekammer übrig ist. Ich könnte Schinken mit Eiern vertragen.»

«Ich auch», stimmte Humberto bei. «Schinken mit Eiern. Das wär mir lieber.» Er verstummte einen Augenblick, als rätsele er an etwas herum. «Glaubst du nicht», flüsterte er, «daß wir noch irgendwo eine Flasche finden könnten?»

«Das ist schon möglich», sagte ich, «kehr die ganze Bude um. Es muß eine Goldmine dasein. Bitte den Leichenbestatter, daß er dir hilft.»

Die Brooklynbrücke

Mein ganzes Leben lang habe ich mich mit Wahnsinnigen und Verbrechern sehr verwandt gefühlt. Praktisch habe ich mein ganzes Leben lang in Großstädten gewohnt. Ich bin unglücklich, und mir ist unbehaglich zumute, wenn ich nicht in einer Großstadt bin. Mein Gefühl für die Natur ist auf Wasser, Berg und Wüste beschränkt. Diese drei bilden eine Dreiheit, die für mich notwendiger ist als jede geistige Nahrung. Aber in der Großstadt bin ich mir eines anderen Elementes bewußt, das sie alle an Bezauberungskraft übertrifft: des Labyrinths. In einer fremden Stadt verloren zu sein, ist das größte Vergnügen, das ich kenne. Wenn man sich schließlich auskennt, ist alles verloren. Für mich ist die Großstadt das personifizierte Verbrechen, der personifizierte Irrsinn. Hier fühle ich mich zu Hause. Wenn ich zum Beispiel im Kino eine große chinesische Stadt sehe und mir vorstelle, ich wäre mitten in dieser Anarchie und diesem Durcheinander, dann kommen mir die Tränen in die Augen. Sie ist für mich wie eine Zufluchtstätte. Gleichviel um welche Sprache es sich handelt, ich kann mich mit dem Großstadtmenschen verständigen. Wir sind Brüder, wir verstehen einander. Wandern wir nicht einer gemeinsamen Wirklichkeit entgegen – einer Wirklichkeit, die ihren Ursprung im Verbrechen hatte?

Um nur den kleinsten Schritt vorwärtszukommen, muß man beinahe bis ganz zum Anfang zurückgehen. Jeder Mensch greift, wenn er den gerechten Tod verdient hat, welcher der Reife vorangeht, auf seine Kindheit zurück, um Erleuchtung und Nahrung zu finden. Dann wird sein Schlummer durch prophetische, beunruhigende Träume gestört; er nimmt seine Zuflucht zum Schlaf, um lebendiger aufzuwachen. So beginnt er, zweifellos unbewußt, sich an den Zustand der Vernichtung zu gewöhnen, welcher der Preis für die Erfüllung ist. Er beginnt in vollem Bewußtsein zu leben, um den langen, ununterbrochenen Tod, der am Ende steht, zu genießen – den Tod, den nur sehr wenige Menschen erfahren haben. Die Erinnerung nimmt einen neuen Charakter an, der fast identisch mit dem des wachen Lebens ist. Die Erinnerung hört auf, ein endloser Güterzug zu sein. Es ist ein einziges Bewußtsein – dasselbe für Traum, Erinnerung und waches Leben. Jede Regung schließt sich zum Kreis und quillt aus einer unerschöpflichen Quelle.

In den heftigen Träumen und Gesichten, die das Schreiben meines Buches *Schwarzer Frühling* begleiteten, scheint ein Bild mit größerem Glanz und stärkerer Leuchtkraft als jedes andere wiedergekehrt zu sein: die Brooklynbrücke. Für mich bedeutete die Brooklynbrücke genau das, was für D. H. Lawrence der Regenbogen war. Nur während Lawrence die helle Zukunft suchte, die der Regenbogen zu verheißen schien, suchte ich ein Bindeglied, das mich an die Vergangenheit heften würde. Die Brücke war für mich ein Mittel, mich wieder in den allgemeinen Strom einzuordnen. Sie war weit haltbarer und dauerhafter als der Regenbogen, und gleichzeitig machte sie Hoffnung und Sehnsucht zunichte. Sie ermöglichte mir, die beiden ererbten Ströme zu verbinden, die zwischen Tod und Irrsinn zirkulieren. Von nun an konnte ich einen Fuß fest in China und den anderen in Mexiko auf den Boden setzen. Ich konnte ruhig zwischen dem Wahnsinnigen und dem Verbrecher meinen Weg gehen. Ich war sicher in meiner Zeit verankert, und doch stand ich über ihr und war über sie hinaus.

Soweit ich zurückdenken kann, wehrten sich meine Vorfahren dagegen, im Geschirr zu gehen. Die Käuze und Ungeheuer, die man noch am Stammbaum hängen sehen kann, zeugen von einem beständigen heftigen Bemühen, neue Sprossen zu treiben. Sie alle, sogar die Dichter und Musiker, ja, sogar die lächerlichen kleinen Schneider, waren Wanderer, Bahnbrecher, Forscher, Seefahrer und Siedler. Auf der weiblichen Linie sollen sie mongolischen, auf der männlichen patagonischen Ursprungs gewesen sein. Die beiden Ströme teilten sich und ließen in jeder Ecke und in jedem Winkel der Erde ihre Spuren zurück. Schließlich vermengten sie sich und bildeten die in meinem Buch *Schwarzer Frühling* beschriebene geheimnisvolle Insel der Blutschande. Dieses Eiland von George Insel war ganz von Amphibienmenschen bevölkert, von denen die Atlantiden ein Zweig sind. Ihre Besonderheit bestand darin, daß sie nur die Kleider der Toten trugen.

In George Insel wurden der Baum und das menschliche Gerippe eins. Das Ergebnis, das über 25 000 Jahre zu seiner Ausbrütung gebraucht hatte, ging in einem Vorstadtwirtshaus vor sich. Schließlich kamen die Angehörigen der Familie, die sich mit anderen Völkerschaften vermischt hatten, mit denen, die nur innerhalb des Familienkreises geheiratet hatten, zusammen – das heißt, die als Chinesen über die Bering-Straße gekommenen Menschen begegneten in diesem Vorstadtwirtshaus ihren Brüdern aus Atlantis, die in einem amphibischen Trancezustand über den Meeresboden gewandert waren. George Insel kam wie ein Krater inmitten des Stillen Ozeans aus den Tiefen empor. Er ließ seine Abstammung hinter sich. Er war gerade wie ein Totempfahl und rein verrückt vom Vordersteven bis zum Heck. Kaum hatte er eine Arbeit als Leichenbestattergehilfe angenommen, da stürzte er sich auf einen saftigen Kadaver, weidete ihn aus und eignete sich die Leichentücher an. Als er zur Weihnachtszeit mit Postkarten hausierte, wurde sein Bart schneeweiß und glitzerte wie Glimmer.

Wenn ich über die Brooklynbrücke hin und her ging, wurde mir alles kristallklar. Sobald ich den Eingang der Brücke hinter mir hatte und mich über dem Fluß endlich im Gleichgewicht befand, klappte auch die ganze Vergangenheit ohne Lücke zusammen. Das hielt vor, solange ich über dem Wasser blieb, in den tintenschwarzen Strudel hinunterblickte und alle Dinge auf den Kopf gestellt sah. Nur in Augenblicken äußerster Seelennot, wenn, wie man so sagt, alles verloren schien, nahm ich meine Zuflucht zu der Brücke. Immer wieder war alles unwiderruflich verloren. Die Brücke war die Todesharfe, das seltsam geflügelte Wesen ohne Auge, das mich zwischen den beiden Ufern in der Schwebe hielt.

Ich träumte sehr lebhaft auf der Brücke, oft so lebhaft, daß ich mich beim Erwachen in Nevada oder Mexiko oder einem gottvergessenen Ort wie Imperial City befand. Das Gefühl, das mich einmal in dem letztgenannten Ort überkam, läßt sich nicht beschreiben. Ein wirklich beispielloses Gefühl der Trostlosigkeit, und das um so mehr, als es grundlos war. Ich befand mich plötzlich in diesem gottverlassenen Ort an der pazifischen Küste im Körper eines Mannes, der meinen Namen trug, und als ich ziellos vom einen Ende der Stadt zum anderen wanderte, hatte ich das ganz deutliche Gefühl, nicht zu diesem Körper zu gehören, der mir als Behausung zugewiesen war. Es war entschieden nicht mein Körper. Er war mir vielleicht aus Mitleid geliehen worden, aber er war nicht ich. Es war weniger Schrecken, als vielmehr Trostlosigkeit, was ich empfand. Ich, der ich litt – wo war ich in jenem Augenblick in dieser Welt? Hier war ich aus mir unbekannten Gründen bequem in einen Körper eingekapselt, der durch eine fremde Stadt wanderte. Das dauerte einen ganzen Nachmittag. Es war eine vielleicht kurze Zeitspanne, in der mich, nach den Voraussagen der Astrologen, der Wahnsinn bedrohte. Es ging kein Kampf damit einher, keine große Qual. Es war einfach ein völlig trostloser Zustand. In der Tat war «Ich» während dieser Zeit nicht da. Das «Ich» war nur ein trübes, dunkles Wissen um ein Ego, ein vorübergehend im Zaum gehaltenes Bewußtsein während einer kritischen Planetenkonjunktion, in der mein Schicksal für mich entschieden wurde. Es war das Skelett eines Ego, der erstarrte Wolkengeist des eigenen Ich.

Nicht lange nachher erwachte ich eines Nachts, zog mich automatisch an, ging zum Telegrafenamt hinunter und sandte an mich selbst die telegrafische Aufforderung, nach Hause zu kommen. Am nächsten Tag saß ich im Zug nach New York, und als ich daheim ankam, erwartete mich das Telegramm.

Wieder in meiner eigenen Haut, vergegenwärtigte ich mir ohne die geringste Beunruhigung, daß mir eine lange Bußzeit bevorstand. Man entrinnt nicht so wunderbarer Weise, ohne einen Preis dafür zu bezahlen. Eine vor der Zeit erfolgte Seelenrettung ist bedeutungslos. Oft hatte ich auf der Brücke Selbstmord begangen. Aber ebenso häufig fand ich wieder zurück und rang mit denselben Rätseln. Es hat auf lange Sicht nicht viel zu bedeuten, ob man wirklich stirbt oder nicht. Man muß schließlich doch zum Leben zurückkehren, um es voll und ganz bis zur letzten bedeutungsvollen Neige durchzuleben. Das lernte ich schließlich verstehen, als die Brücke aufhörte, ein Ding aus Stein und Stahl zu sein, und in mein Bewußtsein als ein Symbol einging.

Während des inneren Wandlungsprozesses wurde die große Strömung, die den Stammbaum 25 000 Jahre oder noch länger beseelt hatte, polarisiert. Die Schrecken und Wahnideen, die ihn ausgehöhlt hatten, der wie ein Gärungsstoff an der Wurzel des Baumes nagende Tod und der das Laub wie die Luft selber umhüllende Wahnsinn verloren ihre Wirkungskraft. Das sonderbare welke Eiland der Blutschande, George Insel, begann aufzublühen wie eine Magnolie. George Insel begann zu träumen wie eine Pflanze in einer schwülen Nacht. Er bettete den Leichnam auf Eis, legte sich in den gepolsterten Sarg des Leichenbestattungsinstituts und fing an, leise, schlafbefangen und überlegend zu träumen.

Was George Insel träumte, das träumten die Menschen von Mexiko vor ihm. Es ist ein Traum, den die Nordamerikaner abzuschütteln versuchen, was ihnen aber nie gelingen wird, denn der ganze Kontinent ist verdammt. Eine Zeitlang, als die Mongolen aus dem Nordwesten hereinströmten und sich in den unbewohnten Körpern der Mexikaner einmieteten, schien es fast, als sei der Traum eine Fabel. Aber heute kann man in der engelhaften Haltung des amerikanischen Mörders die amphibischen Schlafwandler erkennen, die das Mittelmeerbecken in der blinden Suche nach Frieden verließen. In dem sanften, friedlichen Lächeln des Mörders, des nordamerikanischen Mörders, kann man den Keim des Künstlertyps entdecken, der seinerzeit von der Flut ausgelöscht wurde. Was man Geschichte nennt, ist nur die Erdbebentabelle der Explosionen und inneren Entladungen, die zu einer bestimmten Zeitspanne in der dunklen Vergangenheit durch die Fehlgeburt eines neuen und ersprießlichen Menschentyps verursacht wurden. Diese Vergangenheit wirkt ebenso wie die Zukunft, die sie auflösen wird, unbarmherzig auf das Bewußtsein des heutigen Menschen ein. Der Mensch unserer Tage wird auf der Oberfläche seiner eigenen Flut mitgerissen. Seine wachsten Momente sind in ihrer Art und Beschaffenheit nicht verschieden von dem Stoff, aus dem Träume gebildet werden. Sein Leben ist der schaumgekrönte Kamm einer langen Flutwelle, die im Begriffe ist, sich an den Ufern eines unbekannten Kontinents zu brechen. Er hat seine eigenen Trümmer vor sich hergeschwemmt. Er wird in einer stetig gewachsenen Woge zerschellen.

Darum bin ich, wenn ich den wohltemperierten amerikanischen Schrecktraum betrachte, entzückt über die Aussicht, die Trümmer, die sich an den Gestaden dieses George Insel genannten isolierten Eilands der Blutschande aufgehäuft haben, neu zu ordnen. Ich sehe unter zahllosen anderen Dingen eine verwelkte Blume vom Todestal, ein Stück Quarz von den *Bad Lands*, eine Glasperle der Navajo-Indianer, ein rostiges Hackmesser aus dem Schlachthaus, einen Tropfen Serum aus dem Krebsforschungsinstitut, eine Laus vom Barte eines Juden, eine Straße mit Namen *Myrtle Avenue*, eine Stadt, die ganz aus Zelluloid, eine andere, die aus Cellophan besteht, eine Kornfrucht, die wie getrocknete Gehirne aussieht und *Grape Nuts* genannt wird, und so weiter. Im toten Mittelpunkt der Trümmer steht gründlich überholt und ventiliert die Brooklynbrücke. Auf engem Turm sitzt Tante Melia und flicht ihr Haar, auf dem anderen sitzt George Insel, bewaffnet mit einer Einbalsamierungsspritze. Hell leuchtend bricht der Tag an, und an den Hebekranen unten in der Marinewerft schaukeln steif und lustig die Toten. Tante Melia geht es augenblicklich so gut, daß sie nur die Hand nach ihm auszustrecken braucht, wenn sie sich den Mond wünscht, wie sie es manchmal tut. Alles ist aufs geschmackvollste hergerichtet, alles vorgedacht, prädisponiert, vorverdaut und vorgeplant. Das Nordlicht ist in vollem Schwunge, und der Himmel ist nur eben ein ungemein antiseptisches, mit Petersilie und Kümmel bestreutes Omelett. Es war ein schöner Tag für alle, Gott eingeschlossen. Kein Anzeichen von Regen, keine Andeutung von Blut oder Pestilenz. Das Wetter wie der Himmel werden ad infinitum so bleiben. Unter dem Flußbett arbeiten ein paar armselige tausend Menschen mit Nietmaschinen geduldig an der Zugrunderichtung ihrer Lungen. Sonst ist es sehr großartig. Ich gehe auf der Brücke hin und her mit dem friedlichen Lächeln des nordamerikanischen Mörders. Meine Seelenqual ist durch ein elastisches Dauertragband abgestützt. Sollte ich Blut spucken müssen, so ist an meinem Rosenkranz ein handlicher kleiner Becher befestigt, den ich einmal im Einheitspreisladen gekauft habe. Die Schlachtschiffe geben in Linie zu Schießübungen. Sie müssen bald in Aktion treten, oder sie werden verschrottet. Die Konteradmirale nehmen das Besteck auf; auch sie treten in Aktion wie die anderen Helden. Jedermann wird mit der größten Heldenhaftigkeit sterben, einschließlich dem Groß-Dalai-Lama von Tibet. Salvador Dalí reinigt seine Pinsel; er fühlt sich ein wenig der Zeit voraus. Aber seine Zeit kommt: die Luft wird bald von Mutterkuchen, geflügelten Ringelblumen und mit Menschenaugen verzierten Spucknäpfen erfüllt sein. In Yukatan laufen die Gummisammler Amok. Zur Verzweiflung getrieben, kauen die Gebrüder Wrigley ihren eigenen Gummi. An den Ufern des Großen Salzsees stehen die hingemordeten Büffel wie Gespenster auf und stürmen das Schlachthaus. Und doch ist der Himmel so glänzend wie ein Omelett, bei dem jedes Schnipselchen Petersilie fest an seinem Platz ist. *Ein wundervoller Tag für jedermann, Gott eingeschlossen.*

Die Nordamerikaner fürchten zwei Dinge: Tod und Irrsinn. Im Grundtypus sind diese Ängste anscheinend gebannt worden. Der Mörder ist ein Mensch ohne Nerven und ohne Schuldbewußtsein. Er geht seinem Geschäft in einem Trancezustand nach. Auf dem elektrischen Stuhl legt er die gleiche Unbekümmertheit an den Tag wie in einem Friseurladen, ja, sogar eine noch größere, denn beim Friseur kann ihn der Tod überraschen, während der elektrische Stuhl eine garantiert sichere Kapitalanlage ist. Der Mensch im Tiefschlaf kann immer und immer wieder getötet werden – kein Schmerz, kein Schreck sind damit verbunden. Aber der Teil des Menschen, der wach ist und dem zu gewissen Zeiten der Eintritt in den Körper verwehrt wird, bringt zur rechten Zeit einen unsichtbaren Herrn des Hauses hervor, der die Atmosphäre mit Angst sättigt. So bewegt sich der ganze Kontinent wie eine schwimmende Eisscholle einem tropischen Strom zu, in dem die Spannung aufgelöst werden soll.

Als ich in ihm war und zu ihm gehörte, hatte ich das Gefühl, die übrige Welt sei verrückt. Wenn ein ganzer Kontinent am Treiben ist, so scheint es, als hätte er eine bestimmte Richtung. Steht man aber am Heck und merkt plötzlich, daß kein Steuer vorhanden ist, dann überkommt einen ein ganz anderes Gefühl. Und wenn man sehr lange so dasteht, springt man unweigerlich in die Tiefe. Genau das geschah mit mir. Ich sprang im Badeanzug hinunter und kappte das Ankertau. Auf dem tiefsten Grund fühlte ich schließlich, daß ich auf festem Boden stand. Als ich mit wässerigen Augen durch die Meerestiefe schaute, sah ich die Sohlen und Absätze der Leute über mir, die auf dem dünnen Eis Schlittschuh liefen. Es war genau so, als wären sie bereits im Himmel, nur daß Engel keine Maschinenpistolen tragen. Aber sie alle schienen den seligen Gesichtsausdruck von Gestorbenen zu haben. Sie warteten nur noch auf die Sense, die sie niedermähen sollte.

Als ich die lange Wasserreise machte, entdeckte ich ein paar Dinge, die meine Vorfahren mir erfolglos einzuhämmern versucht hatten. Ich entdeckte, daß man ganz leicht, fast überhaupt nicht atmen muß. Auch entdeckte ich, daß man nachgeben, schmerzliche Umwege machen, mit dem Strom schwimmen muß. Ich kam dahinter, daß man eine Menge Zeit damit vergeuden muß, sich auf dem Rücken treiben zu lassen, daß man sich um die Gunst höchst primitiver Menschen bemühen, völlig willfährig und kraftlos, eine rückgratlose, willenlose Null sein muß – um das andere Ufer zu erreichen.

Das andere Ufer! Vor allem muß man vergessen lernen, daß es ein anderes Ufer gibt. Denn das Ufer ist immer da, *wenn es notwendig ist.* Ganz wie man im Traum der Vernichtung dadurch entgeht, daß man aufwacht, so ist bei der Unterwasserreise das Ufer immer in erreichbarer Nähe, sobald man sich entschließt, sich an den Schuhbändern hinaufzuziehen. Der Irrsinn überkommt einen nur, wenn man zweifelt, daß man sich an den Schuhbändern hochziehen *kann.*

Der uns alle erwartende Tod ist der Verlust des Gedächtnisses, der unvermeidlich den Träumer befällt, welcher sich im entscheidenden Augenblick zu erwachen weigert. Ganze Menschenrassen sind in dieser Weise im Schlaf dahingerafft worden, so daß der Tod beinahe eine Gewohnheit geworden ist. Und ebenso ist es denjenigen ergangen, die sich auf die große Reise begeben haben – denen, meine ich, die aufgebrochen sind, um an die Grenze einer anderen Wirklichkeit zu gelangen –, wenn sie ein Stück weit auf dem Weg nach drüben plötzlich den Glauben und mit ihm einen Halt sogar in der dürftigsten Art von Wirklichkeit verloren haben.

Des längsten Lebens erfreuen sich die Büffel, die in Joch und Geschirr gespannt sind. *Die* Menschen haben aufgehört zu sterben, die mit ihrem Schicksal zufrieden sind. Das große weibliche Prinzip des Nachgebens führt zu einem Gleichgewicht, das den Kosmos ständig sich behaupten und der Weltordnung eingereiht sein läßt. Nicht Ziegelsteine und Mörtel, auch keine Stahlbalken sind nötig, um das Universum an seinem Ort zu halten, denn alles was ist, befindet sich an seinem Ort.

Kein Mensch im Zustand der Gnade, das heißt, im vollkommenen Gleichgewicht, möchte auch nur ein Jota anders sein, als er ist. Hinter ihm, ihn stützend wie ein Gewölbe, stehen seine Vorfahren – vor ihm, immer geheimnisvoll ins Inferno zurückweichend, sind die Mütter. Er muß ganz, ganz leise atmen, damit er nicht die dünne Verbindung mit seinen Vorfahren zerreißt, die ihn über der Leere in der Schwebe hält. Er muß an die wunderbare Macht seines eigenen Atems glauben, wenn er vermeiden will, wieder in die Mühle von Geburt und Wiedergeburt zu geraten. Die Mütter liegen unaufhörlich in den Wehen, ihre Lenden sind ständig geschwellt von gemeinen Hoffnungen und Zweifeln. Nichts kann der Qual der Geburt ein Ende setzen, es sei denn, man ist innerlich mit der wunderbaren Natur seines eigenen Ich einverstanden. Solange die Menschen ihre eigenen Kräfte verleugnen, werden die Mütter im Dienste des Todes bleiben.

Es gibt sprechende Fische und Pflanzen, die Menschen lebendig verschlingen können. Es gibt Diamanten, die nachts während eines heftigen Sturmes entstanden sind. Ebenso gibt es Sterne, die noch nicht in unseren Gesichtskreis getreten sind und sich zur gegebenen Zeit ohne die geringste Hilfe wissenschaftlicher Instrumente anmelden werden. Betrachtet man in einer kaltklaren Nacht den sternenbesäten Himmel, so kann man auf zwei Arten denken, von denen jede richtig ist, je nach der eigenen inneren Einstellung. Man kann denken: *Wie fern! Wie unfaßbar!* Und man kann auch denken: *Wie nah! Wie warm! Wie völlig begreiflich!* Tante Melia war besessen vom Mond, mit beiden Händen griff sie ständig nach ihm. Ich erinnere mich an das erste Mal, wie sie nach ihm griff, an dem Abend, an dem sie den Verstand verlor. Nie schien mir der Mond so fern. Und doch nicht hoffnungslos fern! Ewig außer Reichweite, aber nur um Haaresbreite sozusagen. Zwanzig Jahre später sah ich Jupiter durch einen Feldstecher. Jupiter ist nach der Beschreibung der Astrologen meine mir günstig gesonnene planetarische Gottheit. Welch einzigartiges Gesicht hat Jupiter! Nie habe ich etwas so Strahlendes, von Licht Berstendes und etwas gleichzeitig so Feuriges und Kaltes gesehen. Als ich in jener Nacht vom Dach meines Freundes herunterkam, waren alle Sterne plötzlich näher an mich herangerückt. Und sie verblieben so, einige astronomische Lichtmeilen näher – und wärmer, strahlender und wohlwollender. Wenn ich jetzt zu den Sternen emporblicke, weiß ich, daß sie alle, jeder einzelne von ihnen, bewohnt sind, einschließlich der sogenannten toten Planeten, wie unsere Erde. Das von ihnen ausstrahlende Licht ist das ewige Licht, das Schöpfungsfeuer. Dieses Feuer ist nur für diejenigen kalt und fern, die von ihren eigenen warmen Eingeweiden mit verrückten Präzisionsinstrumenten wegblicken.

Das Buch, von dem ich spreche, war eine Art musikalischer Aufzeichnung in alphabetischer Sprache von einem neuen Bewußtseinsbereich, das ich erst jetzt zu erforschen beginne. Seitdem habe ich den Äquator überschritten und mit den neptunischen Mächten meinen Frieden geschlossen. Die ganze südliche Hemisphäre liegt enthüllt da und wartet darauf, kartographisch aufgenommen zu werden. Hier haben völlig neue Aspekte Geltung. Die Vergangenheit ist, obschon unsichtbar, nicht tot. Die Vergangenheit zittert wie ein am Rande eines kalten Pokals haftender riesiger Wassertropfen. Ich stehe in meiner nächsten Nähe inmitten eines weiten Lichtfeldes. Ich schildere jetzt nur, was allen Menschen vor und nach mir bekannt ist, die in ähnlichem Verhältnis zu sich selber stehen. Es ist mir unmöglich, etwas zu sagen, was nicht gelebt worden ist, etwas, was über meine Haarspitzen hinausgeht.

Meine mexikanische Inkarnation ist zu Ende, mein nordamerikanisches Leben vorüber. Der Mörder, der Fanatiker und der Wahnsinnige in mir sind tot.

Mademoiselle Claude

Als ich diese Erzählung zu schreiben begann, fing ich mit der Bemerkung an, daß Mademoiselle Claude eine *Hure* war. Natürlich ist sie eine Hure, ich versuchte gar nicht, das abzuleugnen, nur sage ich jetzt: Wenn Mademoiselle Claude eine Hure ist, welchen Namen soll ich dann für die anderen Frauen finden, die ich kenne? Irgendwie reicht das Wort Hure nicht aus. Mademoiselle Claude ist mehr als eine Hure. Ich weiß nicht, wie ich sie nennen soll. Vielleicht nur Mademoiselle Claude.

Da war die Tante, die jeden Abend auf sie wartete. Offen gestanden, ich konnte diese Geschichte nicht recht glauben. Zum Teufel mit der Tante! Es war wohl eher ihr *Zuhälter*. Aber schließlich ging das ja niemand etwas an als sie selbst. Trotzdem wurmte es mich – dieser Kerl, der auf sie wartete und sie vielleicht kurzerhand verprügelte, wenn sie nicht rechtzeitig kam. Und wie gut sie sich auch auf die Liebe verstand (ich meine damit, daß Mademoiselle Claude wirklich zu lieben wußte), im Hintergrund meines Denkens stand immer das Bild jenes blutsaugerischen Burschen mit niedriger Stirn, der den ganzen Rahm abschöpfte. Es hat keinen Zweck, eine Hure ernst zu nehmen – selbst wenn sie noch so freigebig und bereitwillig ist, selbst wenn man ihr eine Tausend-Franc-Note zugesteckt hat (wer würde das schon tun?) – immer ist da ein Kerl, der irgendwo auf sie wartet, und was du gehabt hast, war nur eine Kostprobe, er schöpft den Rahm ab, da kannst du sicher sein.

Aber all das war, wie ich später herausfand, eine reine Gefühlsverschwendung. Da gab es keinen Zuhälter – jedenfalls nicht in Claudes Fall. Ich bin der erste Zuhälter, den Claude jemals gehabt hat. Und ich bezeichne mich gleichfalls nicht als Zuhälter. Vielleicht ist Kuppler das richtige Wort. Ich bin jetzt ihr Kuppler. Auch recht!

Ich erinnere mich genau an das erste Mal, als ich sie auf mein Zimmer nahm, wie närrisch ich mich benahm. Wo Frauen im Spiel sind, da benehme ich mich immer wie ein Narr. Das Schlimme ist, daß ich sie vergöttere, und Frauen wollen nicht vergöttert werden. Sie wollen... nun, jedenfalls in der ersten Nacht – ob ihr's glaubt oder nicht – benahm ich mich, als hätte ich nie zuvor mit einer Frau geschlafen. Bis zum heutigen Tag begreife ich nicht, wie das kam. Aber es war so.

Ehe sie sich anschickte, ihre Sachen abzulegen, erinnere ich mich, daß sie neben dem Bett stand, mich ansah und vermutlich wartete, daß ich etwas unternahm. Ich zitterte. Seitdem wir aus dem Café gegangen waren, hatte ich schon gezittert. Ich gab ihr einen flüchtigen Kuß – auf die Lippen, glaube ich. Ich weiß nicht – vielleicht küßte ich sie auch auf die Braue – ich gehöre zu den Männern, die so etwas tun... bei einer Frau, die ich nicht kenne. Irgendwie hatte ich das Gefühl, als ob sie mir einen riesigen Gefallen erwiese. Selbst eine Hure kann einen Mann so etwas manchmal fühlen lassen. Aber Claude ist nicht nur eine Hure, wie ich schon sagte.

Bevor sie nur ihren Hut abnahm, ging sie zum Fenster, schloß es und zog die Vorhänge zu. Dann sah sie mich von der Seite an, lächelte und murmelte etwas von ausziehen wollen. Während sie mit dem Bidet herumfuhrwerkte, begann auch ich mich auszukleiden. Ich war wirklich nervös. Ich dachte, vielleicht wäre es ihr peinlich, wenn ich ihr zusähe, ich machte mir daher mit den Papieren auf meinem Tisch zu schaffen, kritzelte ein paar bedeutungslose Notizen und stülpte den Deckel über die Schreibmaschine. Als ich mich umwandte, stand sie im Hemd neben dem Ausguß und trocknete sich die Beine ab.

«Mach zu! Geh ins Bett!» sagte sie. «Wärme es an!», und dabei tupfte sie sich noch ein paarmal mit dem Handtuch ab.

Alles war so verdammt natürlich, daß ich mein Unbehagen und meine Nervosität zu verlieren begann. Ich bemerkte, daß ihre Strümpfe sorgfältig heruntergerollt waren, und um ihre Hüfte baumelte eine Art Harnisch, den sie jetzt über die Stuhllehne warf.

Im Zimmer war es recht kalt. Wir kuschelten uns zusammen und lagen eine Zeitlang schweigend da, eine lange Zeit, und wärmten einander. Ich hatte den einen Arm um ihren Hals gelegt, mit dem anderen hielt ich sie an mich gepreßt. Sie sah mir immer noch in die Augen mit dem gleichen erwartungsvollen

Blick, den ich zum erstenmal bemerkt hatte, als wir das Zimmer betraten. Ich fing wieder zu zittern an. Mein Französisch ließ mich im Stich.

Ich erinnere mich jetzt nicht mehr, ob ich ihr damals und bei jener Gelegenheit sagte, daß ich sie liebe. Wahrscheinlich tat ich das. Jedenfalls, wenn ich es tat, so vergaß sie es vermutlich augenblicklich wieder. Als sie ging, gab ich ihr das Buch *Aphrodite*, von dem sie sagte, daß sie es nie gelesen hätte, und ein Paar Seidenstrümpfe, die ich für jemand anderen gekauft hatte. Ich konnte sehen, daß sie sich über die Strümpfe freute.

Als ich sie das nächste Mal traf, hatte ich mein Hotel gewechselt. Sie sah sich in ihrer raschen, alles umfassenden Art im Zimmer um und erkannte auf den ersten Blick, daß es mir nicht zum besten ging. Sehr naiv fragte sie mich, ob ich genug zu essen bekäme. «Du mußt hier nicht lange bleiben», sagte sie. «Es ist sehr traurig hier.» Vielleicht sagte sie nicht ‹traurig›, das war es aber, was sie meinte, das weiß ich genau.

Es war wirklich traurig. Die Möbel fielen auseinander, die Fensterscheiben waren zerbrochen, der Teppich war fadenscheinig und schmutzig, und es gab kein laufendes Wasser. Auch das Licht war düster – ein düsteres, gelbes Licht, das der Bettdecke ein grelles, schimmeliges Aussehen gab.

An jenem Abend behauptete sie aus irgendeinem Grunde, eifersüchtig zu sein. «Da ist jemand anderes, den du liebst», meinte sie. «Nein, es gibt niemand anderes», antwortete ich.

«Dann küß mich», sagte sie und schmiegte sich eng an mich; ihr Körper war warm und kribbelnd. Mir schien es, als würde ich in der Wärme ihres Fleisches schwimmen – nicht schwimmen, sondern ertrinken, in Wonne ertrinken.

Nachher unterhielten wir uns über Pierre Loti und über Stambul. Sie sagte, sie würde gerne eines Tages nach Stambul gehen, ich sagte, auch ich würde gerne dorthin gehen. Und dann plötzlich sagte sie – ich glaube, das war es, was sie sagte: «Du bist ein Mann mit einer Seele.» Ich versuchte nicht, es abzuleugnen – ich war zu glücklich, glaube ich. Wenn man von einer Hure gesagt bekommt, man habe eine Seele, so bedeutet das irgendwie mehr. Huren sprechen im allgemeinen nicht von der Seele.

Dann geschah noch etwas Seltsames. Sie weigerte sich, Geld anzunehmen. «Du mußt nicht an Geld denken», meinte sie. «Wir sind jetzt Freunde. Und du bist sehr arm…»

Sie ließ es nicht zu, daß ich vom Bett aufstand, um sie beim Abschied hinauszubegleiten. Sie nahm ein paar Zigaretten aus ihrer Handtasche und legte sie auf den Tisch neben dem Bett; eine davon steckte sie mir in den Mund und zündete sie mir mit einem kleinen bronzenen Feuerzeug an, das man ihr geschenkt hatte. Sie beugte sich herunter, um mich zum Abschied zu küssen.

Ich hielt sie am Arm fest. «Claude», sagte ich, «du bist beinahe ein Engel.»

«Ah non!» erwiderte sie rasch, und es lag fast ein Ausdruck des Schmerzes oder des Schreckens in ihren Augen.

Dieses «beinahe» war wirklich Claudes ganzer Kummer. Ich fühlte es sofort. Und dann der Brief, den ich ihr bald darauf gab – der beste Brief, den ich in meinem ganzen Leben geschrieben habe, obwohl das Französisch abscheulich war. Wir lasen ihn zusammen in dem Café, in dem wir uns gewöhnlich trafen. Wie gesagt, das Französisch war schauderhaft, ausgenommen eine oder zwei Stellen, die ich bei Paul Valéry entlehnt hatte. Sie hielt einen Augenblick inne, als sie an diese Stelle kam. «Sehr gut ausgedrückt!» rief sie aus. «Wirklich sehr gut!» Und dann blickte sie mich recht vielsagend an und las weiter. Oh, es war nicht Valéry, der es ihr angetan hatte. Durchaus nicht. Ich hätte auch ohne ihn auskommen können. Nein, es war die Sache mit dem Engel. Ich hatte sie wieder eingeflochten – und diesmal schmückte ich sie aus, so zart und eindrucksvoll, wie ich es nur konnte. Doch als wir an den Schluß kamen, fühlte ich mich ziemlich unbehaglich. Es war recht billig, ihre Unwissenheit so zu mißbrauchen. Ich will nicht behaupten, daß es nicht ernst gemeint war, was ich schrieb, aber nach der ersten spontanen Geste – ich weiß nicht, es war eben doch nur Literatur. Und dann erschien er mir noch schäbiger denn je, als Claude ein wenig später, da wir zusammen auf dem Bettrand saßen, den Brief nochmals lesen wollte, wobei sie mich diesmal auf die Grammatikfehler aufmerksam machte. Ich verlor ein wenig die Geduld mit ihr, und sie war gekränkt. Aber sie war trotzdem sehr glücklich. Sie sagte, sie würde den Brief immer aufheben.

Beim Morgengrauen ging sie fort. Wieder die Tante. Ich hatte mich jetzt mit dieser Geschichte abgefunden. Überdies, wenn es nicht die Tante war, würde ich es jetzt bald herausfinden. Claude konnte sich schlecht verstellen – und dann die Sache mit dem Engel... das hatte sie tief beeindruckt.

Ich lag wach da und dachte über sie nach, aber nicht lange. Sie war wirklich fabelhaft zu mir gewesen. Der Zuhälter! Ich dachte auch an ihn, aber nicht lange. Ich ließ mir seinetwegen kein graues Haar mehr wachsen. Claude – ich dachte nur an sie und wie ich sie glücklich machen konnte. Spanien... Capri... Stambul... ich konnte sie vor mir sehen, wie sie gemächlich im Sonnenschein dahinschlenderte, den Tauben Brotkrumen zuwarf oder sie beim Baden beobachtete, oder wie sie in einer Hängematte lag mit einem Buch in der Hand, einem Buch, das ich ihr empfohlen hatte. Das arme Mädchen, wahrscheinlich war sie in ihrem ganzen Leben nie weiter als bis nach Versailles gekommen. Ich konnte den Ausdruck in ihrem Gesicht sehen, wenn wir in den Zug einstiegen und später, wie sie neben einem Brunnen stand irgendwo in Madrid oder Sevilla. Ich konnte sie fühlen, wie sie neben mir herging, ganz nahe, immer ganz nahe, weil sie mit sich allein nichts anzufangen wußte, und selbst wenn wir stumm blieben, hatte ich es gerne. Lieber jemanden wie Claude neben sich haben als eine gottverdammte Plapperliese oder ein leichtes, kleines Geschöpf, das es immer nur darauf anlegt, etwas aus einem herauszuholen, selbst wenn sie mit einem im Bett liegt. Nein, bei Claude konnte ich mich geborgen fühlen. Später würde es vielleicht langweilig werden – später... später. Ich war froh, an eine Hure geraten zu sein. Eine treue Hure! Jesus, ich kenne Leute, die sich kranklachen würden, wenn ich jemals so etwas sagte.

Ich machte Pläne über alles im einzelnen: die Orte, an denen wir verweilen würden, die Kleider, die sie tragen sollte, über was wir sprechen würden... alles... alles. Sie war Katholikin, vermute ich, aber das machte mir nicht das geringste aus. Mir war es sogar ganz recht. Es war viel besser, in die Kirche zu gehen, um die Messe zu hören, als Architektur und den ganzen Kram zu studieren. Wenn sie es haben wollte, würde auch ich katholisch werden... zum Teufel noch mal! Ich würde alles tun, was sie von mir wollte – wenn es ihr Spaß machte. Ich begann mich zu fragen, ob sie wohl irgendwo ein Kind habe, wie das die meisten von solchen Mädchen haben. Man stelle sich vor: Claudes Kind! Nein, ich würde dieses Kind mehr lieben als mein eigenes. Ja, Claude mußte ein Kind haben – ich würde mich darum kümmern. Es würde eine Zeit kommen, dessen war ich sicher, wo wir ein großes Zimmer mit einem Balkon hätten, ein Zimmer mit einem Blick auf den Fluß und Blumen auf dem Fensterbrett und singende Vögel (im Geiste sah ich mich mit einem Vogelkäfig am Arm heimkommen. Auch recht, solange es sie glücklich machte!). Aber der Fluß – da müssen von Zeit zu Zeit Flüsse sein. Ich bin ganz versessen auf Flüsse. Ich erinnere mich, einmal in Rotterdam... Der Gedanke jedoch, am Morgen aufzuwachen, wenn die Sonne durch die Fenster hereinflutet, neben einem eine gute, treue Hure, die einen liebt, einen bis zum Wahnsinn liebt, die Vögel singen und der Tisch ist gedeckt, und während sie abwäscht und sich das Haar kämmt – all die Männer, mit denen sie verkehrt hat, und jetzt du, gerade du, und Schiffe fahren vorbei, Maste und Rümpfe, der ganze verfluchte Strom des Lebens fließt durch dich hindurch, durch sie, durch all die Männer, die hinter dir stehen und nach dir kommen, die Blumen und die Vögel und die Sonne, all das strömt herein, und der Duft erstickt dich, vernichtet dich. O Gott! Gib mir eine Hure, immer und ewig!

Ich habe Claude gebeten, zu mir zu ziehen, und sie hat es abgelehnt. Das ist ein Schlag. Ich weiß, nicht weil ich arm bin – Claude weiß alles über meine Geldverhältnisse, über das Buch, das ich schreibe usw. Nein, da muß es einen anderen, tieferen Grund geben. Aber sie will nicht damit herausrücken.

Und dann ist da noch etwas: ich habe angefangen, wie ein Heiliger zu handeln. Ich mache allein lange Spaziergänge, und was ich jetzt schreibe, hat nichts mit meinem Buch zu tun. Es scheint, als wäre ich allein im Universum, als wäre mein Leben in sich abgeschlossen und abgesondert wie das einer Statue. Ich habe sogar den Namen meines Schöpfers vergessen. Und ich habe das

Gefühl, als seien mir alle meine Handlungen eingegeben, als sollte ich nur Gutes tun auf dieser Welt. Ich verlange von niemandem Zustimmung.

Ich weigere mich, von Claude noch irgendwelche Wohltaten anzunehmen. Ich merke mir alles, was ich ihr schulde. Sie schaut jetzt traurig drein, Claude. Manchmal, wenn ich sie vor einem Café sitzend antreffe, könnte ich schwören, daß Tränen in ihren Augen stehen. Sie liebt mich jetzt, ich weiß es. Sie liebt mich hoffnungslos. Stunden um Stunden sitzt sie dort auf der Café-terrasse. Manchmal gehe ich mit ihr, weil ich es nicht ertragen kann, sie so unglücklich zu sehen, sie warten zu sehen, warten, warten... Ich habe sogar zu einigen meiner Freunde von ihr gesprochen, sie auf Claude aufmerksam gemacht. Ja, alles ist besser, als Claude wartend dasitzen zu sehen, immer wartend. Was denkt sie, wenn sie so allein dasitzt?

Ich frage mich, was sie wohl sagen würde, wenn ich eines Tages zu ihr hinginge und ihr eine Tausend-Franc-Note zustecke. Einfach zu ihr hinginge, wenn sie jenen melancholischen Blick in den Augen hat, und sagen würde: «Hier ist etwas, das ich neulich vergessen habe.» Manchmal, wenn wir Seite an Seite liegen, und es kommt jenes lange, lastende Schweigen, sagt sie zu mir: «Woran denkst du jetzt?» Und ich antworte jedesmal: «An nichts!» Aber was ich wirklich bei mir denke, ist: «Hier ist etwas, das...» Das ist die schöne Seite der amour à crédit.

Wenn sie sich von mir verabschiedet, ertönen die Glocken silberhell. Sie rückt alles zurecht in mir. Ich lege mich in mein Kissen zurück und genieße wollüstig die schwache Zigarette, die sie mir dagelassen hat. Ich brauche mich um nichts zu kümmern. Hätte ich eine Gaumenplatte im Mund, so bin ich sicher, sie würde nicht vergessen, sie in ein Wasserglas auf dem Tisch neben meinem Bett zu legen, zusammen mit den Streichhölzern und dem Wecker und all dem anderen Kram. Meine Hose ist sorgfältig in Falten gelegt, und mein Hut und Mantel hängen an einem Kleiderrechen bei der Tür. Alles ist an seinem Platz. Wundervoll! Wenn man eine Hure hat, besitzt man ein Juwel.

Das Beste daran ist, daß das schöne Gefühl andauert. Ein mystisches Gefühl ist es, und um mystisch zu werden, muß man die

Einheit des Lebens fühlen. Ich mache mir nicht viel daraus, ob ich ein Heiliger bin oder nicht. Ein Heiliger kämpft zuviel. Aber in mir ist kein Kampf mehr. Ich bin zu einem Mystiker geworden. Aus mir spricht Güte, Friede und Heiterkeit. Ich stöbere mehr und mehr Kunden für Claude auf, und sie hat nicht länger diesen traurigen Blick in den Augen, wenn ich ihr begegne. Wir essen fast jeden Tag zusammen, sie besteht darauf, mich in teuere Lokale zu führen, und ich habe keine Bedenken mehr. Ich genieße jede Phase des Lebens – die teuren Lokale sowohl als auch die billigen. Wenn es Claude glücklich macht...

Und doch denke ich an etwas. Eine Nichtigkeit, gewiß, aber in letzter Zeit wird diese Nichtigkeit immer gewichtiger in meinem Denken. Das erste Mal erwähnte ich nichts davon. Eine ungewollte Anwandlung von Zartgefühl, dachte ich bei mir. Eigentlich bezaubernd. Das zweite Mal – war es Zartgefühl oder nur Achtlosigkeit? Doch rien à dire. Zwischen dem zweiten und dritten Mal wurde ich sozusagen untreu. Ja, eines Abends ging ich die Grands Boulevards hinauf, ein bißchen betrunken. Nachdem ich von der Place de la République bis zum Le Matin Spießruten gelaufen war, griff mich eine große, grindige Schlampe auf, die ich sonst nicht einmal angepißt hätte. Eine komische Geschichte! Alle paar Minuten klopften neue Kunden an unserer Türe. Arme kleine ehemalige Tänzerinnen aus den Folies-Bergère bettelten den guten Monsieur um ein kleines Trinkgeld an – dreißig Francs ungefähr. Für was bitten sie? Pour rien – pour le plaisir. Ein höchst seltsamer und höchst komischer Abend. Ein oder zwei Tage später eine Reizung. Beunruhigung. Eiliger Gang zum amerikanischen Krankenhaus. Visionen von Ehrlich und seinen schwarzen Zigarren. Aber alles in Ordnung. Unnötige Beunruhigung.

Als ich die Sache bei Claude zur Sprache bringe, blickt sie mich erstaunt an. «Ich weiß, daß du alles Vertrauen in mich hast, Claude, aber...» Claude weigert sich, an die Angelegenheit Zeit zu verschwenden. Ein Mann, der wissentlich und nach reiflicher Überlegung eine Frau ansteckt, ist ein Verbrecher. Das ist Claudes Standpunkt. «C'est vrai, n'est-ce pas?» fragt sie. Es stimmt allerdings. Jedoch... Doch wir sprechen nicht mehr darüber. Jeder Mann, der so etwas tun würde, ist ein Verbrecher.

Allmorgendlich jetzt, wenn ich mein Paraffinöl einnehme – ich nehme es immer mit einer Orange –, muß ich an diese Verbrecher denken, die eine Frau anstecken. Das Paraffinöl macht den Löffel sehr klebrig. Man muß ihn gut abwaschen. Ich wasche das Messer und den Löffel sehr sorgfältig ab. Ich tue alles sorgfältig – das liegt in meiner Natur. Nachdem ich mir das Gesicht gewaschen habe, schaue ich das Handtuch an. Die Wirtin gibt nie mehr als drei Handtücher in der Woche heraus, am Dienstag sind sie bereits alle schmutzig. Ich trockne das Messer und den Löffel mit einem Handtuch ab; für das Gesicht benütze ich die Bettdecke – ich reibe es leicht mit einer Ecke des Fußendes der Bettdecke ab.

Die Rue Hippolyte Mandron kommt mir gemein vor. Ich verabscheue alle die schmutzigen, engen, gekrümmten Straßen mit romantischer Umgebung. Paris erscheint mir wie ein großes, häßliches Schankergeschwür. Die Straßen sind wie vom Brand befallen. Jedermann hat ihn – wenn es kein Tripper ist, dann ist es Syphilis. Ganz Europa ist verseucht, und Frankreich ist's, das es verseucht hat. Das kommt davon, wenn man Rabelais und Voltaire bewundert! Ich hätte nach Moskau gehen sollen, wie ich es vorhatte. Auch wenn es keine Sonntage in Rußland gibt, was macht das schon aus? Der Sonntag ist jetzt wie jeder andere Tag, nur die Straßen sind bevölkerter, mehr Opfer gehen herum, die einander anstecken.

Beachtet bitte, daß es nicht Claude ist, von der ich schwärme. Claude ist ein Juwel, ein Engel, und da gibt es kein «beinahe». Da ist der Vogelkäfig, der vor dem Fenster hängt, und da sind auch Blumen – obwohl es nicht Madrid oder Sevilla ist, es keine Brunnen gibt, keine Tauben. Nein, sondern jeden Tag die Klinik. Claude geht durch die eine Tür und ich durch die andere. Keine teuren Restaurants mehr. Jeden Abend wird ins Kino gegangen und versucht, den Kopf hochzuhalten. Kann den Anblick des Café du Dome und der Coupole nicht mehr ertragen... Diese Männer, die auf der Caféterrasse herumsitzen, so sauber und gesund aussehend mit ihrer Sonnenbräune, ihren gestärkten Hemden und ihrem Eau de Cologne. Es war nicht Claudes Schuld. Ich versuchte sie vor diesen bieder aussehenden Burschen zu warnen. Sie hatte ein so verdammtes Selbstvertrauen – die Einspritzungen und alles Drum und Dran. Und dann: Jeder Mann, der so etwas tun würde... Nun, genau so trug es sich zu. Mit einer Hure zu leben – selbst mit der besten Hure von der Welt – bedeutet nicht, daß man auf Rosen gebettet ist. Es ist nicht die Zahl der Männer, obwohl einem auch das manchmal auf die Nerven geht – es ist die immerwährende Hygiene, die Vorsichtsmaßregeln, die Irrigatoren, die Untersuchungen, die Beunruhigung, die Angst. Und dann, trotz allem... ich sagte Claude... ich sagte ihr zu wiederholten Malen: «Nimm dich in acht vor diesen hübschen Burschen.»

Nein, ich mache mir selbst Vorwürfe wegen allem, was passiert ist. Nicht zufrieden damit, ein Heiliger zu sein, wollte ich es auch beweisen. Sobald ein Mann erkennt, daß er ein Heiliger ist, sollte er es dabei bewenden lassen. Zu versuchen, den Heiligen bei einer kleinen Hure zu spielen, ist genau so, wie wenn man über die Hintertreppe in den Himmel klettern wollte. Wenn Claude mich umarmt – sie liebt mich jetzt mehr denn je –, scheint es mir, als sei ich nur eine verdammte Mikrobe, die sich ihren Weg in Claudes Seele gebahnt hat. Ich fühle, daß, wenn ich auch mit einem Engel lebe, ich doch versuchen sollte, einen Mann aus mir zu machen. Wir sollten aus diesem schmutzigen Loch herauskommen und irgendwo im Sonnenschein leben, in einem Zimmer mit einem Balkon und einem Blick auf den Fluß, mit Vögeln, Blumen, das Leben strömt vorbei – nur sie und ich und sonst nichts.

Max und die weißen Phagocyten

Es gibt Menschen, die man sofort bei ihrem Vornamen nennt. Max gehört zu ihnen. Es gibt Menschen, zu denen man sich vom ersten Augenblick hingezogen fühlt, nicht weil sie einem gefallen, sondern weil man sie greulich findet. Man findet sie so greulich, daß die Neugierde in einem erwacht. Wieder und wieder sucht man sie auf, um sie zu studieren, um ein Mitleid in sich wachzurufen, das in Wirklichkeit nicht vorhanden ist. Man tut allerhand für sie, nicht weil man Sympathie für sie empfindet, sondern weil einem ihr Leid unfaßbar ist.

Ich erinnere mich an den Abend, als Max mich auf dem Boulevard aufhielt. Ich erinnere mich an das Gefühl des Widerwillens, das sein Gesicht, seine ganze Art mir einflößte. Ich war in Eile, auf dem Weg ins Kino, als dieses traurige Judengesicht plötzlich vor mir auftauchte. Er bat mich um Feuer oder etwas dergleichen – jedenfalls erkannte ich, daß es nur ein Vorwand war. Sofort wußte ich, er würde mir eine Leidensgeschichte vorjammern, und ich wollte sie nicht hören. Ich war kurz angebunden und abweisend, fast beleidigend; aber es half nichts, er blieb kleben, sein Gesicht fast an meinem, und saugte sich wie ein Blutegel fest. Ohne seine Geschichte abzuwarten, bot ich ihm etwas Kleingeld an, in der Hoffnung, er würde Anstoß nehmen und seines Weges gehen. Aber nein, er wollte keinen Anstoß nehmen; er saugte sich wie ein Blutegel fest.

Von diesem Abend an will es fast scheinen, als habe Max jeden meiner Schritte und Tritte bewacht. Als ich ihm die ersten paar Male in die Arme lief, schrieb ich es dem reinen Zufall zu. Langsam jedoch wurde ich argwöhnisch. Wenn ich abends aus dem Hause ging, fragte ich mich unwillkürlich: «Wohin jetzt? Bist du auch sicher, daß du Max dort nicht triffst?» Wenn ich einen Spaziergang machte, wählte ich eine vollkommen fremde Gegend, von der Max sich auch nicht im Traume einfallen ließ, sich dort herumzutreiben. Ich wußte, daß er ein mehr oder weniger fest umrissenes Gebiet einhalten mußte – die großen Boulevards, Montparnasse, Montmartre, alle die vermutlich von den Touristen aufgesuchten Punkte. Gegen Ende des Abends kam mir Max vollständig aus dem Sinn. Wie ich auf dem gewohnten Weg nach Hause schlenderte, dachte ich mit keinem Gedanken an ihn. Dann, so sicher wie eine Schicksalsfügung, tauchte er kaum mehr als einen Steinwurf von meinem Hotel entfernt auf. Es war unheimlich. Immer kam er mit vorgerecktem Kopf herbeigeeilt, und ich konnte mir nie zusammenreimen, wie er so plötzlich daherkam. Immer sah ich ihn mit dem gleichen Gesichtsausdruck auf mich zukommen, einer Maske, die er meinem Gefühl nach eigens für mich angelegt hatte. Der Maske der Traurigkeit, des Jammers, des Elends, erhellt durch ein kleines Wachslicht, das er in sich trug, einer Art heiligen, salbungsvollen Lichts, das er aus der Synagoge gestohlen hatte. Ich wußte immer, wie seine ersten Worte lauten würden, und lachte, wenn er sie aussprach, ein Lachen, das er sich stets als ein freundliches Zeichen deutete.

«Wie geht's denn, Miller?» pflegte er zu sagen, ganz so, als hätten wir einander seit Jahren nicht mehr gesehen. Und mit diesem *Wie geht's denn* überzog das eben angelegte Lachen sein ganzes Gesicht, um dann ganz plötzlich, als habe er über das kleine Wachslicht in sich ein Hütchen gestülpt, zu erlöschen. Damit kam eine andere geläufige Phrase: «Miller, wissen Sie, was mir passiert ist, seitdem ich Sie zuletzt gesehen habe?» Ich wußte es sehr wohl, daß in der Zwischenzeit *nichts* passiert war. Aber ich wußte auch aus Erfahrung, daß wir uns bald irgendwo hinsetzen würden, um das Erlebnis zu genießen, um so zu tun, als sei in der Zwischenzeit etwas passiert. Sogar wenn er in der Zwischenzeit nichts anderes getan hatte, als sich die Beine abzulaufen, so wäre das doch etwas Neues, was ihm widerfahren war. War das Wetter warm oder kalt gewesen, er machte etwas Neues ihm Widerfahrenes daraus. Oder wenn es ihm gelungen war, für einen Tag Arbeit zu finden, so war auch das etwas. Alles was ihm widerfuhr, war schlimm. Es konnte nicht anders sein. Er lebte in der Erwartung, daß die Dinge sich verschlimmern würden – und natürlich war das auch immer der Fall.

Ich hatte mich so an Max, an seinen dauernden Unglückszustand gewöhnt, daß ich ihn als eine Naturerscheinung hinzunehmen begann: er gehörte zur allgemeinen Landschaft wie Felsen,

Bäume, Pissoirs, Bordelle, Fleischmärkte, Blumenstände und so fort. Es gibt Tausende von Menschen in der Art von Max, die die Straßen bevölkern, aber Max war die Personifizierung von allen. Er war Arbeitslosigkeit, er war Hunger, er war Elend, er war Jammer, er war Verzweiflung, er war Erniedrigung. Die anderen konnte ich loswerden, indem ich ihnen ein Geldstück zuwarf. Max nicht! Max war etwas mir so eng Verhaftetes, daß es ganz einfach unmöglich war, ihn abzuschütteln. Er war mir näher als eine Bettwanze. Etwas unter der Haut, etwas im Blutkreislauf. Wenn er sprach, hörte ich nur halb hin. Ich brauchte nur den Einleitungssatz zu hören, darin konnte ich selber fortfahren endlos – *ad infinitum*. Alles was er sagte, war wahr, schrecklich wahr. Manchmal hatte ich das Gefühl, der einzige Weg, diese Wahrheit kundzutun, sei, Max flach mit dem Rücken auf den Gehsteig zu legen und ihn dort seine fürchterlichen Wahrheiten öffentlich aussagen zu lassen. Und was würde geschehen, wenn ich das täte? Nichts. *Nichts.* Die Menschen würden schlaue kleine Umwege machen, sich die Ohren verstopfen. Die Menschen wollen diese Wahrheiten nicht hören. Sie *können* sie nicht hören aus dem einfachen Grund, weil sie alle sie sich innerlich selbst vorsagen. Der einzige Unterschied besteht darin, daß Max sie laut aussprach und damit, daß er sie laut aussprach, sie objektiv erscheinen ließ, als sei er, Max, das einzige Werkzeug, um die nackte Wahrheit zu enthüllen. Sein Leiden war so groß gewesen, daß es das Leben selbst geworden war. Es war schrecklich, ihn zu hören, denn er, Max, hatte aufgehört zu sein, war von seinen Leiden verschluckt worden.

Es ist leichter, den Menschen als Symbol denn als Tatsache hinzunehmen. Max war für mich ein Symbol der Welt, eines Weltzustandes, der unabänderlich ist. Nichts wird ihn ändern. Nichts! Töricht, daran zu denken, Max auf den Gehsteig zu legen. Es wäre dasselbe, wie den Menschen zu sagen: «*Seht* ihr denn nicht?» Seht nicht was? Die *Welt*? Sicherlich sehen sie sie. *Die Welt!* Eben der versuchen sie ja zu entrinnen, sie versuchen sie nicht zu sehen. Jedesmal, so oft Max an mich herantrat, hatte ich das Gefühl, die ganze Welt zum Greifen nahe vor mir zu haben, unmittelbar vor meiner Nase. Für dich, Max, wäre es das beste – dachte ich oft, während ich dasaß und ihm zuhörte –, dich zu erschießen. Bring dich um! Das ist die einzige Lösung. Aber man kann die Welt nicht so leicht abtun. Max ist grenzenlos. Man müßte jeden Mann, jede Frau und jedes Kind, jeden Baum, jeden Felsen, jedes Haus, jede Pflanze, jedes Tier, jeden Stern austilgen. Max ist uns im Blut. Er ist eine Krankheit.

Ich spreche von der Zeit mit Max als von etwas der Vergangenheit Angehörigem. Ich spreche von dem Mann, den ich ein Jahr oder so, bevor er nach Wien ging, kannte – von dem Max, den ich gänzlich erledigt, dem Max, den ich entmutigt zurückließ. Die letzte Nachricht, die ich von ihm bekam, war eine verzweifelte Bitte, ihm «Medizin» zu bringen. Er schrieb, er sei krank und man wolle ihn aus dem Hotel hinauswerfen. Ich entsinne mich, wie ich seinen Brief las und über das unbeholfene Englisch lachte. Ich zweifelte nicht eine Minute, daß alles, was er erwähnte, wahr war. Aber ich hatte mich entschlossen, nicht einen Finger zu rühren. Ich hoffte zu Gott, er würde vor die Hunde gehen und mich nicht belästigen. Als eine Woche verstrichen war und kein weiteres Wort mehr von ihm kam, fühlte ich mich erleichtert. Ich hoffte, er habe gemerkt, daß es nutzlos sei, sich noch etwas von mir zu erwarten. Und angenommen, er wäre gestorben? So oder so, es war mir gleichgültig – ich wollte in Ruhe gelassen werden.

Als es schien, als hätte ich ihn wirklich ein für allemal abgeschüttelt, begann ich daran zu denken, über ihn zu schreiben. Es gab Augenblicke, in denen ich nahezu versucht war, ihn aufzusuchen, um gewisse Eindrücke, die ich zu verwerten beabsichtigte, zu verdeutlichen. Dieser Wunsch war so vordringlich, daß ich mehrmals im Begriff stand, ihn aufzufordern, zu mir zu kommen. Wie bedauerte ich nun, diese seine letzte Mitteilung betreffs der «Medizin» weggeworfen zu haben! Mit dieser Nachricht in Händen, fühlte ich, hätte ich mir Max wieder lebendig vor Augen stellen können. Es ist seltsam, wenn ich jetzt daran denke, denn alles, was Max je gesagt hatte, war meinem Gedächtnis tief eingegraben... Ich nehme an, daß ich damals noch nicht fähig war, die Geschichte zu schreiben.

Nicht lange danach mußte ich Paris für ein paar Monate verlassen. Ich dachte nur selten an Max, und dann so, als handle es sich um einen spaßhaften und rührenden Zwischenfall in der Vergangenheit. Nie fragte ich mich: «Lebt er noch? Was treibt er wohl jetzt?» Nein, ich dachte an ihn als ein Symbol, an etwas Unzerstörbares – nicht wie an etwas aus Fleisch und Blut, nicht wie an einen leidenden Menschen. Dann eines Abends, kurz nach meiner Rückkehr nach Paris, als ich gerade verzweifelt jemand anderen suche, wem laufe ich geradewegs in die Arme, wenn nicht Max? Und was für einem Max!

«Miller, wie *geht's*? Wo sind Sie *gewesen*?» Es ist derselbe Max, nur unrasiert. Ein aus dem Grabe auferstandener Max in einem prächtigen Anzug von englischem Schnitt und einem Velourhut mit so steif gebogenem Rand, daß er wie eine Modepuppe aussieht. Er begrüßt mich mit dem gleichen Lächeln, nur ist es jetzt viel dünner geworden und braucht länger, ehe es verblaßt. Es ist wie das Licht eines sehr fernen Sterns, der zum letzenmal blinkt, ehe er für immer erlischt. Und der sprießende Bart! Zweifellos ist er es, der den leidenden Blick noch eindringlicher als bisher hervorhebt. Der Bart scheint den Ausdruck völligen Angewidertseins, der wie ein schlechter Heiligenschein um seinen Mund spielt, gemildert zu haben. Der Ekel ist in Überdruß, in reines Leid hinweggeschmolzen. Das Seltsame ist, daß er jetzt sogar noch weniger Mitleid in mir wachruft als früher. Er ist einfach grotesk – gleichzeitig ein Leidender und eine Karikatur des Leids. Er scheint sich dessen bewußt zu sein. Er spricht nicht mehr mit dem gleichen Feuer; er scheint seine eigenen Worte zu bezweifeln. Er sagt sie nur deshalb her, weil es ihm zur Routine geworden ist. Er scheint darauf zu warten, daß ich lache, als sei der Max, über den er spricht, ein anderer Max.

Der Anzug, der schöne englische Anzug, der ihm von einem Engländer in Wien geschenkt wurde und ihm eine Meile zu groß ist! Er kommt sich darin lächerlich und gedemütigt vor. Niemand glaubt ihm mehr – *nicht in dem schönen englischen Anzug!* Er blickt auf seine Füße hinunter, die in flachen Segeltuchschuhen stecken; sie sehen schmutzig und abgetragen aus, die Segeltuchschuhe. Sie passen nicht zu dem Anzug und dem Hut. Er sagt mir gerade, daß sie trotzdem bequem sind, doch läßt ihn die

Macht der Gewohnheit rasch hinzufügen, seine anderen Schuhe seien beim Flickschuster und er habe nicht das Geld, sie abzuholen. Jedoch ist es recht eigentlich der englische Anzug, der an ihm nagt. Er ist für ihn das sichtbare Symbol eines neuen Unglücks geworden. Während er den Arm ausstreckt, damit ich den Stoff befühlen kann, erzählt er mir bereits, was ihm in der Zwischenzeit widerfahren ist, wie er es fertiggebracht hat, nach Wien zu kommen, wo er ein neues Leben beginnen wollte und wie er es dort sogar noch schlechter gefunden hatte als in Paris. Die Garküchen waren sauberer, das mußte er zugeben. Wenn auch mit Widerstreben. Was nützt es, wenn die Garküchen sauber sind und man nicht einmal einen roten Heller in der Tasche hat? Aber Wien war schön und sauber – *so sauber!* Er kann gar nicht darüber hinwegkommen. Aber mies! Dort ist jedermann auf dem Hund. Aber es ist so sauber und schön, daß man weinen möchte, fügt er hinzu.

Ob die Geschichte wohl noch lange dauert? – frage ich mich. Drüben auf der Straße warten meine Freunde, und außerdem ist da jemand, den ich finden muß …

«Ja, Wien», sage ich gedankenabwesend, wobei ich versuche, die Terrasse des Cafés aus dem Augenwinkel abzusuchen.

«Nein, nicht Wien. Basel!» ruft er. «*Basel!* Ich habe Wien vor über einem Monat verlassen», höre ich ihn sagen.

«Ja, ja, und was war dann?»

«*Was dann war?* Das habe ich Ihnen ja erzählt, Miller, sie nahmen mir meine Papiere ab. Wie ich Ihnen erzählt habe, sie stempelten mich zum *Touristen!*»

Als ich das höre, breche ich in lautes Lachen aus. Max lacht ebenfalls in seiner traurigen Art. «Können Sie sich so etwas vorstellen», sagt er. «Ich und ein Tourist.» Er läßt noch einmal einen höhnischen Zischlaut hören.

Natürlich war das nicht alles. In Basel holten sie ihn anscheinend aus dem Zug heraus. Wollten ihn die Grenze nicht passieren lassen.

«Ich sag zu ihnen – was ist los, bitte? Bin ich nicht *en règle?*»

Sein ganzes Leben lang – das vergaß ich zu erwähnen – war Max bemüht, *en règle* zu sein. Jedenfalls, sie holen ihn aus dem

Zug heraus und lassen ihn dort – in Basel – gestrandet. Was tun? Er geht die Hauptstraße hinunter auf der Suche nach einem gutmütigen amerikanischen Gesicht – einem Amerikaner oder wenigstens einem Engländer. Plötzlich sieht er ein Straßenschild: *Jüdisches Unterkunfts- und Speisehaus.* Er geht mit seinem Handköfferchen hinein, bestellt eine Tasse Kaffee und leiert seine Leidensgeschichte herunter. Man sagt ihm, er solle sich keine Sorgen machen – das sei nicht weiter schlimm.

«Nun, jedenfalls sind Sie jetzt wieder da», sage ich und versuche mich loszumachen.

«Und was ist mir damit gedient?» sagt Max. «Man hat mich jetzt zum Touristen gestempelt, wie soll ich also zu Arbeit kommen? Verraten Sie mir *das*, Miller! Und mit so einem Anzug, wie kann ich da noch einen Groschen fechten? Ich bin erledigt. Wenn ich nur nicht so gut aussähe!»

Ich betrachtete ihn von Kopf bis Fuß. Es stimmt, er sieht ungebührlich wohlbestallt aus. Wie ein eben vom Krankenbett aufgestandener Mann – froh, wieder auf zu sein, aber noch nicht kräftig genug, um sich zu rasieren. Und dann der Hut. Ein lächerlich kostspieliger, eine Tonne schwerer Hut – und seideverbrämt! Er läßt ihn wie einen provinzlerischen Landedelmann aussehen. Und der Stoppelbart! Wenn er nur ein bißchen länger wäre, sähe er aus wie eines dieser traurigen, tugendhaften, unwirklich wirkenden Gespenster, die durch die Ghettos von Prag und Budapest huschen. Wie ein Diener Gottes. Die Hutkrempe biegt sich so steif, so ethisch hoh. Purim und die vom guten Wein ein wenig berauschten Diener Gottes. Traurige, mit weichen Bärten umrahmte Judengesichter. Und zur Krönung von alledem eine Halbmelone! Die Kerzen brennen, der Rabbi singt, die heilige Wehklage der Gläubigen und überall Hüte, Hüte, alle mit hochgeklappter Krempe, die der Trauer und der Wehklage spotten.

«Nun, jedenfalls sind Sie wieder da», wiederhole ich. Ich schüttle ihm die Hand, aber er läßt meine Hand nicht los. Er ist wieder in Basel, beim Jüdischen Unterkunfts- und Speisehaus, und sie verraten ihm, wie man über die Grenze schlüpft. Dort waren überall Wachposten, und er weiß nicht, wie es kam, aber als sie an einem gewissen Baum vorüberkamen und niemand hervortrat, war er sicher, und er ging weiter. «Und so», sagte er, «bin ich wieder in Paris. Was für ein elendes Nest das doch ist! In Wien war es wenigstens sauber. Dort gab es Professoren und Studenten, die am Hungertuch nagten, aber hier gibt es nichts als Bettler und so elende Bettler, daß es einen einfach graust.»

«Ja, ja, Max, so ist es.» Und ich schüttle ihm wieder die Hand.

«Wissen Sie, Miller, manchmal glaube ich, daß ich verrückt werde. Ich kann nicht mehr schlafen. Um sechs Uhr bin ich schon hellwach und überlege mir, was ich machen soll. Ich halt es nicht aus im Zimmer, wenn es Tag wird. Ich muß auf die Straße hinunter. Wenn ich auch hungrig bin, muß ich herumlaufen, muß Menschen sehen. Ich kann nicht mehr allein bleiben. Um Gottes willen, Miller, können Sie mir sagen, was mit mir los ist? Ich wollte Ihnen eine Karte aus Wien senden, nur eben um Ihnen zu zeigen, daß Max an Sie dachte, aber mir fiel Ihre Adresse nicht ein. Und, Miller, *wie war* es in New York? Besser als hier, nehme ich an? Nein? Auch die *Krise?* Überall die *Krise.* Man kann ihr nicht entgehen. Sie wollen einem keine Arbeit und nichts zu essen geben. Was kann man mit solchen Idioten anfangen? Wissen Sie, Miller, manchmal bekomme ich solche Angst...»

«Hören Sie zu, Max, ich muß jetzt gehen. Keine Bange, Sie bringen sich nicht um – noch nicht.»

Er lächelt. «Miller», sagt er, «Sie haben ein so glückliches Naturell. Sie sind immer so fröhlich. Miller, ich wollte, ich könnte immer bei Ihnen sein. Mit Ihnen würde ich überallhin auf der Welt gehen... *überallhin.*»

Diese Unterhaltung fand vor etwa drei Nächten statt. Gestern vormittag saß ich auf der Terrasse eines kleinen, abgelegenen Cafés. Ich wählte absichtlich diese Gegend, um beim Lesen eines Manuskripts nicht gestört zu werden. Vor mir stand ein Apéritif – ich hatte ein- oder zweimal dran genippt. Als ich die Hälfte des Manuskripts durchgelesen hatte, höre ich eine bekannte Stimme: «Nanu, Miller, wie geht's?» Und hier, wie immer, steht über mich gebeugt Max. Dasselbe eigenartige Lachen, derselbe Hut, derselbe schöne Anzug und die Segeltuchschuhe. Nur ist er jetzt rasiert.

Ich fordere ihn zum Hinsetzen auf. Ich bestelle ein belegtes Brot und ein Glas Bier für ihn. Wie er sich setzt, zeigt er mir die Hosen seines schönen Anzugs. Er hat einen Strick um die Hüften gebunden, um sie zu halten. Er betrachtet sie angewidert und dann die schmutzigen Segeltuchschuhe. Dabei erzählt er mir, wie es ihm in der Zwischenzeit ergangen ist. Gestern den ganzen Tag, so sagt er, nichts zu essen. Nicht eine Krume. Und dann, durch glückliche Fügung, liefen ihm ein paar Touristen über den Weg und luden ihn zu einem Glas ein.

«Ich mußte höflich sein», meinte er. «Ich konnte ihnen nicht gleich sagen, daß ich Hunger hatte. Ich wartete und wartete, daß sie etwas essen würden, aber sie hatten bereits gegessen, diese Trottel. Die ganze Nacht hindurch trinke ich mit ihnen, mit nichts im Magen. Können Sie sich so etwas vorstellen, daß diese Leute die ganze Nacht lang nicht einen Bissen aßen?»

Heute bin ich in der Stimmung, Max von der besten Seite zu nehmen. Daran ist das Manuskript schuld, das ich durchgelesen habe. Alles war so gut gelungen… ich kann kaum glauben, daß ich das verdammte Zeug geschrieben habe.

«Passen Sie auf, Max, ich habe einen alten Anzug für Sie, wenn Sie mich nach Hause begleiten wollen.»

Sein Gesicht strahlt. Er sagt sofort, er wolle den schönen englischen Anzug für die Sonntage aufheben. Ob ich ein Bügeleisen daheim habe, wollte er gerne wissen. Denn er wolle mir meinen Anzug aufbügeln… *alle meine Anzüge*. Ich erkläre ihm, ich hätte kein Bügeleisen, aber vielleicht hätte ich noch einen anderen Anzug. (Es fiel mir gerade ein, daß mir unlängst jemand einen Anzug versprochen hatte.) Max ist begeistert. Dann hat er also drei Anzüge. Er bügelt sie in Gedanken auf. Sie müssen eine saubere Bügelfalte haben, seine Anzüge. Einen Amerikaner kann man sofort an der Bügelfalte erkennen, sagt er mir. Oder wenn nicht an der Falte, dann am Gang. Auf diese Weise habe er mich am ersten Tag als Landsmann erkannt, fügt er hinzu. Und die Hände in den Taschen! Ein Franzose hat nie die Hände in den Taschen.

«Sie sind also sicher, auch den andern Anzug zu bekommen?» fügt er rasch hinzu.

«Ziemlich sicher, Max... Nehmen Sie noch ein belegtes Brot – und noch ein *demi*!»

«Miller», sagt er, «Sie denken immer ans Richtige. Es ist nicht so sehr, was Sie mir geben – sondern die Art, wie Sie's tun. Sie machen mir *Courage*.»

Courage! Er spricht es französisch aus. Immer wieder flicht er dann und wann ein französisches Wort in seine Sätze ein. Die französischen Worte sind wie der Velourhut: sie passen nicht dazu. Besonders das Wort *misère*. Kein Franzose hat je soviel Misere in *misère* gelegt. Nun, jedenfalls, *courage!* Erneut sagt er mir, er würde mit mir überall in der Welt hingehen. Wir würden schon gut miteinander auskommen, wir beide. (Und ich, der ich mich die ganze Zeit frage, wie ich ihn loswerden sollte!) Aber heute ist es okay. Heute tue ich etwas für dich, Max! Er weiß nicht, der arme Teufel, daß der Anzug, den ich ihm anbiete, zu groß für mich ist. Er hält mich für einen freigebigen Menschen, und ich laß ihn bei diesem Glauben. Heute will ich, daß er zu mir aufblickt. Schuld ist das Manuskript, das ich kurz vorher gelesen habe. Es war so gut, was ich da geschrieben hatte, daß ich in mich selbst verliebt bin.

«*Garçon!* Ein Päckchen Zigaretten – *pour le monsieur!*» Das bezieht sich auf Max. Max ist für den Augenblick der Monsieur. Er sieht mich wieder mit diesem verlorenen Lächeln an. Na, *courage*, Max! Heute hebe ich dich in den Himmel – und dann lasse ich dich wie ein Senkblei fallen. Jesus, nur eben noch einen Tag will ich an diesem Kerl hängen, und dann Schluß! Dann lasse ich ihn abrutschen. Heute höre ich dir zu, du Katzelmacher... paß auf jede Einzelheit auf. Ich will den letzten Tropfen aus der Zitrone pressen – und dann *über Bord mit dir*!

«Noch ein *demi*, Max? Los, nehmen Sie noch eins... nur noch eins. Und essen Sie noch ein belegtes Brot!»

«Aber, *Miller*, können Sie sich das alles *leisten*?»

Er weiß verteufelt gut, daß ich es mir leisten kann, sonst würde ich ihn nicht auffordern. Aber das ist so seine Art mir gegenüber. Er vergißt, daß ich nicht einer von den Boulevardbummlern bin, einer seiner üblichen *clientèle*. Oder vielleicht reiht er mich in die gleiche Kategorie ein – wie soll *ich* das wissen?

Ihm treten die Tränen in die Augen. Wenn ich das sehe, werde ich argwöhnisch. Tränen! Echte kleine Tränen vom Tränenpresser. Perlen, jede einzelne. Jesus, wenn ich nur einmal in den Apparat hineinschauen und sehen könnte, wie er das macht!

Es ist ein schöner Tag. Wundervolle Hurenweiber gehen vorbei. Ob Max sie jemals wahrnimmt? frage ich mich.

«Sagen Sie mal, Max, wie machen Sie's, wenn Sie dann und wann eine menschliche Schwäche ankommt?»

«Eine *was*?» sagt er.

«Sie haben mich doch verstanden. Eine *menschliche Schwäche*! Wissen Sie nicht, was eine menschliche Schwäche ist?»

Er lächelt wieder – dieses blasse, nachdenkliche Lächeln. Er sieht mich von der Seite an, so als wäre er ein wenig erstaunt, daß ich ihm eine solche Frage stelle. Sollte er, Max, bei *seinem* Elend, *seinem* Leid, sich mit solchen Gedanken tragen? Nun ja, um die Wahrheit zu sagen, er hat dann und wann solche Anwandlungen. Das ist menschlich, sagt er. Aber wiederum, was kann man für zehn Francs schon erwarten? Es graust ihm vor sich selber. Dann schon lieber…

«Ja, ich weiß, Max, ich weiß genau, was Sie meinen…»

Ich nehme Max mit zum Verleger. Ich lasse ihn draußen im Hof warten, während ich hineingehe. Als ich herauskomme, habe ich einen Stapel Bücher unterm Arm. Max stürzt sich auf das Paket – es ist ein angenehmes Gefühl für ihn, die Bücher zu tragen, wirkliche Arbeit zu leisten.

«Miller, ich glaube, Sie werden es noch einmal weit bringen. Sie brauchen gar kein so ausgezeichnetes Buch zu schreiben – manchmal ist's nur eben Glück.»

«So ist's, Max, es ist reines Glück. Nur Glück, das ist alles.»

Wir gehen unter den Arkaden die Rue de Rivoli entlang. Hier gibt es irgendwo einen Buchladen, in dem mein Buch in der Auslage liegt. Es ist ein bescheidenes Lädchen und die Auslage ist voll von Büchern, die in glänzenden Cellophanhüllen stecken. Ich möchte, daß Max einen Blick auf mein Buch im Auslagefenster wirft. Ich möchte die Wirkung davon sehen.

Ah, hier ist es! Wir beugen uns vor, um die Titel zu entziffern.

Hier ist das *Kama-Sutra* und *Unterm Weiberrock, Mein Leben und Lieben* und *In einem fernen Land*... Wo aber ist *mein* Buch? Es lag bisher auf dem obersten Brett, neben einem wunderlichen Buch über Flagellantismus.

Max studiert die Umschlagzeichnungen. Er scheint sich nichts draus zu machen, ob mein Buch da ist oder nicht.

«Warten Sie einen Augenblick, Max, ich geh mal hinein.» Ich öffne ungestüm die Tür. Eine anziehende junge Französin empfängt mich. Ich werfe einen raschen, verzweifelten Blick auf die Wandfächer. «Haben Sie das Buch *Wendekreis des Krebses*?» Sie nickt sofort und deutet darauf. Ich fühle mich etwas beruhigt. Ich erkundige mich, ob es sich gut verkauft. Und ob sie selbst es je gelesen habe? Unglücklicherweise liest sie nicht Englisch. Ich trödle herum in der Hoffnung, noch ein wenig mehr über mein Buch zu erfahren. Ich frage, warum es in Cellophan eingewickelt ist. Sie erklärt mir, warum. Trotzdem genügt mir das noch nicht. Ich sage ihr, das Buch gehöre nicht in einen derartigen Laden – es ist nicht die Sorte Buch, verstehen Sie.

Sie sieht mich jetzt ziemlich merkwürdig an. Ich glaube, sie beginnt zu bezweifeln, ob ich wirklich der Verfasser des Buches bin, für den ich mich ausgegeben habe. Es ist schwierig, mit ihr in Kontakt zu kommen. Sie scheint keinen Pfifferling für mein Buch oder irgendein anderes Buch im Laden zu geben. Das ist die französische Ader in ihr, nehme ich an... Ich sollte jetzt gehen. Gerade merke ich, daß ich nicht rasiert bin, daß meine Hosen nicht gebügelt sind und nicht zu meiner Jacke passen. Eben da öffnet sich die Tür und ein bleicher, ästhetisch aussehender Engländer kommt herein. Er scheint völlig verwirrt. Ich schlüpfe hinaus, während er die Tür schließt.

«Hören Sie, Max, sie sind drin – eine ganze Reihe davon! Sie gehen wie die warmen Semmeln. Jawohl, jedermann verlangt das Buch, sagt sie.»

«Ich hab's Ihnen ja gesagt, Miller, daß Sie Erfolg haben werden.» Er scheint vollkommen überzeugt. Zu leicht überzeugt, um mir's recht zu machen. Ich habe das Gefühl, über das Buch sprechen zu müssen, sogar mit Max. Ich schlage vor, einen Kaffee an der Stehbar zu trinken. Max denkt über etwas nach. Das ärgert mich, denn ich möchte nicht, daß er im Augenblick an etwas anderes denkt als an das Buch. «Ich dachte gerade, Miller», sagt er plötzlich, «Sie sollten ein Buch über meine Erlebnisse schreiben.» Wieder legt er mit seinen Schwierigkeiten los. Ich lenke rasch ab: «Passen Sie auf, Max, ich *könnte* ein Buch über Sie schreiben, aber ich mag nicht. Ich will über mich selbst schreiben. Verstehen Sie?»

Max versteht. Er weiß, daß ich eine Menge zu schreiben habe. Er sagt. ich sei ein Lernbeflissener. Damit meint er zweifellos ein *Lernbeflissener des Lebens*. Ja, das ist es – ein Lernbeflissener des Lebens. Ich muß viel herumgehen, hierhin und dorthin, meine Zeit vergeuden, so tun, als amüsiere ich mich, während ich natürlich die ganze Zeit das Leben studiere. Max beginnt ein Licht aufzugehen. Es ist keine Kleinigkeit, ein Schriftsteller zu sein. Der Arbeitstag hat vierundzwanzig Stunden.

Max denkt darüber nach. Er stellt Vergleiche mit seinem eigenen Leben an – dem Unterschied zwischen der einen Art von Misere und der anderen. Er denkt wieder an seine Schwierigkeiten, wie er nicht schlafen kann, an die nie stillstehende Maschine in seinem Kürbis. Plötzlich sagt er: «Und der Schriftsteller hat, glaube ich, seine eigenen Nachtmahren.»

Seine Nachtmahren! Sofort notiere ich das auf ein Briefkuvert.

«Sie notieren sich das?» fragt Max. «Warum? War es so gut, was ich gesagt habe?»

«Es war *fabelhaft,* Max. Es ist Geld wert für mich, ein solcher Gedanke.»

Max sieht mich mit einem einfältigen Lächeln an. Er weiß nicht recht, ob ich mich über ihn lustig mache oder nicht.

«Ja, Max», wiederhole ich, «sie ist ein Vermögen wert, eine solche Bemerkung.» Sein Hirn beginnt zu arbeiten. Er dachte immer, schickt er sich an zu erklären, ein Schriftsteller müsse erst einen Haufen Tatsachen sammeln. «Durchaus nicht, Max! Durchaus nicht! Je weniger Tatsachen, desto besser. Am besten *überhaupt* keine Tatsachen, kapieren Sie?»

Max kapiert nicht ganz, aber er ist bereit, sich überzeugen zu lassen. Eine Art Zauber spielt sich in seinem Hirn ab. «Das hab ich mir schon immer gedacht», sagt er langsam zu sich selbst.

«Ein Buch muß aus dem *Herzen* kommen. Es muß einen *auf-wühlen*...»

Es ist erstaunlich, denke ich, wie rasche Sprünge das Denken macht. Hier, in weniger als einer Minute, hat Max eine wichtige Unterscheidung getroffen. Haben doch Boris und ich erst unlängst einen ganzen Tag damit hingebracht, darüber – nämlich über «das lebendige Wort» – zu sprechen. Es strömt aus mit dem Atem, ganz einfach, indem man den Mund aufmacht, *im Einklang mit Gott,* versteht sich. Auch Max versteht es – in seiner Art. Daß die Tatsachen nichts bedeuten. Hinter den Tatsachen muß der Mensch stehen, und *der Mensch muß im Einklang sein mit Gott,* muß sprechen wie Gott der Allmächtige.

Ich frage mich, ob es nicht eine gute Idee wäre, Max mein Buch zu zeigen, ihn in meiner Gegenwart ein wenig darin lesen zu lassen. Ich würde gern sehen, ob er es begreift. Und *Boris*! Vielleicht wäre es eine gute Idee, Max mit Boris bekannt zu machen. Ich würde gerne sehen, welchen Eindruck Max auf ihn macht. Das wäre zweifellos auch eine kleine Abwechslung. Vielleicht reicht sie für uns alle beide – zum Mittagessen... Ich erkläre Max, während wir uns dem Haus nähern, daß Boris ein guter Freund von mir ist, auch ein Schriftsteller wie ich. «Ich will nicht behaupten, daß er etwas für Sie tut, aber *ich* möchte gerne, daß Sie ihn kennenlernen.» Max ist durchaus einverstanden... warum nicht? Und außerdem ist Boris Jude, das macht die Sache einfacher. Ich möchte sie gerne jiddisch sprechen hören. Ich möchte Max sehen, wie er Boris etwas vorweint. Ich möchte auch Boris weinen sehen. Vielleicht nimmt ihn Boris eine Weile bei sich auf, oben in dem kleinen Alkoven. Es wäre komisch, die beiden miteinander hausen zu sehen. Max könnte seine Anzüge bügeln und Gänge für ihn machen – und vielleicht kochen. Es gibt eine Menge Dinge, die er tun könnte – um sein Essen zu verdienen. Ich gebe mir alle Mühe, kein zu begeistertes Gesicht zu machen. «Ein komischer Kerl, der Boris», erkläre ich Max. Max scheint sich deshalb nicht im geringsten zu beunruhigen. Na, es hat keinen Zweck, lange Erklärungen zu geben. Sollen sie sich miteinander abfinden, so gut es geht...

Boris kommt in einer prächtigen Hausjacke an die Tür. Er sieht sehr bleich, zart und geistesabwesend aus, als sei er in einer tiefen Träumerei versunken gewesen. Sobald ich «Max» erwähne, hellt sich sein Gesicht auf. Er hat schon von Max gehört.

Ich habe das Gefühl, er ist mir dankbar, daß ich Max mitgebracht habe. Jedenfalls ist seine ganze Art herzlich und freundlich. Wir gehen ins Atelier, wo Boris sich aufs Sofa sinken läßt. Er zieht eine Reisedecke über seinen gebrechlichen Leib. Jetzt sind zwei Juden im Zimmer, von Angesicht zu Angesicht, und beide wissen, was Leid bedeutet. Nicht nötig, darum herum zu reden. Fang an mit deinem Schmerz... kopfüber hinein! Zweierlei Arten von Leid – es ist wunderbar für mich, was für einen Gegensatz sie darstellen. Boris auf das Sofa zurückgelehnt, der eleganteste Leidensapostel, dem ich je begegnet bin. Er liegt da wie eine menschliche Bibel, auf deren jeder Seite das Leid, das Elend, die Qual, die Marter, die Pein, die Verzweiflung, das Scheitern des Menschengeschlechts eingestanzt sind. Max sitzt auf der Kante seines Stuhles, sein kahler Kopf ist an der Schädeldecke eingebeult, als sei das Leiden selbst wie ein Schmiedehammer auf ihn herabgewuchtet. Er ist stark wie ein Stier, Max. Aber er hat nicht die Kraft von Boris. Er kennt nur *körperliches* Leid – Hunger, Wanzen, harte Bänke, Arbeitslosigkeit, Demütigungen. Eben jetzt ist er im Zug, aus Boris ein paar Francs herauszuholen. Er sitzt auf der Stuhlkante, ein wenig nervös, weil wir ihm noch nicht die Möglichkeit geboten haben, seine Lage zu erklären. Er will die Geschichte von Anfang bis Ende erzählen. Er tastet nach einem guten Anfang. Derweilen legt sich Boris bequem auf seinem Leidenslager zurück. Er möchte, daß Max sich Zeit nimmt. Er weiß daß Max gekommen ist, um für ihn zu leiden.

Während Max redet, schnüffle ich herum auf der Suche nach etwas Trinkbarem. Ich bin entschlossen, diese Unterhaltung zu genießen. Gewöhnlich sagt Boris sofort: «Was möchten Sie gerne trinken?» Aber heute, wo Max da ist, fällt es ihm nicht ein, etwas zum Trinken anzubieten.

Stocknüchtern wie ich bin und zumal ich sie zum hundertsten Male höre, klingt mir Max' Geschichte nicht so großartig. Ich befürchte, er langweilt Boris zu Tode mit seinen «Tatsachen».

Außerdem ist Boris nicht darauf versessen, lange Geschichten anzuhören. Ein kurzer Satz, manchmal nur eben ein Wort ist alles, was er verlangt. Ich fürchte, Max macht es zu prosaisch. Er ist wieder in Wien, erzählt von den sauberen Garküchen. Ich weiß, daß es eine Zeitlang dauert, ehe wir nach Basel kommen, dann von Basel nach Paris, dann Paris, dann Hunger, Not, Elend, schließlich die ganze einstudierte Geschichte. Ich möchte, daß er sich gleich in den Strudel stürzt, in den stillstehenden Strom, die hungrige Eintönigkeit, die blanke, verwanzte Trostlosigkeit, bei der alle Türen verschlossen und keine Notausgänge, keine Freunde vorhanden sind und wo es keine Rettung gibt, in die ganze Weder-Hemd-noch-Hose-Winselei. Nein, Boris schert sich nicht das geringste um den Zusammenhang; er will etwas Dramatisches, etwas lebendig Groteskes und schrecklich Schönes und Wahres. Max wird ihn zu Tode langweilen, das sehe ich kommen...

Es zeigt sich, daß ich unrecht habe. Boris will die ganze Geschichte hören, von Anfang bis Ende. Ich vermute, es ist seine Stimmung – manchmal legt er eine unerschöpfliche Geduld an den Tag. Zweifellos führt er dabei seinen eigenen inneren Monolog weiter. Vielleicht versucht er ein Problem zu lösen, während Max spricht. Er kann dabei ausruhen. Ich betrachte ihn genau. Hört er zu? Es scheint mir, als höre er sehr wohl zu. Er lächelt dann und wann.

Max schwitzt wie ein Bulle. Er ist nicht sicher, ob er Eindruck macht oder nicht.

Boris hat eine Art, Max zuzuhören, als wäre er in der Oper. Es ist besser als in der Oper, so mit Sofa und Reisedecke. Max zieht seine Jacke aus; der Schweiß läuft ihm übers Gesicht. Ich kann sehen, daß er sich mit Herz und Seele hineinkniet. Ich sitze auf dem Sofarand und schaue von dem einen zum anderen. Die Gartentür ist offen und die Sonne scheint einen Heiligenschein um Boris' Kopf zu weben. Um zu Boris zu sprechen, muß Max sein Gesicht dem Garten zuwenden. Die Nachmittagshitze weht durch das kühle Atelier herein; sie umgibt Max' Worte mit einem warmen, leichten Duft. Boris liegt so bequem da, daß ich der Versuchung nicht widerstehen kann, mich neben ihn zu legen.

Ich lege mich jetzt hin und genieße den Luxus, einer mir bekannten Leidensgeschichte zu lauschen. Neben mir ist ein Bücherregal; ich lasse den Blick über die Bücher gleiten, während Max seine Geschichte ausspinnt. Während ich so zu ganzer Länge ausgestreckt zuhöre, kann ich ihre Wirkung besser beurteilen. Mir kommen jetzt Nuancen zum Bewußtsein, die mir vorher nie aufgefallen sind. Seine Worte, die Titel der Bücher, die aus dem Garten hereinwehende Luft, die Art, wie er auf der Stuhlkante sitzt – alles das hilft zusammen, um die allerbeste Wirkung hervorzubringen.

Das Zimmer befindet sich, wie gewöhnlich, in völliger Unordnung. Der riesige Tisch ist bedeckt mit Büchern und Manuskripten, mit Bleistiftnotizen, mit Briefen, die schon seit einem Monat hätten beantwortet werden sollen. Das Zimmer erweckt irgendwie den Eindruck, als sei plötzlich ein Stillstand eingetreten, so als sei der Schriftsteller, der es bewohnte, plötzlich gestorben und auf besonderen Wunsch nichts angerührt worden. Wenn ich Max sagen würde, dieser auf dem Sofa liegende Mensch Boris sei in Wirklichkeit gestorben, so wäre ich neugierig, was er sagen würde. Das ist genau, was Boris selber glaubt – *daß er gestorben ist.* Und eben darum kann er in der Art zuhören, wie er das tut, so als wäre er in der Oper. Max wird ebenfalls sterben müssen, sterben an jedem Glied und Teil seines Leibes, wenn er weiterleben will... Die drei Bücher, eins neben dem anderen, im obersten Fach – es ist, als wären sie absichtlich so zusammengestellt worden: Die Bibel, Boris' eigenes Buch, der Briefwechsel zwischen Nietzsche und Brandes. Erst unlängst hat er mir nachts aus dem Lukas-Evangelium vorgelesen. Er meint, wir lesen die Evangelien nicht oft genug. Und dann Nietzsches letzten Brief – *«Der Gekreuzigte».* Zehn Jahre lang leiblich begraben und die ganze Welt singt sein Lob...

Max redet weiter. Max der Bügler. Er kam von irgendwo in der Nähe von Lemberg – unweit der großen Festung. Und Tausende von ihnen ganz wie er, Männer mit breiten dreieckigen Gesichtern und wulstiger Unterlippe, mit Augen wie zwei in ein Leintuch gebrannte Löcher, die Nase zu lang, die Nasenlöcher breit, sinnlich, melancholisch. Tausende trauriger Judengesichter aus der Gegend um Lemberg, den Kopf tief in die Höhle zwischen den Schultern gesteckt, Kummer zwischen die kräftigen Schulterblätter eingenistet. Boris ist beinahe von einer anderen Rasse, so zart, so leicht, alles an ihm so gut aufeinander abgestimmt. Er zeigt Max, wie man hebräisch schreibt; seine Feder huscht übers Papier. Bei Max wirkt die Feder wie ein Besenstiel; er scheint die Buchstaben zu malen, statt sie zu schreiben. Die Art, wie Boris schreibt, ist genau die Art, wie Boris alles macht – leicht, elegant, korrekt, entschieden. Er braucht Schwierigkeiten, um geschickt und schlau damit fertig zu werden. Hunger, zum Beispiel, wäre zu grob, zu roh. Nur dumme Menschen machen sich Hungersorgen. Der Garten, muß ich sagen, paßt auch nicht zu Boris. Ein chinesischer Wandschirm hätte es ebenso getan – vielleicht sogar besser. Max jedoch genießt den Garten. Wenn man Max einen Stuhl geben und ihn heißen würde, sich in den Garten zu setzen, würde er sich hinsetzen und, wenn nötig, dort eine Woche warten. Max würde nichts Besseres verlangen als Essen und einen Garten.

«Ich seh nicht, was man für so einen Menschen tun könnte», sagt Boris fast zu sich selber. «Er ist ein hoffnungsloser Fall.» Und Max nickt beistimmend mit dem Kopf. Max ist ein Fall, und er weiß es. Aber *hoffnungslos* – das will mir nicht eingehen. Nein, niemand ist hoffnungslos – nicht so lange, als es noch ein wenig Mitgefühl und Freundschaft auf der Welt gibt. Der *Fall* ist hoffnungslos, das ja. Aber Max, der Mensch... nein, das kann ich nicht einsehen! Für Max den Menschen kann man noch etwas tun. Da ist zum Beispiel erst einmal die nächste Mahlzeit, ein sauberes Hemd... frische Unterwäsche... ein Bad... eine Rasur. Versuchen wir nicht, *den Fall* zu lösen: tun wir nur das sofort Nötige. Boris stellt Überlegungen in der gleichen Richtung an. Nur mit anderem Resultat. Er sagt laut, ganz als ob Max nicht da wäre: «Natürlich, man könnte ihm Geld geben... aber damit ist nichts geholfen...» *Und warum nicht?* frage ich mich. Warum nicht Geld? Warum nicht Essen, Kleidung, Unterkunft? *Warum nicht?* Fangen wir am Anfang an, von Grund auf.

«Freilich», meint Boris, «wenn ich ihm in Manila begegnet wäre, hätte ich etwas für ihn tun können. Dann hätte ich ihm Arbeit verschaffen können...»

Manila! Guter Gott, das klingt mir grotesk! Was zum Teufel hat Manila damit zu tun? Es ist, als sagte man zu einem Ertrinkenden: «Schade! Schade! Wenn Sie sich nur das Schwimmen von mir hätten beibringen lassen!»

Jeder Mensch wünscht sich eine geordnete Welt; niemand will seinem Nächsten helfen. Sie wollen einen Menschen aus einem machen, ohne sich um den Leib zu kümmern. Das ist alles Quatsch. Und Boris ist ebenfalls ein Quatschkopf, daß er ihn fragt, ob er *Verwandte in Amerika* habe? Ich kenne die Tour. Das ist die erste Frage des Wohlfahrtspflegers. Ihr Alter, Ihr Name und Ihre Adresse, Ihr Beruf, Ihre Religion und dann – möglichst unschuldig – *Ihr nächster lebender Verwandter, bitte!* So als habe man sich nicht tausendmal gesagt: «Dann lieber sterben! Lieber sterbe ich, als...» Und sie sitzen wohlwollend da und fragen nach dem geheimgehaltenen Namen, dem geheimgehaltenen Ort der Scham, und sofort gehen sie hin, läuten an der Haustür und platzen mit allem heraus – während du zitternd und schwitzend vor Scham daheimsitzt.

Max beantwortet die Frage. Ja, er hatte eine Schwester in New York. Er weiß nicht mehr, wo sie steckt. Sie ist nach Coney Island verzogen, das ist alles, was er weiß. Freilich, er hatte keinen Grund, Amerika zu verlassen. Er hat dort gut verdient. Er war Bügler und war Gewerkschaftsmitglied. Aber als die Sauregurkenzeit kam und er im Park am Union Square saß, erkannte er, daß er ein Nichts war. Sie kommen auf stolzen Rossen herangesprengt und drängen einen vom Gehsteig. Warum? Weil man arbeitslos ist? War das *seine* Schuld... hat er, Max, etwas gegen die Regierung unternommen? Es machte ihn wütend und verbittert; er konnte sich selbst nicht mehr leiden. Welches Recht hatten sie, Hand an ihn zu legen? Welches Recht hatten sie, ihn sich vorkommen zu lassen wie einen Wurm?

«Ich wollte es zu etwas bringen», fährt er fort, «ich wollte meinen Lebensunterhalt anders verdienen – nicht immer nur durch meiner Hände Arbeit. Ich dachte, vielleicht könnte ich Französisch lernen und ein *interprète* werden.»

Boris wirft mir einen Blick zu. Ich sehe, daß ihm das einleuchtet. Der Traum des Juden – *nicht Handarbeiter zu sein!* Nach

Coney Island überzusiedeln – ein anderer jüdischer Traum. Von der Bronx nach Coney Island! Von einem Albtraum zu einem anderen! Boris reiste selbst dreimal um die Erde – aber es ist immer *von Bronx nach Coney Island. Von Lemberg nach Amerika gehen!* Wahrlich, brich auf! Voran, müder Fuß! Weiter! Weiter! Nirgendwo Rast für dich. Kein Ausruhen. Der Arbeit und des Elends kein Ende. Verflucht bist du und verflucht wirst du bleiben. *Es gibt keine Hoffnung!* Warum wirfst du dich ihm nicht in die Arme? Warum nicht? Glaubst du, mir liegt was dran? Schämst du dich? Wessen schämst du dich? Wir wissen, daß du verflucht bist, und können nichts für dich tun. Wir bedauern dich, als einzelnen und alle. Den ewigen Juden. Von Angesicht zu Angesicht sitzest du deinem Bruder gegenüber und willst ihn nicht umarmen. Das kann ich dir nie verzeihen. Sieh Max an! Er ist fast dein zweites Ich. Dreimal rund um die Erde, und nun seid ihr euch von Angesicht zu Angesicht begegnet. Wie kannst du ihm den Rücken kehren? Gestern noch standest du selbst da wie er, zitternd, gedemütigt, ein geprügelter Hund. Und jetzt stehst du da in einem Hausrock mit zum Bersten vollen Taschen. *Aber du bist derselbe Mensch!* Du hast dich um kein Jota verändert, außer daß du deine Taschen gefüllt hast. *Hat er einen Verwandten in Amerika?* Hast *du* einen Verwandten in Amerika? Deine Mutter – wo ist sie jetzt? Ist sie noch immer dort im Ghetto? Ist sie noch immer in dem stickigen Zimmerchen, aus dem du herausgeschritten bist, als du beschlossest, einen Menschen aus dir zu machen? Wenigstens hattest du die Befriedigung, daß es dir gelungen ist. Du hast dein Selbst getötet, um das Problem zu lösen. Wenn es dir aber nicht gelungen wäre? Was dann? Was, wenn du nun in Max' Schuhen daständest? Könnten wir dich zu deiner Mutter zurückschicken? Und was sagt Max? Daß er, wenn er nur seine Schwester finden könnte, die Arme um sie werfen, bis zum Ende seiner Tage für sie arbeiten, ihr Sklave, ihr Hund sein wollte... Er würde auch für dich arbeiten, wenn du ihm nur Brot und ein Fleckchen, sein Haupt darauf zu betten, geben wolltest. Du hast nichts für ihn zu tun – das verstehe ich. Aber kannst du ihm nicht etwas zu tun *geben?* Geh nach Manila, wenn es sein muß. Fang den ganzen Zauber noch einmal von vorn an. Aber verlange nicht von Max, dich im Manila von vor drei Jahren zu suchen. Max ist jetzt hier, er steht vor dir. *Siehst du ihn nicht?*

Ich wende mich an Max. «Angenommen, Max, Sie hätten die Wahl... Ich will sagen, angenommen, Sie könnten gehen, wo immer Sie hinwollten und ein neues Leben beginnen... wohin würden Sie gehen?»

Es ist grausam, Max eine solche Frage zu stellen, aber ich kann seine Hoffnungslosigkeit nicht ertragen. «Passen Sie auf, Max, ich gehe noch weiter, ich möchte, daß Sie die Welt betrachten, als gehöre sie Ihnen. Werfen Sie einen Blick auf die Landkarte und deuten Sie mit dem Finger auf die Stelle, wo Sie gerne sein möchten. Wozu das? *Wozu?* – sagen Sie. Nur eben deshalb, weil Sie, wenn Sie es nur brennend genug wünschen, überall auf der Welt hingehen können. Nur eben, indem Sie es wollen. Aus Verzweiflung können Sie fertigbringen, was der Millionär nicht fertigbringt. Das Schiff wartet auf Sie; das Land erwartet Sie. Alle Dinge warten auf Sie; wenn Sie es zu glauben vermögen. Ich habe keinen roten Heller, aber ich kann Ihnen behilflich sein, überallhin zu kommen, wo immer Sie wollen. Ich kann mit dem Hut in der Hand herumgehen und für Sie betteln. Warum nicht? Es ist leichter, als wenn ich es für mich selber täte. Wohin möchten Sie gerne – nach *Jerusalem? Brasilien?* Sagen Sie nur eben das Wort, Max, und ich geh los!»

Max ist wie elektrisiert. Er weiß sofort, wohin er möchte. Und mehr noch, er sieht sich bereits hinreisen. Es hat nur einen kleinen Haken – das *Geld.* Sogar das ist nicht ganz unmöglich. Wieviel kostet es, nach Argentinien zu kommen? Tausend Francs? Das ist nicht unmöglich... Max schwankt einen Augenblick. Es ist sein Alter, was ihn jetzt beunruhigt. Hat er die Kraft dazu? Die *moralische* Kraft, neu zu beginnen? Er ist jetzt dreiundvierzig Jahre alt. Er sagt das, als wäre es ein greisenhaftes Alter. (Und Tizian, der mit Siebenundneunzig gerade anfing, sich seiner und seiner Kunst bewußt zu werden!) Er ist körperlich gesund und fest, ungeachtet der Delle in seinem Hinterkopf, wo der Schmiedehammer auf ihn herabsauste. Kahlköpfig, ja, aber überall Muskeln, die Augen noch klar, die Zähne... Ach ja, die Zähne! Er öffnet den Mund, um mir die faulenden Stümpfe zu zeigen. Erst unlängst mußte er zum Zahnarzt – sein Zahnfleisch war schrecklich geschwollen. Und wissen Sie, was der Zahnarzt zu ihm gesagt hat? Nervosität! Nichts als Nervosität. Das hat ihn fürchterlich erschreckt. Wie konnte der Zahnarzt wissen, daß er, Max, nervös war?

Max ist elektrisiert. Ein kleiner Rest von Mut erwacht in ihm. Gute oder schlechte Zähne, kahlköpfig, nervös, schielend, rheumatisch, lahm und was noch alles – was schadete das? Zu wissen wohin, darauf kam es an. *Nicht Jerusalem!* Die Engländer ließen keine Juden mehr herein – es waren bereits zu viele dort. *Jerusalem den Juden!* Das galt, als sie die Juden brauchten. Jetzt mußte man einen guten Grund angeben können, um nach Jerusalem zu kommen – einen besseren, als nur eben Jude zu sein. Guter Gott, was für eine Posse! Wenn ich Jude wäre, legte ich mir einen Strick um den Hals und spränge über Bord. Max steht leibhaftig vor mir. Max der Jude. Ich kann ihn nicht abtun, indem ich ihm ein Senkblei um den Hals lege und sage: «Geh und ertränke dich!»

Ich überlege verzweifelt: Ja, wenn ich Max wäre, wenn ich der arme Hund von einem Juden wäre, der Max ist... Was dann? Tja, *was* dann? Ich komme nicht weiter mit der Vorstellung, ein Jude zu sein. Ich kann mir nur vorstellen, daß ich ein Mensch bin, daß ich hungrig, verzweifelt, am Ende meiner Weisheit bin. «Hören Sie zu, Boris, wir müssen etwas tun! Etwas tun, verstehen Sie?»

Boris zuckt die Schultern. Woher soll all das Geld kommen? Das fragt er *mich*! Fragt *mich*, woher es kommen soll. All das Geld. *Was für* Geld? Tausend Francs... zweitausend Francs – *ist das Geld?* Und was ist mit der verführerischen Amerikanerin Jane, die vor ein paar Wochen da war? Nicht einen Funken Liebe hat sie dir entgegengebracht, dich nicht mit den leisesten Anzeichen ermutigt. Hat dich jeden Tag nach allen Richtungen beleidigt. Und ihr hast du welches gegeben. Ihr hast du gegeben wie ein Krösus. Dieser kleinen geldschnorrenden Metze von Amerikanerin. Derlei Dinge machen mich wild, wütend wild. Es wäre nicht so schlimm gewesen, hätte es sich um eine richtige Hure gehandelt. Aber sie war schlimmer als eine Hure. Sie hat dich ausgenützt und dich beschimpft. Dich einen dreckigen Juden genannt. Und du fuhrst munter fort, ihr zu geben. Morgen könnte es wieder so sein, die gleiche verdammte Sache. Jedermann kann Geld aus dir herausholen, wenn er nur deiner Eitelkeit schmeichelt, wenn er dich nur über den Schellenkönig lobt. Du bist gestorben, sagst du, und hältst seitdem eine einzige lange Begräbnisfeier. Aber du bist nicht tot und weißt, daß du es nicht bist. Was zum Teufel hat geistiger Tod damit zu tun, wenn Max vor dir steht? Stirb, stirb, stirb tausend Tode – aber weigere dich nicht, den lebenden Menschen anzuerkennen. Mach kein Problem aus ihm. Es ist Fleisch und Blut, Boris. *Fleisch und Blut.* Er schreit in Angst, und du gibst vor, nicht zu hören. Du stellst dich absichtlich taub, stumm und blind. Du bist tot angesichts des lebenden Fleisches. Tot angesichts deines eigenen Fleisches und Blutes. Du wirst keinen Gewinn haben, weder im Geist noch im Fleische, wenn du Max nicht als deinen wahren Bruder anerkennst. Deine Bücher dort auf dem Regal… sie sind faul, deine Bücher! Was geht mich dein kranker Nietzsche an, dein bleicher, liebender Christus, dein sterbender Dostojewskij! Bücher, Bücher und wieder Bücher. Verbrenn sie! Sie sind dir nichts nutz. Besser, nie eine Zeile gelesen zu haben, als nun in deinen beiden Schuhen dazustehen und hilflos die Achseln zu zucken. Alles was Christus sagte, ist Lüge, alles was Nietzsche sagte, ist Lüge, wenn du das Wort nicht im *Fleisch* erkennst. Sie sind schlecht, verlogen und verbogen, wenn du süßen Trost aus ihnen ziehen kannst und nicht siehst, wie dieser Mensch vor deinen Augen verdirbt. Geh, geh zu deinen Büchern und laß dich begraben! Mach dich her über dein Mittelalter, deine Kabbala, deine haarspalterische, verdrehte Geometrie. Wir brauchen nichts von dir. Wir brauchen Lebensatem. Wir brauchen Hoffnung, Mut, Illusion. Wir brauchen für einen Pfennig menschliches Mitgefühl.

Wir sind jetzt droben bei mir, und das Badewasser läuft. Max hat sich bis auf sein schmutziges Unterzeug ausgezogen. Sein Hemd mit der falschen Steifbrust liegt über dem Lehnstuhl. Entkleidet sieht er wie ein knorriger Baum aus, ein Baum, der mühsam gehen gelernt hat. Der Mann aus dem Schwitzbad mit seinem über den Lehnstuhl gehängten Vorhemdchen. Der wuchtige Körper ist von der Arbeit verkrümmt. Von Lemberg nach Amerika, von

Bronx nach Coney Island – Scharen und Scharen von ihnen, gebrochen, gekrümmt, gelähmt, so als seien sie auf einen Spieß gesteckt worden und als sei alles Sichwehren wertlos, denn ob sie sich wehren oder nicht, früher oder später werden sie lebendig verspeist. Ich sehe die ganze Menschenklasse, die Max gleicht, an einem Sonntagnachmittag in Coney Island: Meile um Meile des schmucken Strandes mit ihren zerschundenen Körpern verunziert. Sie suhlen sich in ihrem eigenen Schweiß und baden darin. Sie liegen, einer über dem andern, am Strand, ineinander gewirrt wie Krabben und Seegras. Hinter dem Strand errichten sie ihre fix und fertig mitgebrachten Unterkünfte, in denen Bad, Lokus und Küche kombiniert sind und die ihnen als Wohnung dienen. Um sechs Uhr geht der Lärm los. Um sieben sitzen sie Ellbogen an Ellbogen in der Untergrundbahn, und der Gestank ist heftig genug, um ein Pferd umzulegen.

Während Max sein Bad nimmt, lege ich saubere Sachen für ihn zurecht. Ich richte den Anzug her, den ich geschenkt bekam, den Anzug, der mir zu groß ist und für den er mir überschwenglich danken wird. Ich lege mich hin, um ruhig zu überlegen. Was kommt als nächstes? Wir wollten alle zusammen im Judenviertel, unweit St. Paul, zu Abend essen. Dann besann sich Boris plötzlich anders. Ihm fiel eine Verabredung ein, die er für das Abendessen getroffen hatte. Ich knöpfte ihm etwas Geld fürs Essen ab. Dann, als wir uns trennten, drückte er Max eine Kleinigkeit in die Hand. «Hier, Max, ich möchte, daß Sie das nehmen», sagte er, indem er das Geld aus seiner Tasche fischte. Es gab mir einen Stich, ihn das sagen und Max ihm überschwenglich danken zu hören. Ich kenne Boris. Ich weiß, daß das seine schlimmste Seite ist. Und ich verzeihe ihm. Ich verzeihe ihm leichter, als ich mir verzeihen kann. Ich möchte nicht, daß man Boris für geizig und hartherzig hält. Er sorgt für seine Verwandten, bezahlt seine Schulden, betrügt niemanden. Wenn er einen Menschen zugrunde richtet, tut er das unter Einhaltung der Spielregeln. Er ist darin nicht schlimmer als ein Morgan oder Rockefeller. Er macht das Spiel mit, wie man so sagt. Aber *das Leben,* das Leben sieht er nicht als ein Spiel an. Er setzt sich auf jedem Gebiet durch, nur um am Schluß zu merken, daß er sich selber betrogen hat. Gerade jetzt hat er sich Max gegenüber geschickt durchgesetzt. Er zog sich aus der Affäre, indem er ein paar Francs herausrückte, für die ihm überschwenglich gedankt wurde. Jetzt, während er mit sich allein ist, verwünscht er sich wahrscheinlich. Heute abend wird er zwanzigmal mehr ausgeben, als was er Max gegeben hat, um sein Schuldgefühl zu übertäuben.

Max hat mich ins Badezimmer gerufen, um mich zu fragen, ob er meine Haarbürste benützen darf. Freilich, ja! (Morgen besorge ich mir eine neue.) Und dann schaue ich in die Badewanne, wo der letzte Tropfen Wasser durch den Abfluß gurgelt. Der Anblick der auf dem Boden der Wanne herumschwimmenden Schmutzreste bringt mich fast zum Kotzen. Max beugt sich über die Wanne, um sie zu säubern. Endlich ist er seinen Dreck los, er fühlt sich wohl, wenn er auch seinen eigenen Schmutz zusammenwischen muß. Ich kenne das Gefühl. Ich erinnere mich an das Volksbad in Wien, den bestialischen Gestank.

Max schlüpft in seine saubere Wäsche. Er lächelt jetzt – ein anderes Lächeln, als ich jemals an ihm sah. Er steht in seiner reinen Unterwäsche da und blättert in meinem Buch. Er liest die Stelle über Boris, wie Boris verlaust ist und ich ihm die Haare aus den Achselhöhlen ausrasiere, wie die Flagge auf Halbmast steht und jeder von uns zu Bruch ist, auch ich. Das mußte durchgemacht werden – um *singend* daraus hervorzugehen. Glück! Gut, nenne es so, wenn du willst. Nenne es Glück, wenn du dich dann besser fühlst. Nur weiß ich es anders. Zufällig war ich es, der es durchgemacht hat – und *ich weiß*, wie es sich verhält. Nicht daß ich nicht ans Glück glaubte. Das nicht; aber es ist nicht, was ich meine. Sagen wir, ich wurde unbelastet geboren – das kommt der Sache näher. Wenn ich zurückdenke, wie ich als Kind war, als Kind von fünf oder sechs Jahren, so werde ich mir bewußt, daß ich mich nicht im geringsten geändert habe. Ich bin rein und unschuldig wie je. Ich erinnere mich an meinen ersten Eindruck von der Welt – daß sie gut, *aber schreckenerregend* war. Auch heute noch stellt sie sich mir so dar – gut aber schreckenerregend. Ich war leicht in Schrecken zu versetzen, nahm aber nie innerlich Schaden. Man kann mich heutigen Tages erschrecken, aber man kann mich nicht vergrämen. Das steht fest. Es steckt im Blut.

Ich setze mich jetzt hin, um für Max einen Brief zu schreiben. Ich schreibe an eine Frau in New York, eine Frau, die mit einer jüdischen Zeitung zu tun hat. Ich bitte sie zu versuchen, Max' Schwester in Coney Island ausfindig zu machen. Ihre letzte Adresse lautete: 156. Straße, unweit des Broadway. «*Und wie heißt sie,* Max?» Sie hatte zwei Namen, seine Schwester. Manchmal nannte sie sich Frau Fischer, manchmal Frau Goldberg. «Und Sie können sich nicht an das Haus erinnern – ob es an der Ecke oder in der Mitte des Blocks stand?» Nein, das kann er nicht. Er lügt jetzt, und ich weiß, daß er lügt, aber was zum Teufel! Angenommen, es gab überhaupt keine Schwester, was dann? Etwas ist faul an seiner Geschichte, aber das ist ja seine Sache, nicht meine.

Noch fauler ist, was er jetzt tut. Er zieht eine Photographie hervor, die aufgenommen wurde, als er sieben oder acht Jahre alt war – eine Photographie von Mutter und Sohn. Die Photographie schmeißt mich fast um. Seine Mutter ist eine *wunderschöne* Frau – auf der Photographie. Max steht steif neben ihr, ein wenig erschreckt, mit weit offenen Augen, sein Haar ist sorgfältig gescheitelt, sein Jäckchen bis oben zugeknöpft. Sie stehen irgendwo in der Nähe von Lemberg, bei der großen Festung. Die ganze Tragödie der Rasse prägt sich im Gesicht der Mutter aus. Ein paar Jahre noch – und Max wird den gleichen Ausdruck haben. Jedes neugeborene Kind fängt mit einem hellen, unschuldigen Ausdruck an, die strenge Reinerhaltung der Rasse spiegelt sich feucht in den großen dunklen Augen. So bleiben sie mehrere Jahre, und dann plötzlich, oft um die Pubertätszeit herum, ändert sich der Ausdruck. Plötzlich werden sie selbständig und geraten in die Tretmühle. Das Haar fällt aus, die Zähne verrotten, das Rückgrat krümmt sich. Hühneraugen, geschwollene Zehen, Schwielen. Die Hand immer schweißfeucht, die Lippen zucken. Der Kopf hängt fast auf dem Teller, und das Essen wird mit hastigem, schmatzendem Schlingen eingeschaufelt. Wenn man bedenkt, daß sie alle sauber, mit frischen Windeln mehrmals täglich anfingen...

Wir stecken die Photographie in den Brief als Erkennungszeichen. Ich fordere Max auf, ein paar Worte auf jiddisch mit seinem

175

Besenstielgekritzel hinzuzufügen. Er liest mir vor, was er geschrieben hat, und ich glaube kein Wort davon. Wir machen ein Bündel aus dem Anzug und der schmutzigen Wäsche. Max beunruhigt das Bündel – es ist in Zeitungspapier eingewickelt, ohne Schnur. Er meint, er möchte nicht mit diesem scheußlichen Bündel gesehen werden, wenn er ins Hotel zurückkommt. Er möchte anständig aussehen. Die ganze Zeit, während er an dem Bündel herumhantiert, dankt er mir überschwenglich. Ich komme mir so vor, als hätte ich ihm nicht genug geschenkt. Plötzlich fällt mir ein, daß einmal ein Hut bei mir liegen geblieben ist, ein besserer als der, den er aufhat. Ich hole ihn heraus und probiere ihn auf. Ich zeige ihm, wie der Hut aufgesetzt werden sollte. «Sie müssen die Krempe herunterbiegen und ihn tief in die Stirn ziehen, verstehen Sie? Und drücken Sie ihn ein bißchen ein – so!» Max sagt, er sähe gut auf mir aus. Es tut mir leid, ihn wegzugeben. Jetzt probiert Max ihn an, und wie er ihn aufsetzt, merke ich, daß er nicht begeistert davon zu sein scheint. Offenbar fragt er sich, ob es sich lohnt, ihn mitzunehmen. Damit ist für mich die Sache entschieden. Ich führe ihn ins Badezimmer und setze ihm den Hut flott übers rechte Auge. Ich weiß, daß er sich so wie ein Lude oder ein Spieler vorkommt. Jetzt probiere ich ihm den andern Hut auf – seinen eigenen mit der steifgebogenen Krempe. Ich kann sehen, daß er den vorzieht, so dumm er aussieht. Also fange ich an, ihn über den Schellenkönig zu loben. Ich sage ihm, er stehe ihm besser als der andere. Ich verleide ihm den anderen Hut. Und während er sich im Spiegel bewundert, mache ich das Bündel auf, ziehe ein Hemd und ein paar Taschentücher heraus und stopfe sie wieder zurück in die Schublade. Dann führe ich ihn in die Krämerei an der Ecke und lasse von der Frau das Bündel ordentlich einwickeln. Er dankt der Frau nicht einmal für ihre Bemühung. Sie sagt, sie tue mir gerne einen Gefallen, da ich meine ganzen Kolonialwaren bei ihr kaufe.

An der Place St. Michel steigen wir aus. Wir gehen nach seinem in der Rue de la Harpe gelegenen Hotel. Es ist die Stunde vorm Dunkelwerden, in der die Mauern in einem sanften, milchigen Weiß glimmen. Ich fühle mich im Einklang mit der Welt. Es ist die Stunde, in der Paris fast wie Musik auf einen wirkt. Jeder

Schritt bringt einem eine neue und überraschende architektonische Anordnung vor Augen. Die Häuser scheinen sich zu Musikzeilen zu ordnen: sie erinnern an phantastische Menuette, Walzer, Mazurkas, Nocturnos. Wir gehen in den ältesten Teil der Altstadt, St. Séverin und den engen, gewundenen Straßen zu, die Dante und Leonardo da Vinci vertraut waren. Ich versuche, Max klarzumachen, in welch wunderbarer Umgebung er wohnt, welche verehrungswürdigen Erinnerungen hier aufgespeichert sind. Ich erzähle ihm von seinen Vorgängern, Dante und da Vinci.

«Und wann war das alles?» fragte er.

«Oh, ums 14. Jahrhundert herum», antworte ich.

«Das ist es», sagt Max, «vorher war es nichts und nachher nichts. Gut war es im 14. Jahrhundert, und das ist alles.» Wenn es mir hier so gut gefalle, dann wolle er gerne mit mir die Wohnung tauschen.

Wir stiegen die Treppe zu seinem kleinen Zimmer im Dachgeschoß hinauf. Bis zum dritten Stock sind die Stufen mit einem Läufer belegt und von da ab gewachst und schlüpfrig. In jedem Stockwerk ist ein Emailschild angebracht, das die Bewohner darauf hinweist, daß Kochen und Waschen in den Zimmern nicht gestattet ist. Auf jedem Stockwerk befindet sich ein Schild, das den Weg zum Wasserklosett weist. Beim Treppensteigen kann man in die Fenster des Nachbarhotels hineinsehen. Die Mauern stehen so dicht beieinander, daß man, wenn man den Arm zum Fenster hinausstreckt, mit den Bewohnern von nebenan einen Händedruck tauschen könnte.

Das Zimmer ist klein, aber sauber. Es hat fließendes Wasser, und in der Ecke steht eine kleine Kommode. In der Wand sind ein paar Kleiderhaken eingeschlagen. Über dem Bett eine gelbe Glühbirne. Siebenunddreißig Francs in der Woche. Nicht schlecht. Er hätte eins für achtundzwanzig haben können, aber ohne fließendes Wasser. Während er sich über die Winzigkeit des Zimmers beklagt, trete ich ans Fenster und blicke hinaus. Dort, so daß sie mich fast berührt, lehnt eine junge Frau aus dem Fenster. Sie starrt blicklos auf die gegenüberliegende Mauer, wo die Fenster aufhören. Sie scheint sich in einem Trancezustand zu

befinden. An ihrem Ellbogen stehen ein paar kleine Blumentöpfe. Unter dem Fenster, an einem Eisenhaken, hängt ein
Wischtuch. Offensichtlich hat sie die Tatsache vergessen, daß ich
neben ihr stehe und sie beobachte. Ihr Zimmer, das vermutlich
nicht größer ist als das, in dem wir stehen, scheint ihr trotzdem
Frieden gebracht zu haben. Sie wartet auf das Dunkelwerden,
um hinunterzuschlüpfen auf die Straße. Vermutlich weiß auch
sie nichts von ihren berühmten Vorgängern, aber die Vergangenheit steckt ihr im Blut, und sie gleicht sich leichter der kläglichen
Gegenwart an. Mit einbrechender Dunkelheit und meinem in
Wallung geratenem Blut überkommt mich ein fast heiliges Gefühl angesichts dieses Zimmers, in dem ich stehe. Vielleicht wird
Max heute nacht, nachdem ich ihn verlassen habe, mein Buch auf
seinem Kopfkissen aufschlagen und mit müden Augen darin lesen. Auf dem Vorsatzblatt steht geschrieben: «Meinem Freunde
Max, dem einzigen Menschen in Paris, der wirklich weiß, was
Leid bedeutet.» Als ich diese Worte schrieb, hatte ich das Gefühl,
daß mein Buch am Anfang einer seltsamen Irrfahrt stand. Ich
dachte nicht so sehr an Max als an andere mir Unbekannte, die
diese Zeilen lesen und sich darüber wundern würden. Ich sah das
Buch drunten an der Seine liegen, mit zerrissenen, von Daumen-
spuren befleckten Seiten, da und dort sind Sätze unterstrichen,
am Rande Zahlen hingekritzelt, Kaffeeflecke, ein Mann in dik-
kem Mantel steckt es in seine Tasche, eine Seereise, ein fremdes
Land, ein Mensch unterm Äquator, der mir einen Brief schreibt:
Ich sah es im Auslagekasten liegen und den Hammer des Verstei-
gerers, der mit einem Päng den Zuschlag erteilte. Jahrhunderte
verstrichen, und das Antlitz der Welt wandelte und wandelte
sich. Und dann wieder zwei Menschen in einem kleinen Zimmer
ganz wie dieses hier, vielleicht in eben diesem Zimmer, nebenan
lehnt sich eine junge Frau aus dem Fenster, die Blumentöpfe an
ihrem Ellbogen, das Wischtuch hängt vom Eisenhaken. Und
ganz wie jetzt ist einer der Menschen auf den Tod erschöpft. Das
kleine Zimmer ist ein Gefängnis, und die Nacht spendet ihm keinen Trost, keine Hoffnung auf Linderung. Müde und entmutigt
hält er das Buch in der Hand, das ihm der andere gegeben hat.
Aber er kann aus dem Buch keinen Mut schöpfen. Er wird sich in

Qualen auf dem Bett hin und her werfen, und die Nächte brausen über ihn hinweg wie eine Heimsuchung. Er wird erst sterben müssen, um den Morgen zu erleben... Während ich in diesem Zimmer neben dem Menschen stehe, dem nicht zu helfen ist, spricht meine Kenntnis der Welt und der Männer und Frauen grausam und lautlos. Nur der Tod vermag den Gram dieses Menschen zu lindern. Hier kann man nichts machen, wie Boris sagt. Es ist ganz zwecklos.

Wie wir wieder hinunterkommen in das Treppenhaus, erlöschen die Lichter. Mir ist, als werde Max von der ewigen Dunkelheit geschluckt. Draußen ist es nicht ganz so dunkel, denn überall brennen die Lampen. Die Rue de la Harpe hallt wider von Hammerschlägen. An der Ecke richten sie ein Zelt auf, in der Straßenmitte steht eine Leiter, und ein Arbeiter in weiten bauschigen Hosen sitzt oben drauf und wartet, daß ihm sein Handlanger einen Schraubenschlüssel oder etwas ähnliches reicht. Dem Hotel gegenüber in derselben Straße ist ein kleines griechisches Restaurant mit großen Terrakottavasen im Fenster. Die ganze Straße hat etwas Theaterhaftes. Jedermann ist arm und hinfällig, und unter unseren Füßen befinden sich mit menschlichem Gebein vollgestopfte Katakomben. Wir machen eine Runde um das Häuserviertel. Max versucht ein passendes Restaurant zu finden; er möchte in einem *prix fixe* für 5.50 Francs essen. Als ich das Gesicht verziehe, deutet er auf ein Luxusrestaurant mit 18 Francs für die Mahlzeit. Offensichtlich ist er verwirrt. Er hat jeden Wertmaßstab verloren.

Wir gehen zurück zu dem griechischen Restaurant und studieren die an der Fensterscheibe befestigte Speisekarte. Max befürchtet, daß es zu teuer ist. Ich werfe einen Blick hinein und sehe, daß es zum Brechen voll mit Huren und Arbeitern ist. Die Männer haben ihre Hüte auf dem Kopf, der Fußboden ist mit Sägemehl bestreut, die Beleuchtung ist düster. Es ist eines von den Lokalen, wo man vielleicht etwas wirklich Gutes zu essen bekommt. Ich nehme Max am Arm und ziehe ihn hinein. Gerade kommt eine Hure heraus, einen Zahnstocher im Mund. Auf der Schwelle wartet ihr Begleiter auf sie. Sie gehen die Straße in Richtung auf St. Séverin hinunter, vielleicht um den *bal musette* gegenüber der Kirche zu besuchen. Dante muß dort auch manchmal hingegangen sein – auf ein Glas, meine ich. Das ganze Mittelalter ballt sich noch dort um die Türe des Restaurants. Ich habe einen Fuß drinnen und einen draußen. Max hat sich bereits gesetzt und studiert die Karte. Sein Kahlkopf schimmert unter dem gelben Licht. Im 14. Jahrhundert wäre er ein Maurer oder Tischler gewesen; ich kann ihn mit einer Kelle in der Hand auf einem Gerüst stehen sehen.

Das Restaurant ist voller Griechen: die Kellner sind Griechen, die Besitzer sind Griechen, die Speisen sind griechisch und die Sprache ist Griechisch. Ich möchte Eier-Haschée in Weinblättern, eine leckere Eierpastete in Lammsauce, wie sie nur die Griechen zu machen verstehen. Max ist es gleichgültig, was er ißt. Er hat Angst, daß es zu teuer für mich wird. Ich habe vor, Max sitzen zu lassen, sobald die Mahlzeit beendet ist, und einen Bummel durch die Umgebung zu machen. Ich werde ihm sagen, ich hätte zu arbeiten – das macht immer Eindruck auf ihn.

Mitten beim Essen legt Max plötzlich los. Ich weiß nicht, wie es kam. Aber plötzlich redet er das Blaue vom Himmel herunter. Soweit ich mich noch erinnern kann, hatte er einer Französin einen Besuch abgestattet, als er plötzlich ohne jeden Grund in Weinen ausbrach. In was für ein Weinen! Er konnte nicht mehr aufhören. Er legte den Kopf auf den Tisch und weinte, herzzerreißend, ganz wie ein Kind. Die Französin war so beunruhigt, daß sie einen Arzt holen lassen wollte. Er schämte sich seiner selbst. Doch ja, er erinnert sich jetzt, wie es kam. Er besuchte sie und hatte Hunger. Es war nahezu Essenszeit, und plötzlich hielt er es nicht mehr aus – er stand ganz einfach auf und bat sie um ein paar Francs. Zu seinem Erstaunen gab sie ihm das Geld sofort. Eine Französin! Dann kam er sich plötzlich elend vor. Zu denken, daß ein kräftiger, gesunder Mann wie er eine arme Französin um ein paar Sous anbettelte. Wo war sein Stolz? Was würde aus ihm werden, wenn er eine Frau anbetteln mußte?

So fing es an. Wie er daran dachte, stiegen ihm die Tränen in die Augen. Im nächsten Augenblick schluchzte er und legte, ganz so wie bei der Französin, weinend den Kopf auf den Tisch. Es war schrecklich.

«Sie hätten mir einen Dolch hineinrennen können», sagte er, als er sich beruhigt hatte. «Sie hätten alles mit mir machen können, aber Sie hätten mich nie zum Weinen gebracht. Jetzt weine ich ohne jeden Grund – es überkommt mich ganz einfach, ganz plötzlich, und ich kann nicht wieder aufhören.»

Er fragte mich, ob ich ihn für einen Neurastheniker halte. Man hat ihm gesagt, es sei nur eben *une crise de nerfs*. Das heißt soviel wie ein *Nervenzusammenbruch*, nicht wahr? Er erinnert sich wieder an den Zahnarzt, wie er gleich sagte, es sei nichts, nur Nervosität. Wie konnte der Zahnarzt das wissen? Er befürchtet, es ist der Anfang von etwas Schlimmerem. Wird er vielleicht wahnsinnig? Er will die Wahrheit wissen.

Was zum Teufel kann ich ihm sagen? Ich sage ihm, es ist nichts – nur eben die Nerven.

«Das bedeutet nicht, daß Sie plemplem sind», fügte ich hinzu. «Es vergeht, sobald Sie wieder auf Ihren beiden Füßen stehen...»

«Aber ich sollte nicht soviel allein sein, Miller!»

Aha, das bedeutet eine Warnung für mich. Ich weiß, was jetzt kommt. Ich sollte mich öfter um ihn kümmern. Nicht Geld! Nein, er betont das dauernd. Aber daß er nicht soviel allein sein möchte!

«Keine Sorge, Max. Wir kommen jetzt oft her, Boris und ich. Wir werden Sie verwöhnen.»

Er scheint nicht zuzuhören. «Manchmal, Miller, wenn ich in mein Zimmer heimgehe, beginnt mir der Schweiß übers Gesicht zu laufen. Ich weiß nicht, woher das kommt... es ist, als hätte ich eine Maske auf.»

«Das kommt nur, weil Sie sich Sorgen machen, Max. Es ist nichts... Sie trinken auch sehr viel Wasser, stimmt's?»

Er nickt sofort mit dem Kopf und sieht mich dann ziemlich erschrocken an. «Wie wußten Sie das?» fragt er. «Wie kommt es, daß ich die ganze Zeit so durstig bin? Den ganzen Tag laufe ich zur Wasserleitung. Ich weiß nicht, was mit mir los ist... *Miller, ich möchte Sie etwas fragen*: ist es wahr, was behauptet wird, daß sie einen, wenn man hier krank wird, beiseite schaffen? Man hat mir gesagt, wenn man ein Fremder ist und kein Geld hat, lassen sie einen verschwinden. Ich denke den ganzen Tag daran. Was, wenn ich krank werden sollte? Ich hoffe zu Gott, nicht den Verstand zu verlieren. *Ich habe Angst› Miller...* Ich habe so schreckliche Geschichten über die Franzosen gehört. Sie wissen ja, wie sie sind... Sie wissen, daß sie einen vor ihren Augen krepieren lassen. Sie haben kein Herz! Immer ist es nur Geld, Geld und nochmals Geld. Gott steh mir bei, Miller, wenn ich je so tief sinken sollte, sie um ein Almosen anzugehen! Jetzt habe ich wenigstens meine *carte d'identité.* Einen *Touristen* haben sie aus mir gemacht! Diese Schurken! Wie glauben sie, daß ein Mensch lebt? Manchmal sitze ich da und betrachte die Vorübergehenden. Jedermann scheint etwas zu tun zu haben, außer mir. Ich frage mich manchmal: *Max, wo fehlt's bei dir?* Warum sollte ich den ganzen Tag herumsitzen müssen und nichts tun? Es frißt an mir. In der Arbeitssaison, wenn es ein wenig zu tun gibt, bin ich der erste, der verlangt wird. Sie wissen, daß Max ein guter Bügler ist. *Die Franzosen* – was verstehen die schon vom Bügeln! Man muß ihnen zeigen, wie man das macht. Sie zahlen mir zwei Francs für die Stunde, weil ich keine Arbeitserlaubnis habe. So nutzen sie einen Weißen in diesem Drecksland aus. Sie machen einen Landstreicher aus ihm!»

Er schweigt eine Minute. «Sie sagten im Hinblick auf Südamerika, Miller, daß ich vielleicht ganz von neuem anfangen und mich wieder auf die Beine stellen könne. Ich bin noch kein alter Mann – nur *moralisch* bin ich gebrochen. Zwanzig Jahre lang habe ich jetzt gebügelt. Bald werde ich zu alt sein – meine Laufbahn ist zu Ende. Ja, wenn ich eine leichte Arbeit verrichten könnte, etwas, wozu ich nicht meine Hände brauchte... Darum wollte ich *interprète* werden. Wenn man zwanzig Jahre ein Bügeleisen gehalten hat, sind die Hände nicht mehr so geschmeidig. Mich ekelt vor mir selber, wenn ich daran denke. Den ganzen Tag über ein heißes Bügeleisen gebeugt dazustehen... Allein der Geruch davon! Manchmal, wenn ich daran denke, ist mir zum Speien. Ist es richtig, daß ein Mensch den ganzen Tag lang über ein heißes Eisen gebeugt dasteht? Warum hat uns Gott dann das Gras und die Bäume geschenkt? Hat nicht auch Max ein Recht, das zu genießen? Müssen wir unser ganzes Leben Sklaven sein – nur um Geld zu verdienen, Geld, Geld und wieder Geld...?»

Auf der Terrasse eines Cafés bringe ich es fertig, nachdem wir unseren Kaffee getrunken haben, mich von ihm wegzustehlen. Nichts ist geregelt, außer daß ich ihm versprochen habe, mit ihm in Verbindung zu bleiben. Ich gehe den Boulevard St. Michel hinunter, am Jardin du Luxembourg vorbei. Ich nehme an, er sitzt dort, wo ich ihn verlassen habe. Ich riet ihm, noch eine Weile dort zu bleiben, statt in sein Zimmer nach Hause zu gehen. Ich weiß, daß er nicht sehr lange dort sitzen bleiben wird. Vermutlich ist er bereits aufgestanden und macht seine Runde. Es ist auch besser so – besser, herumzulaufen und ein paar Sous zusammenzufechten, als dazusitzen und nichts zu tun. Es ist jetzt Sommer, und eine Masse Amerikaner sind in der Stadt. Das Dumme ist, daß sie nicht viel Geld haben. Es ist nicht wie 1927 und 1928, als sie im Geld schwammen. Jetzt erwarten sie, für fünfzig Francs eine schöne Zeit zu verleben.

Weiter oben, näher am Observatorium, ist es ruhig wie ein Grab. An einer eingestürzten Mauer steht reglos eine einsame Hure, zu entmutigt, um auch nur ein Zeichen zu geben. Zu ihren Füßen ein Haufen Unrat – verwelkte Blätter, alte Zeitungsfetzen, Konservenbüchsen, Reisig, Zigarettenstummel. Sie sieht aus, als wolle sie sich mitten in den Abfallhaufen hineinplumpsen lassen und damit basta!

Während ich die Rue St. Jacques entlanggehe, dreht sich mir alles im Kopf. Die Rue St. Jacques ist eine einzige lange malerische Jahrmarktsbude. In jeder wurmstichigen kleinen Hütte gibt es ein Radio. Es ist sinnverwirrend, diese summenden amerikanischen Stimmen aus den dunklen Löchern zu beiden Seiten von mir heraustönen zu hören. Es ist wie eine Verschmelzung von Fünf- und Zehn-Cents-Einheitsladen und Mittelalter. Ein Kriegsversehrter kurbelt sich in seinem Rollstuhl die Straße entlang, seine Krücken neben sich. Hinter ihm wartet eine große Limousine, bis die Durchfahrt frei ist, um mit voller Geschwindigkeit loszufahren. Aus den Radios, die alle auf den gleichen Sender eingestellt sind, kommt der abgedroschene amerikanische Schlager «Ich glaube an Wunder». Wunder! Wunder! Jesus, selbst Christus könnte hier kein Wunder vollbringen! *Eßt, trinkt, dies ist mein Leib, den ich für euch hingegeben habe!* In den Schaufenstern der Läden sind billige Kreuze zur Erinnerung an das Geschehnis ausgelegt. Ein armer Jude ans Kreuz genagelt, auf daß wir das ewige Leben hätten. Und wurde es nicht unser... Zement und Ballonreifen und Radios und Lautsprecher und Huren mit Holzbein und Annehmlichkeiten in solchem Überfluß, daß es für die Verhungernden keine Arbeit gibt... *Ich habe Angst, zuviel allein zu sein!* Im sechsten Stock, wenn er in sein Zimmer tritt, beginnt der Schweiß über sein Gesicht zu laufen – *als ob er eine Maske trüge!* Nichts hätte mich zum Weinen bringen können, sogar nicht, wenn sie mir einen Dolch hineingerannt hätten – *aber letzt weine ich wegen nichts!* Ich weine und weine und kann nicht aufhören. *Glauben Sie, Miller, daß ich verrückt werde?* Wird er verrückt? Jesus, Max, alles was ich dir sagen kann, ist, daß die ganze Welt verrückt wird. Du bist verrückt, ich bin verrückt, jedermann ist es. Die ganze Welt erstickt im Dreck und Jammer. Hast du deine Uhr aufgezogen? Ja, ich weiß, daß du noch eine hast – ich sah sie aus deiner Westentasche hervorschauen. Ganz gleich, wie schlecht es dir geht, du willst wissen, wieviel Uhr es ist. Ich will dir sagen, Max, wieviel Uhr es ist – auf die Sekunde. *Es ist genau fünf Minuten vor dem Ende.* Punkt Mitternacht ist das Ende da. Jedermann tritt neugeboren hinaus auf die Straße. Darum haben sie heute abend das Zelt aufgerichtet. Sie bereiten sich auf das Wunder vor. Und die junge, aus dem Fenster lehnende Frau – erinnerst du dich? Sie träumte von der Dämmerung und davon, wie schön sie aussehen würde, wenn sie im Menschengedränge daherkäme und *die anderen sie im Fleische sähen.*

Mitternacht. Nichts hat sich ereignet.

Acht Uhr morgens. Es regnet. Ein Tag wie jeder andere.

Mittag. Der Briefträger kommt mit einem Rohrpostbrief. Das Gekritzel kommt mir bekannt vor. Ich öffne ihn. Er ist von Max, wie ich dachte...
«An meine lieben Freunde Miller und Boris. Ich schreibe Ihnen diese Zeilen, nachdem ich aus dem Bett aufgestanden bin und

es ist drei Uhr morgens, ich kann nicht schlafen, ich bin sehr nervös. Ich weine und kann nicht aufhören, ich höre Musik in meinen Ohren, in Wirklichkeit aber höre ich auf der Straße schreien. Ich vermute, ein Zuhälter muß sein Mädchen verprügelt haben – es ist ein furchtbarer Radau. Ich kann es nicht aushalten, der Wasserhahn tropft in den Ausguß, ich kann kein Auge schließen, ich lese Ihr Buch, Miller, um mich zu beruhigen, es unterhält mich – aber ich habe keine Geduld, ich warte auf den Morgen, ich will auf die Straße hinunter, sobald es Tag wird. Eine lange Leidensnacht, obwohl ich sehr hungrig bin, aber ich habe vor etwas Angst, ich weiß nicht, was mit mir los ist – ich halte Selbstgespräche, ich habe mich nicht in der Gewalt. Miller, ich will nicht, daß Sie mir noch einmal helfen. Ich möchte sprechen mit Ihnen, bin ich ein Kind? Ich habe keinen Mut, verliere ich den Verstand? Lieber Miller, wirklich, glauben Sie nicht, daß ich Ihr Geld brauche, ich möchte mit Ihnen und Boris sprechen, kein Geld, sondern nur moralische Hilfe brauche ich. Ich habe Angst vor meinem Zimmer, habe Angst, allein zu schlafen – ist dies das Ende meiner Laufbahn? Es scheint mir so. Ich habe die letzte Karte ausgespielt. Ich finde keine Lösung. Ich möchte, daß es Morgen wird, damit ich auf die Straße hinaus kann. Ich bitte zu Gott, er möge mir helfen, daß diese furchtbare Nacht rasch vergeht, wahrhaftig es ist eine Nacht der Todesqualen. Ich kann die Hitze und die Atmosphäre in meinem Zimmer nicht aushalten. Ich bin nicht betrunken, glauben Sie mir, während ich dies schreibe – ich vertreibe mir nur die Zeit, und es kommt mir so vor, als spräche ich mit Ihnen und fände so ein wenig Trost, aber ich habe Angst, allein zu sein – was ist es, draußen regnet es gerade und ich schaue aus dem Fenster, das tut mir gut, der Regen spricht mit mir, aber es will nicht Morgen werden – es scheint mir, als wolle die Nacht nie enden. Ich fürchte, die Franzosen lassen mich verschwinden, falls ich krank werde, weil ich ein Ausländer bin, stimmt das? Miller, sagen Sie mir, ob es wahr ist – man hat mir gesagt daß wenn ein Ausländer krank ist und niemanden hat, lassen sie ihn rasch verschwinden, statt ihn zu kurieren, sogar wenn eine Möglichkeit dazu besteht. Ich habe Angst, die Franzosen könnten mich verschwinden lassen, dann sehe ich das Tageslicht nie mehr. Nein, ich werde tapfer sein und mich in der Gewalt haben, aber ich will jetzt nicht mehr auf die Straße hinunter, die Polizei könnte eine falsche Meldung machen, sonst würde ich jetzt aus meinem Zimmer hinaus auf die Straße gehen, denn ich halte es nicht aus in meinem Zimmer, aber ich habe jede Nacht so sehr Angst, ich habe Angst. Lieber Miller, ist es möglich Sie zu sehen? Ich möchte mich ein wenig mit Ihnen unterhalten. Ich will kein Geld, ich werde verrückt.

Ihr sehr ergebener Max.»

Inhalt

© : Claudia Reinhardt

Amerikanische Literatur bei rororo

Weitere Informationen in der Rowohlt Revue *oder unter* www.rororo.de

Ernest Hemingway. Nobelpreis für Literatur 1954

«Man kann vernichtet werden, aber man darf nicht aufgeben.»

Fiesta
Roman. 3-499-22603-0

Der Garten Eden
Roman. 3-499-22606-5

Die grünen Hügel Afrikas
3-499-22608-1

In einem andern Land
Roman. 3-499-22602-2

Schnee auf dem Kilimandscharo
6 Stories. 3-499-22604-9

Inseln im Strom
Roman. 3-499-22607-3

Tod am Nachmittag
3-499-22609-X

Die Wahrheit im Licht
Eine afrikanische Safari
3-499-23012-7

Paris – ein Fest fürs Leben
3-499-22605-7

Ernest Hemingway
rowohlts monographien
Dargestellt von Hans-Peter Rodenberg 3-499-50626-2

Der alte Mann und das Meer
Roman
Mit dieser erstmals 1952 veröffentlichten Erzählung erreichte Ernest Hemingway den Gipfel seiner Erzählkunst.

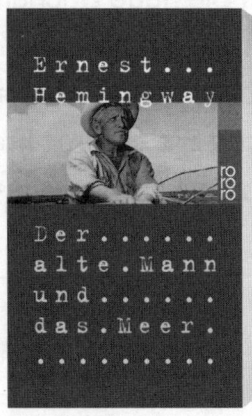

3-499-22601-4